Natalie Tielcke

Psychospiel

Über die Autorin

Natalie Tielcke wurde 1986 in Aachen geboren. Nach dem Abitur zog sie es zum Fernsehen und dort findet man sie noch heute. Sie schreibt Drehbücher und entwickelt TV-Serien. Die Kölnerin ist schon seit ihrer Kindheit davon begeistert, wenn nicht sogar besessen, sich Geschichten auszudenken. Ohne Stift und Papier geht sie nicht aus dem Haus.

Weitere Titel der Autorin

Kaltes Verlangen

NATALIE
TIELCKE

PSYCHO
SPIEL

THRILLER

be THRILLED

beTHRILLED

Vollständige ePub-to-Print-Ausgabe des in der Bastei Lübbe AG erschienenen eBooks »Psychospiel« von Natalie Tielcke

beTHRILLED by Bastei Entertainment in der Bastei Lübbe AG

Lektorat/Projektmanagement: Stephan Trinius und Johanna Voetlause
Covergestaltung: ZERO Werbeagentur, München unter Verwendung von Motiven von © FreshPaint/shutterstock
Satz: 3w+p GmbH, Rimpar
Druck: Books on Demand GmbH, Norderstedt

ISBN 978-3-7413-0116-2

www.be-ebooks.de

www.lesejury.de

MIX
Papier aus verantwortungsvollen Quellen
Paper from responsible sources
FSC® C105338

»Auf das Glück warten ist dasselbe
wie auf den Tod warten.«

– Asiatische Weisheit

Prolog

Laura S.:
Ich hab das Gefühl, du bist der Einzige, der mich versteht. Ich hasse mein Leben.

Spielfreund:
Keiner kann dich zwingen, dass du es weiterlebst. Du bist ein freier Mensch und kannst selbst entscheiden. Das weißt du doch, oder?

Laura S.:
Ja, aber ich habe Angst.

Spielfreund:
Wovor? Dass es wehtut?

Laura S.:
Ja, auch. Oder, dass ich es bereuen könnte.

Spielfreund:
Glaubst du, nach dem Tod kann man noch bereuen?

Laura S.:
Weiß nicht ... Aber meine Eltern würde das bestimmt völlig fertigmachen.

Spielfreund:
Na und? Sie sind es doch, die dich fertigmachen! Tun sie irgendwas, damit es dir besser geht? Du wolltest unbedingt auf dieses Internat, nicht wahr? Aber sie haben dich nicht gelassen.

Laura S.:
Ja, sie haben gesagt, dass es zu teuer ist.

Spielfreund:
Ach was! Wenn sie dich als ihr Kind wirklich lieben würden, dann würden sie alles tun, damit du dorthin kannst. Stattdessen zwingen sie dich, weiter deine Schule zu besuchen, obwohl dich deine Mitschüler und sogar deine Lehrer verachten. Ich hätte dich niemals dazu gedrängt, weiter diesen Ort zu besuchen. Wärst du mein Kind, hätte ich alles getan, um dich zu beschützen. Aber jetzt ist es zu spät. Nichts wird sich mehr ändern. Dein Leben ist verpfuscht. Wurde verpfuscht. Und deine Eltern sind schuld daran. Es tut mir leid, aber es gibt nur einen Ausweg, der dir Erlösung bietet.

Laura S.:
Hast du selbst schon mal darüber nachgedacht?

Spielfreund:
Ja, fast jeden Tag.

Laura S.:
Und warum hast du es dann noch nicht getan?

Spielfreund:
Weil ich erst gehen kann, wenn ich anderen geholfen habe, die meine Hilfe brauchen. So wie dir.

Laura S.:
Ich habe Angst. Aber irgendwie weiß ich auch nicht, wie es sonst weitergehen soll. Eigentlich will ich nur, dass alles vorbeigeht.

Spielfreund:
Das verstehe ich. Ich weiß, wie du dich fühlst, und ich bin auf deiner Seite.

Laura S.:
Und es wird wirklich nicht wehtun?

Spielfreund:
Das Leben ist viel schmerzhafter als der Tod.

1. Kapitel: Emma

Das Handy auf ihrem Nachttisch riss sie unbarmherzig aus dem Schlaf. Vier Worte ihres Kollegen reichten aus, schon hatte Emma die Bettdecke umgeschlagen und beide Füße fest auf den Boden gestellt. Sie hatte heute ihren freien Tag und sturmfrei. Nico und Amelie waren bei ihrem Vater. Also hatte sie sich gestern Abend gemeinsam mit Florian fast zwei Flaschen Chardonnay gegönnt und beschlossen, das zu tun, wozu sie sonst nie kam – ausschlafen. Aber daran war jetzt nicht mehr zu denken.

»Ich bin auf dem Weg.«

Ohne Florian erklären zu müssen, was los war – so gut kannte er sie und ihren Job inzwischen –, sprang Emma aus dem Bett. Sie gab ihrem neuen Freund – erst vor einem Monat hatten sie beschlossen, dass es jetzt etwas Festes war – einen flüchtigen Kuss und ging ins Bad. Emma stellte sich für eine halbe Minute unter die Dusche. Selbst das war eigentlich zu lang, denn sie durfte keine Zeit verlieren. Aber sie musste hellwach sein für das, was ihr bevorstand. Und so verkatert, wie sie sich fühlte, brauchte sie dreißig Sekunden eiskaltes Wasser, das sie unter der Dusche von einem Fuß auf den anderen springen ließ. Die Kälte brannte stechend auf ihrer Haut, trotzdem liebte sie ihn, diesen kleinen Kick am Morgen.

Emma hätte sich gerne geschminkt oder wenigstens die Haare geföhnt. Aber mehr als Zähne putzen war nicht drin, und ihre Haare hatten derzeit sowieso eine ziemlich unvorteilhafte Länge. Es war keine attraktive, freche Kurzhaarfrisur mehr, aber ihr Haar war auch noch nicht lang genug, um sich einen anständigen Zopf zu binden. Sie hatte keine andere Wahl, als die blonden Strähnen hinter ihre Ohren zu klemmen und zu hoffen, dass sie dort einigermaßen hängen blieben. Ja, sie hatte schon mal besser ausgesehen, und wenn man ihr eine halbe Stunde im Bad ließ, konnte sie das auch immer noch. Aber das konnte sie mit ihrem Gewissen nicht vereinbaren. Zwei großzügige Spritzer ihres Lieblingsparfüms mussten reichen. Würde sie sich nicht schnell genug auf den Weg machen, war es womöglich ihre Schuld, wenn Menschen ihr Leben verloren. Denn die ersten vier Worte, die sie heute gehört hatte, lauteten: »Wir haben eine Geiselnahme.«

Florian war ein Schatz. Als Emma das Haus verlassen wollte, stand er mit in der Tür und hielt ihr einen Thermobecher entgegen.

»Schwarz mit einem halben Esslöffel Zucker. Stark und süß, so wie du ihn am liebsten magst«, sagte er mit seinem typisch jungenhaften Lächeln, das Emma unglaublich sexy fand.

»Danke, du bist ein Engel.« Emma nahm den Kaffee, drückte Florian einen Kuss auf die Lippen und verschwand durch die Tür ihres idyllischen, freistehenden Einfamilienhauses im Grünen, raus in die kalte raue Welt des Verbrechens. Sobald sie den Vorgarten durchquert und ihr Grundstück verlassen hatte, überkam Emma das Gefühl, plötzlich in einer anderen Welt zu sein. Und auch sie war eine andere. Gestern Nacht war sie in diesem Haus weich und zärtlich gewesen, ein bisschen verrückt und albern sogar. Aber jetzt, als sie in ihr Auto stieg und den Motor startete, war sie hart, klar und kompromisslos.

Auf dem Weg zu der Adresse, die ihr der Kollege durchgegeben hatte, überlegte sie, ob sie schon von einer Geiselnahme an einem solchen Ort gehört oder gelesen hatte. Eigentlich ging es bei Geiselnahmen fast immer um Geld oder Erpressung. Aber Emma war nicht auf dem Weg zu einer Bank oder einem großen Konzern. Sie war auf dem Weg zu einem Ärztehaus. Der Geiselnehmer hatte sich die Frauenarztpraxis für seine Tat ausgesucht. Emma fragte sich, welches Motiv der Täter verfolgte. Handelte es sich vielleicht um eine frustrierte Patientin, die dem Arzt die Schuld für ihr Leid gab? War dem Gynäkologen ein tragischer Behandlungsfehler unterlaufen? Oder war bei einer Geburt etwas schrecklich schiefgegangen? Hatte jemand sein Kind verloren?

Emma war fast angekommen.

Die Beamten an der Straßensperre kontrollierten ihren Ausweis und ließen sie passieren. Sie parkte ihren Wagen und suchte mit den Augen sofort die nähere Umgebung ab, als sie ausstieg. Ihre Kollegen umstellten bereits das Gebäude. Das Ärztehaus besaß etliche Ausgänge, eine Tiefgarage und eine Feuertreppe. Das würde den Einsatz nicht gerade erleichtern. Der Täter hatte viele Fluchtmöglichkeiten, zu viele. Und es war ihre Aufgabe, zu verhindern, dass er entkommen konnte. Der Hauptzugang war bereits mit den Einsatzfahrzeugen abgesperrt, die gleichzeitig einen Sichtschutz bildeten. Dennoch hatten sich bereits zahlreiche Schaulustige eingefunden, und die ersten Presse-Vertreter würden auch nicht mehr lange auf sich warten lassen.

Emma wollte sich gerade mit ihren Kollegen besprechen, als sie ihren Vorgesetzten, der den Einsatz leitete, mit schnellen, kurzen Schritten auf sich zukommen sah. Wie gewöhnlich trug Theodor Steinhaus seine Hosenbeine hochgekrempelt, da er für seinen Körperumfang etwas klein geraten war. Und wie immer wippte eine dieser schrecklich gemusterten, bunten Krawatten über seinem Bauch, die seine Frau ihm jährlich zu Weihnachten und zum Geburtstag schenkte, und die ungewollt zu seinem Markenzeichen geworden waren. Theo war der Dienstälteste vor Ort, ein sehr erfahrener Mann, der nur noch wenige Jahre von der Rente entfernt war. Er brachte Emma auf den neusten Stand. »Also, wie es aussieht, haben wir einen Geiselnehmer und eine unbekannte Anzahl an Geiseln. Die Praxis des Gynäkologen ist im dritten Stock. Bis auf diese Etage haben wir das ganze Haus evakuiert und alle Personen, die sich darin aufhielten, in Sicherheit gebracht.«

»Wie lauten die Forderungen? Hat er überhaupt schon Kontakt zu uns aufgenommen?«

»Indirekt. Er wollte, dass wir kommen.«

»Indirekt?« Emma warf Theo einen fragenden Blick zu.

»Die Arzthelferin hat vor knapp dreißig Minuten den Notruf gewählt und gesagt: Hier ist ein Mann, der bedroht uns mit einer Waffe und will, dass sie kommen. Dann hat sie aufgelegt. Ich hab schon mehrmals versucht, in der Praxis anzurufen, aber niemand hebt ab.«

»Ein Mann, der will, dass wir kommen?«, wiederholte Emma skeptisch.

»Ich weiß. Schräg, oder? Wir schätzen, dass er mindestens fünf Geiseln in seiner Gewalt hat, vielleicht noch mehr. Auf jeden Fall den Arzt, vermutlich noch zwei Arzthelferinnen und mindestens zwei Patientinnen.«

»Wie willst du vorgehen?«

»Ich würde am liebsten ein Team reinschicken, aber das ist zu riskant. Jedenfalls im Moment. Wenn er sich innerhalb der nächsten Minuten nicht bei uns meldet, rufe ich in der Praxis an. Irgendwann wird er ja hoffentlich mal mit uns reden. Sonst hätte er uns doch gar nicht erst herbestellt. Oder was meinst du?«

Emma zuckte mit den Schultern. Noch sagte ihr Bauchgefühl ihr gar nichts, obwohl es sich normalerweise als Erstes meldete. Sie bewunderte Theo für seine Gelassenheit in solchen Situationen. Er war ihr Bärentreiber gewesen. So nannte man ältere Kollegen, die die jüngeren am Anfang der Ausbildung an die Hand nahmen. Emma hatte unglaublich viel von Theo gelernt und fühlte sich ihm sehr verbunden. Obwohl er äußerlich stets distanziert blieb und nicht besonders viel Nähe zuließ, wusste Emma, dass auch er sie sehr mochte. Und egal, wie alt sie war oder wie lange sie schon im Dienst war, sie würde immer sein kleiner Polizeizögling bleiben. Also stimmte sie seinem vorläufigen Plan zu. »Okay. Warten wir. Gibt es irgendwelche Videoaufnahmen? Überwachungskameras?«

»Nicht im Gebäude. Aber die Kollegen checken die Umgebung nach Überwachungskameras von Geldautomaten und so weiter ab.«

Emma beobachtete die Scharfschützen, die sich auf den Dächern der umliegenden Gebäude positionierten. Nur ein geschultes Auge wie das ihre erkannte, wo sich die Schützen aufhielten. Gelegentlich blitzte der schmale Lauf ihrer Waffen auf. Entdeckte ein flüchtender Täter dieses Blitzen, war es in aller Regel zu spät. Wer ins Visier eines dieser Profis geriet, hatte keine Chance.

Das Klingeln ihres Handys riss Emma aus ihren Gedanken. Sie nahm es aus der Tasche und stellte verwundert fest, dass ein anonymer Anrufer angezeigt wurde. Da erst begriff sie, dass es ihr privates Handy war, das sie in Händen hielt. Seltsam, die Nummer kannten eigentlich nur ihre Kinder und ihre engsten Freunde. Trotzdem nahm sie den Anruf entgegen, bereit, irgendeinen Callcenter-Mitarbeiter abzuwürgen. Doch schon der erste Ton der künstlich verfremdeten, männlichen Stimme ließ sämtliche Alarmglocken bei Emma schrillen. »Wollen wir ein Spiel spielen?«, fragte die Stimme. Emma warf Theo einen alarmierten Blick zu, stellte das Telefon auf laut und bedeutete mit einer Geste allen umstehen Kollegen, ruhig zu sein. »Wer ist da?«

»Beantworte meine Frage, Emma!«, befahl die verzerrte Stimme am anderen Ende der Leitung. »Wollen wir ein Spiel spielen?« Emma sah, wie ihr Vorgesetzter seine Augen weit aufriss, als ihr Name fiel.

Sie selbst spürte augenblicklich, wie sich ihr Magen zusammenzog und ihr Puls zu rasen begann. »Wer sind Sie? Woher haben Sie diese Nummer?« *Wieso kannte der Mann ihren Namen?* Emma wurde heiß und sie sehnte sich augenblicklich unter ihre eiskalte Dusche zurück.

»Ach, Emma, Schatz. Beantworte einfach meine Frage. Wollen wir ein Spiel spielen: Ja oder nein?«

Emma hätte ihn am liebsten angeschrien. Wie konnte er sie einfach Schatz nennen? Sie sah aufgewühlt zu Theo, der völlig konzentriert wirkte und angestrengt zu überlegen schien. Dann schrieb er schnell etwas auf einen Notizblock, den er, oldschool wie er nun mal war, immer zusammen mit einem kleinen Stift in seiner Brusttasche aufbewahrte. Er notierte nur ein Wort und zeigte es Emma: Geiselnehmer?

»Mit wem spreche ich da? Wo sind Sie? Was wollen Sie?« Zu viele Fragen auf einmal. Theo machte mit seiner Hand eine beschwichtigende Bewegung, die Emma bat, ruhig zu bleiben.

»Mit wem spreche ich?«

»Darum geht es hier nicht, Emma. Spielst du mit oder lässt du die Leute sterben?«

»Wen?« Emma gab sich alle Mühe, beherrscht und sicher zu klingen.

»Alle. Alle, die sich in diesem Moment in der Arztpraxis aufhalten, vor der du gerade stehst«, sagte die verzerrte

Stimme. Es handelte sich also eindeutig um den Geiselnehmer. Sie mussten unbedingt rausfinden, mit wem sie es zu tun hatten und was er wollte. Wenn er eine Forderung stellte, ließ sich ein Motiv erahnen, und das brachte oft Aufschluss über die Person selbst.

»Was ist das für ein Spiel?«

»Ah, sehr schön. Richtige Frage, Emma. Warte einen Augenblick.« Er legte auf.

»Verdammt!« Emma hätte ihr Handy fast auf den Boden geschmettert. Sie hatte ihn länger in der Leitung halten wollen, um mehr zu erfahren. In diesem Moment bemerkte sie, dass vor dem Haus etwas vor sich ging. Die Tür öffnete sich langsam und eine in Weiß gekleidete junge Frau trat heraus. Sie trug einen langen, dunklen Pferdeschwanz und ein helles Stirnband. Ihre Kleidung verriet, dass es sich um eine der Arzthelferinnen handeln musste. Als sie ein paar Schritte nähergekommen war, erkannte Emma, dass das viele Make-up der Sprechstundenhilfe übers ganze Gesicht verschmiert war, vermutlich hatte sie im wahrsten Sinne des Wortes Rotz und Wasser geheult. Die Frau wirkte gänzlich verstört und brach sofort zusammen, als zwei Polzisten auf sie zuliefen, um sie in Sicherheit zu bringen. Sie hockte auf dem Boden und umklammerte panisch etwas mit ihren Fingern, deren lange Nägel knallpink lackiert waren. Es war ein kleines Notebook, das auf ihrem Schoß lag. Die junge Frau wirkte, als wolle sie schreien oder wenigstens etwas sagen, aber sie tat es nicht. Ihr Kopf bewegte sich wild hin und her. Es wirkte, als halte ihr jemand den Mund zu. Aber da war niemand. Und ihr Mund war auch nicht verbunden. Einer der uniformierten Kollegen nahm ihr das Gerät aus den Händen und brachte es zu Emma. Der andere Polizist führte die Arzthelferin zu einem der Rettungswagen, wo sie von Sanitätern medizinisch versorgt werden würde. Obwohl sie sicherlich noch unter Schock stand und kaum vernehmungsfähig war, rannte Theo zu ihr, um ein paar wichtige Fakten abzufragen. »Du kümmerst dich um das da«, rief er Emma zu und deutete auf das Notebook in ihren Händen.

Auf dem Notebook blinkte auf schwarzen Grund ein weißer Button, in dem das Wort ›Play‹ zu lesen war. Darüber stand: ›Für Emma. Drück Play. Sofort! Sonst sterben alle! Dein Spielfreund.‹

Für Emma? Was hatte sie mit der Sache zu tun? Sie war noch nie in dieser Praxis gewesen. Und wer war dieser Mann, der nicht nur ihren Namen und ihre Telefonnummer kannte, sondern auch ganz genau zu wissen schien, dass sie heute hier sein würde? Emma spürte ihren unruhigen Herzschlag. Eigentlich wurde sie selbst in Ausnahmesituation nur selten nervös. Doch hier ging es um sie persönlich. Sie spürte, dass dieser Fall ihr alles abverlangen würde. Vielleicht sogar mehr, als sie geben konnte. Eine dunkle Vorahnung, die nach Schmerz, Verlust und Angst schmeckte, überkam sie. Doch sie durfte sich nicht verleiten lassen, sie musste im Moment bleiben, wach und konzentriert.

»Von der Frau werden wir so schnell nichts erfahren.« Theo war schneller zurück, als Emma vermutet hätte.

»Kein Wunder. Sie muss vollkommen unter Schock stehen«, sagte Emma.

»Ja, das bestimmt auch. Aber nicht deshalb. Der Mistkerl hat ihr den Mund zugeklebt. Vermutlich mit Sekundenkleber. Sie bekommt die Lippen nicht auseinander, sie würde sich dabei die ganze Haut herunterreißen. Die Sanitäter meinen, das geht mit Pflanzenöl, Wasser und Seife oder zur Not auch mit einem Lösungsmittel wieder ab. Aber das dauert. Und bis dahin werden wir nichts von ihr erfahren.«

Emma wurde wütend. Wütend auf einen Fremden. Wie konnte der Geiselnehmer der Frau so etwas antun? Außerdem hatte sie natürlich auf Informationen gehofft, damit sie sich ein besseres Bild von der aktuellen Lage im Inneren des Gebäudes machen konnte. Wie viele Menschen befanden sich in der Praxis? Gab es mehr als einen Täter? »So lange können wir aber nicht warten.«

Ihr Chef nickte, auch er wusste, dass es oft nur ein Bruchteil von Sekunden war, der über Leben und Tod entschied. »Sie wollte uns aber irgendetwas mitteilen«, sagte Theo. »Ich wollte, dass sie es aufschreibt, aber sie hat viel zu sehr gezittert. Außerdem haben die Rettungssanitäter darauf bestanden, sie sofort ins Krankenhaus zu fahren. Aber so hektisch, wie sie versucht hat, etwas zwischen den zugeklebten Lippen hervorzupressen, war es auf jeden Fall wichtig.«

»Ich denke, der Geiselnehmer hat sie vor allem gehen lassen, weil er uns eine Nachricht überbringen wollte.« Emma drehte das Notebook so, dass ihr Chef den Bildschirm sehen konnte. »Für Emma?«, las Theo fragend vom Screen ab. »Hast du irgendeine Idee, wer …«

»Nein«, unterbrach sie ihren Boss sofort. Er nickte ihr verständnisvoll zu, und sie betätigte vorsichtig das Touchpad und drückte auf den weißen Button, auf dem in roter Schrift ›Play‹ stand. Plötzlich poppte ein Fenster auf und ein Video erschien. Emma erkannte sofort, dass es sich um einen Livestream aus der Arztpraxis handeln musste. Zu sehen waren zwei vollkommen verängstigte Frauen, vermutlich Patientinnen, da sie keine Praxiskleidung trugen. Eine brünette Frau, Emma schätzte sie auf Mitte vierzig, und ein blondes, dünnes Mädchen knieten nebeneinander auf dem Boden vor dem Empfangstresen. Der Geiselnehmer selbst schien zu filmen. Emma vermutete, dass er eine Knopfkamera an seinem Hemd trug, zumindest passte das vom Winkel her zu den Aufnahmen. Emma erschrak. Ihr Handy klingelte erneut. Anrufer: Anonym. Ihre Hände zitterten, als sie den Anruf annahm und die verzerrte Stimme hörte, die ihr seltsamerweise schon irgendwie vertraut vorkam.

»Weißt du, Emma … Es gibt eine Sache, die unser Leben maßgeblich beeinflusst. Mehr als es irgendetwas anderes könnte. Es sind die Entscheidungen, die wir treffen. Nichts bestimmt uns mehr als das. Doch wie schon Charlie Chaplin einmal sagte: ›An den Scheidewegen des Lebens stehen keine Wegweiser.‹ Und das ist es, was uns ängstigt. Wir müssen uns ganz alleine entscheiden, was bedeutet, dass nur wir allein für die Konsequenzen unseres Handelns die Verantwortung tragen. Eine Wahl für etwas treffen, bedeutet auch immer Veränderung. Haben wir eine Wahl getroffen, so wird sich etwas verändern und, ob wir es zugeben oder nicht, jeder Mensch fürchtet die Veränderung. Also fürchtet er bereits die Entscheidung, die dazu führt. Wir plagen uns herum, sind nicht in der Lage, eine Entscheidung zu fällen, und weil wir Angst haben, lassen wir es lieber gleich bleiben. Diese Möglichkeit aber werde ich dir heute nehmen, Emma.«

Die Qual der Wahl. Vielen Menschen fiel es schwer, Entscheidungen zu treffen. Emma zählte sich eigentlich nicht dazu. Sie hätte am liebsten augenblicklich aufgelegt und blindlings das Gebäude gestürmt. Doch sie musste sich innerlich zusammenreißen und ihre Stimme zügeln. »Wie soll ich das verstehen?« Emma sah auf den Bildschirm des Notebooks und erkannte die nackte Angst in den Augen der älteren Frau. In dem schmalen Gesicht des Mädchens spiegelte sich noch eine andere Emotion, die Emma irritierte, denn sie konnte nicht genau ausmachen, was es war.

Die verfremdete Stimme fuhr in einem ruhigen, gelassenen Ton fort. »Also, erst mal möchte ich dir die Spielregeln erklären. Darf ich vorstellen? Die zwei Damen, die du gerade auf dem Bildschirm siehst, sind Frau Winter und ihre Tochter Leila. Um die beiden geht es heute, sie sind unsere Spielfiguren.«

Spielfiguren? Es ging um Menschenleben! Emma sah die blanke Panik in dem angstverzerrten Gesicht der Mutter. Sie flehte den Mann an und weinte. Die Tochter hingegen, die groß gewachsen und schlank war, kniete mit gesenktem Kopf neben ihr und wimmerte vor sich hin. Gelegentlich hob sie den Kopf, starrte beinahe genau in die Kamera und suchte dann den Blickkontakt zu ihrer Mutter. Sie wirkte entsetzlich hilflos, nicht nur weil eine Waffe auf sie gerichtet war, sondern auch, weil ihre eigene Mutter, deren breite Schultern und leicht faltiges Gesicht einen recht robusten Eindruck erweckten, ihr vermutlich zum ersten Mal im Leben nicht helfen konnte. Seinem eignen Kind nicht beistehen können, war wohl das Schlimmste, was man Eltern antun konnte. »Die Regeln sind ganz einfach. Du entscheidest, wer stirbt. Wen soll ich abknallen? Die Mutter oder die Tochter? Du hast sechzig Sekunden Zeit, sonst töte ich beide. Verstanden?« Emma schwieg, ihre Kehle war wie zugeschnürt. Ihr wurde übel. Sprachlos versuchte sie, ihre Gedanken zu ordnen. Was verlangte er da von ihr?

Die Stimme sprach unaufgefordert weiter. »Ich gehe mal davon aus, dass du alles begriffen hast. Du bist ja ein kluges Mädchen. Also, liebe Emma, die Zeit läuft.«

Das Video verschwand und auf dem Computerbildschirm erschien ein Countdown. Sechzig Sekunden Zeit für eine unmögliche Entscheidung. Theo schüttelte den Kopf. Emma stellte das Handy auf stumm, damit der Unbekannte sie nicht hören konnte. Ihr Chef war wütend. »Auf so etwas lassen wir uns nicht ein. Was will der Kerl?«

Was sollte sie tun? Emma stellte ihr Handy wieder auf laut. »Sind Sie noch dran? Ich bin mir sicher, dass wir das klären können.« Sie hielt ihre Stimme möglichst ruhig, auch wenn ihr viel mehr nach Brüllen zu Mute war. »Ohne, dass jemand stirbt. Noch ist nichts passiert, was drastische Konsequenzen nach sich ziehen müsste. Noch ist niemand ernsthaft verletzt worden. Lassen Sie uns reden.«

»Wer sagt denn, dass es noch keine Verletzten gibt? Oder Tote?«, antwortete der Mann und lachte dabei höhnisch. Seine verzerrte Stimmte ging Emma direkt unter die Haut und sie merkte, wie sie sich schon jetzt in ihr Gedächtnis eingebrannt hatte. Oder hörte sie diese Stimme gar nicht zum ersten Mal? »Noch dreißig Sekunden, Emma.«

Ihr Kopf suchte einen Ausweg, ihr Geist wollte fliehen. Und auf einmal fühlte sich diese Situation an wie ein Déjà-vu, aber Emma konnte sich nicht erklären, was genau sie zu dieser Annahme verleitete. Sie zwang sich, sich zu konzentrieren. »Warum eine Frauenarztpraxis?«, fragte sie, in der Hoffnung, Zeit schinden zu können.

Der Mann seufzte. »Das Spielfeld habe ich mir nicht selbst ausgesucht.«

Was zur Hölle meinte der Kerl damit? Spielfeld? Sie war überfordert und hasste sich augenblicklich dafür. Scheiße, fluchte sie innerlich. Was konnte sie jetzt tun? Selbst Theo, auf den sie sich bisher immer verlassen konnte, war keine große Hilfe. In seinem Gesicht stand dieselbe Verzweiflung und Ratlosigkeit, die Emma innerlich spürte. Sie wollte diese Entscheidung einfach nicht treffen. Sie konnte doch nicht zustimmen, dass jemand erschossen wurde. Auch wenn sie damit ein anderes Leben retten konnte. Sie musste an Nico und Amelie denken, daran, dass sie selbst Mutter war und sie nicht den geringsten Zweifel hatte, dass das Überleben ihrer Kinder ausnahmslos wichtiger war als ihr eigenes Leben. Aber hier ging es um zwei Menschen, die Emma nicht kannte, denen sie mit der Wahl ihres Berufs als Kommissarin aber versprochen hatte, sie zu beschützen. Der Scheißkerl wollte sie erpressen und zu einer Mörderin machen. Aber wenn sie nichts unternahm, dann würden zwei Menschen sterben. Die Zeit lief ab. Noch zehn Sekunden. Emma schwieg.

Noch fünf Sekunden.

Noch vier.

Drei.

Zwei.

Noch eine.

Die letzte Sekunde lief ab. Als der Countdown auf null sprang, stellte Emma ihr Telefon lauter und lauschte angespannt. »Schade, Emma. Ich dachte, du wolltest mitspielen. Aber wie es aussieht, glaubst du mir anscheinend nicht. Ich muss dir wohl zeigen, dass ich es ernst meine.« Trotz der Verzerrung meinte Emma Enttäuschung in der Stimme wahrzunehmen.

»Warten Sie!« Was konnte sie jetzt tun? Sie hatte keine Zeit, nach Protokoll vorzugehen, zumal es für eine derartige Situation keins gab. Sie musste eine Art Verbindung zu diesem Mann herstellen, und zwar schnell. »Okay, wir spielen. Aber nicht so. Ich komme zu Ihnen rein, okay? Lassen Sie uns darüber reden, was Sie wollen. Wenn es ein Problem gibt, lässt sich das bestimmt irgendwie klären, ohne dass jemand sterben muss.«

»Aber das ist doch das Spiel. Hätte ich die Regeln besser erklären müssen, liebe Emma?«

»Ich komme jetzt zu Ihnen und Sie erklären mir die Regeln ganz in Ruhe. Was halten Sie davon?«

»Nichts. Die Zeit ist abgelaufen.« Er legte auf. Im selben Moment erschien wieder der Livestream auf dem Bildschirm. Frau Winter und ihre Tochter knieten in derselben Haltung wie zuvor vor dem Empfangstresen der Praxis. Plötzlich sah Emma den Lauf einer Waffe aufblitzen. Sie schrie laut auf, genau wie die Frauen. Emma starrte auf den Bildschirm. Es war die Perspektive des Täters. Ihr wurde bewusst, dass sie quasi durch seine Augen blickte. Und was sie sah, war so grauenvoll, dass es sie ihr Leben lang verfolgen würde. Das schmerzverzerrte Gesicht einer Frau, die wusste, dass sie diesen Tag nicht überleben würde. Neben ihr ihre Tochter, die vor Panik nur noch einatmete, wie ein Asthmatiker, und zu ersticken drohte. Der Unbekannte zielte auf den Kopf der Mutter – und drückte ab. Der Körper flog zurück, prallte gegen den Empfangstresen und sackte leblos in sich zusammen. Die Tochter schrie vor Entsetzen, doch ihr Gesicht erstarrte zu einer leblosen Maske, als sich eine Sekunde später der Lauf der Waffe auf sie richtete. Ohne zu zögern, drückte der Täter ab. Der schlanke Körper der Tochter fiel seitlich nach hinten und landete auf dem der Mutter. Im selben Moment brach die Verbindung ab. Emma hätte das Notebook beinahe fallen gelassen, aber ein junger Kollege in Uniform nahm es ihr vorsichtig ab. Was gut war, denn das Teil würde sofort von den IT-Experten der Kriminaltechnik geprüft werden müssen.

»Zugriff!«, brüllte Theo neben ihr und es dauerte nur wenige Sekunden, da stürmte das Spezialeinsatzkommando das Gebäude. Emma und Theo folgten den Einsatzkräften, auch wenn Theo mit seinen kurzen Beinen deutlich mehr Mühe hatte, bei dem Tempo mitzuhalten, als sie. Während sie die Treppe in den dritten Stock hochsprinteten, traf Emma die Erkenntnis wie ein Blitzschlag. Irgendetwas an den Aufnahmen stimmte nicht. Das sagte ihr ihr Ermittlerinstinkt, auch wenn sie noch nicht herausfiltern konnte, was genau sie daran störte. Doch. Sie wusste es. Es war das Geräusch gewesen. Oder eher, das fehlende Geräusch. Emma wusste, wie sich ein Schuss aus einer Pistole anhörte. Es war ein ohrenbetäubend lauter Knall, nicht umsonst trugen sie und ihre Kollegen beim Schießtraining Ohrschützer. Emma hatte in dem Video zwar echte Schüsse gehört, das schon. Aber nur einmal und auch zu leise. Emma wusste noch nicht, was das zu bedeuten hatte. Sie hatte jetzt aber keine Zeit mehr, darüber nachzudenken. Sie hatten den Eingang der Praxis erreicht.

Der erste Polizist, der – geschützt durch schusssichere Weste, Helm, Schutzbrille und Handschuhe – die Praxis betrat, hielt einen Revolver in den Händen und keine Pistole, wie Emma es tat. Der größte und lebenswichtigste Unterschied war, dass Emmas Pistole mit einem Magazin geladen wurde, wogegen ein Revolver eine Trommel hatte, die mit einzelnen Patronen geladen wurde. Darum waren bei einem Revolver Ladehemmungen so gut wie ausgeschlossen. Sollte der Täter also sofort das Feuer eröffnen, konnte der Kollege blitzschnell reagieren und die Wahrscheinlichkeit, dass ein technischer Fehler ihn sein Leben kostete, weil die Waffe nicht richtig funktionierte, war quasi gleich null.

»Gesichert«, rief der Mann in Schwarz und seine Kollegen rückten nach. Einer nach dem anderen betraten sie die Praxis, sicherten nach und nach alle Räume.

»Gesichert«, hörte Emma einen anderen SEK-Beamten rufen.

Emma und Theo konnten nun die Praxis betreten und in diesem Moment wusste Emma, was das fehlende Geräusch in dem Video zu bedeuten hatte.

Alles sah aus, wie sie es auf dem Notebook gesehen hatte. Frau Winters lebloser Körper lag am Boden vor dem Empfangstresen, unter ihrem Kopf hatte sich eine Blutlache ausgebreitet und ihre Haare völlig durchtränkt. Die Tochter lag halb auf ihr. Emma ging weiter ins Wartezimmer, wo sich die SEK-Kollegen bereits um den Arzt, eine weitere Arzthelferin und zwei Patientinnen kümmerten. Die Geiseln waren gefesselt, weinten und flehten laut hinter fest aufeinandergepressten Lippen. Der Scheißkerl hatte tatsächlichen allen Geiseln den Mund mit Sekundenkleber zugeklebt. Emma sah in die angstverzerrten Gesichter und spendete ihnen einen tröstenden Blick, der sagen sollte: *Alles wird gut.*

Emma fragte sich, wie die Arzthelferin es geschafft hatte, einen Notruf abzusetzen, obwohl ihr Mund verklebt war, als plötzlich Theo hinter ihr stand. »Hier ist niemand. Der Täter muss es irgendwie geschafft haben, zu fliehen.«

»Ja, und das wahrscheinlich lange bevor wir überhaupt hier waren. Er ist hier ganz gemütlich rausspaziert.« Emma seufzte frustriert und spürte Ärger in sich aufsteigen. Ärger über sich selbst, aber auch über die Tat an sich, Ärger über die grausame Welt, in der sie alle lebten, Ärger über die gestörten Menschen, die frei herumliefen und anderen grundlos Leid zufügten. Manchmal hasste sie diese Welt, obwohl es weniger die Welt war als die Menschen darin. Erst jetzt bemerkte sie, dass Theo sie fragend anstarrte.

»Es sieht so aus, dass er uns komplett hinters Licht geführt hat. Die Aufnahmen waren nicht live.«

»Wie kommst du darauf?«, wollte Theo wissen.

»Ich könnte mich ohrfeigen dafür, dass es mir erst jetzt auffällt. Als wir eben gesehen haben, wie er auf die beiden geschossen hat, da fehlte ein zweiter Knall. Wir hätten doch eigentlich zwei laute Schüsse aus dem Gebäude hören müssen und zeitgleich oder sogar leicht verzögert über die Lautsprecher des Notebooks. Aber wir haben die Schüsse nur über das Notebook gehört.«

Theo erstarrte kurz, dann fuhr er sich mit beiden Händen durch sein immer lichter werdendes, grau meliertes Haar. Eine Geste, die Emma schon oft an ihm beobachtet hatte, wenn er der Verzweiflung nah war. Es war so offensichtlich und trotzdem war es ihnen beiden entgangen.

Emma fummelte in ihrer Jackentasche herum, fand, was sie gesucht hatte, und zog sich den dünnen Einweghandschuh über. Sie ging zurück zum Empfangstresen und kniete sich zu den beiden Leichen, um ihre Temperatur zu prüfen. Sie war zwar kein Rechtmediziner, aber sie wusste, dass Menschen nach dem Tod etwa ein Grad pro Stunde abkühlten. Je kälter Frau Winter und ihre Tochter sich also anfühlten, desto länger war der Täter schon auf der Flucht. Emma berührte vorsichtig den blutverschmierten Hals der Tochter. Und was sie spürte, ließ ihr Herz einen Moment aussetzen. Leila Winter fühlte sich warm an und Emma vernahm ein Pochen unter ihren Fingern. »Sie hat einen Puls!«, schrie Emma. Und im gleichen Moment erkannte sie, dass das Mädchen angestrengt versuchte, zu blinzeln.

2. Kapitel: Ben

Ben war hundemüde. Die ganze Nacht lang hatte er, gemeinsam mit einem Kollegen von der Fahndung, einen Obdachlosen observiert, der sie schließlich zum Ziel geführt hatte. Zum Händler, wie sie ihn nannten. Sie wussten jetzt, wer den Obdachlosen Geld für ihre Organe bot, und noch vor Sonnenaufgang hatten sie sich einen Haftbefehl ausstellen lassen. Der Richter war äußerst kooperativ gewesen, schließlich hatte er ein persönliches Interesse an dem Fall. Sein komplett anders geratener Bruder lag zurzeit ohne Leber im Krankenhaus. Er hatte sich direkt nach der Operation dorthin geschleppt, noch halb narkotisiert von dem Eingriff, den der Händler stümperhaft im eigenen Keller durchgeführt hatte. Die Beweise lagen auf dem Tisch und Ben hoffte, dass die Staatsanwaltschaft den Kerl zerfleischte. Er hatte zwei Obdachlose und vier Junkies auf dem Gewissen. Zwei weitere Opfer hatten es geschafft, rechtzeitig in ein Krankenhaus zu gelangen, und konnten dort im letzten Moment gerettet werden. Sie würden gegen den Händler aussagen. Es war vorbei.

Ben hatte gerade mal dreieinhalb Stunden geschlafen und war bereits auf dem Weg zu seinem nächsten Fall, was unüblich war, denn sein Chef hatte ihm eine Pause zugesagt. Und auf Theodor Steinhaus war Verlass, er hielt seine Versprechen immer. Außer in Ausnahmesituationen wie dieser. Es ging um einen seiner alten Fälle, der durch eine Geiselnahme heute Morgen wieder ins Rollen geraten war. Noch konnte er sich die Zusammenhänge nicht erklären, denn sein Chef wollte am Telefon nicht damit rausrücken, um welchen seiner alten Fälle es sich konkret handelte. Doch Ben hatte bereits eine böse Vorahnung.

Als er die Tür des Besprechungsraums öffnete, strömte ihm ein wohlbekannter Duft in die Nase, der sich unter den Geruch von Kaffee und Schweiß mischte. Es war Emma. Das war der typische Emma-Duft, den Ben immer und überall identifizieren konnte. Er wusste nicht, wie es hieß, aber er kannte ihr Parfüm. Und es war nicht bloß der Geruch des Parfüms selbst, sondern der perfekte Einklang des Duftes mit Emmas unverkennbarem, eigenem Geruch, der Ben sofort ein wohliges Gefühl bescherte, das neuerdings aber nur von kurzer Dauer war. Denn zwischen ihnen hatte sich einfach alles verändert. Warum war seine Frau hier? Oder war sie schon seine Ex-Frau? Sie lebten aktuell im letzten Monat ihres Trennungsjahres. Scheidung eingereicht ja, Scheidung durch nein. Ein Jahr warten. Wer auch immer sich das ausgedacht hatte, musste ein hoffnungsloser Romantiker gewesen sein. Also war sie jetzt offiziell noch seine Frau oder nicht? Vielleicht sollte Ben ihr besser einen anderen Titel geben und sie in seinem Kopf einfach als *Mutter seiner Kinder* abspeichern. Aber dafür begehrte er sie noch viel zu sehr. Selbst jetzt, mit ihrer seltsamen neuen Frisur. Kurz nach ihrer Trennung hatte sie sich die Haare abgeschnitten. Was für ein Klischee, hatte er gesagt. Was bist du für ein Arschloch, hatte sie geantwortet. Ben wollte sich einbilden, dass es eigentlich nur im Spaß gemeint war, so wie früher. Zu ihren besten Zeiten hatte sie ihn oft ganz liebevoll Arschloch, Blödmann oder Idiot genannt, es aber nie ernst gemeint. Heute war das vermutlich anders.

Ben stand in der offenen Tür. Er war mit allen anwesenden Kollegen vertraut und grüßte in die Runde. Er lächelte Emma unsicher an und sie prostete ihm mit ihrem Kaffeebecher zu. Freundlich, aber reserviert. Das war Emmas Meisterdisziplin. Im einen Moment konnte sie einem das Gefühl geben, ihr ganz nah zu sein, und im nächsten Moment schaffte sie wieder eine riesige Distanz. Bens Mutter hatte das an Emma stets kritisiert. »An diese Frau kommt man einfach nicht ran!«, hatte sie geschimpft. Ben hatte meist milde gelächelt und sich gedacht, dass er eben der Einzige war, der ihr wirklich nah war, der ihre Wärme und ihre Liebe ganz für sich allein hatte. Abgesehen von den Kindern, die sie wie eine Bärenmutter beschütze und mit Liebe umhüllte. Doch jetzt bekam Ben die Kälte, die Emma ausstrahlen konnte, am eigenen Leib zu spüren.

Irritiert blieb er in der Tür stehen und sah zu Theodor. Ein Blick genügte, und sein Chef kam auf ihn zu und schob ihn ein Stück raus aus dem Raum in den Flur.

»Was macht sie hier?« Ben deutete mit dem Kopf in Emmas Richtung, was nicht nötig war, sein Chef hatte ihn auch ohne diese Geste verstanden.

»In diesem Fall brauche ich euch beide. Das lässt sich, so wie ich das sehe, nicht vermeiden. Tut mir leid«, flüsterte er, obwohl Bens Noch-Frau bestimmt längst ahnte, warum er und der Chef die Köpfe zusammensteckten. Wahrscheinlich hatten sie und Theodor zuvor dasselbe Gespräch geführt.

»Ernsthaft? Du willst, dass wir wieder zusammen ermitteln? Ich glaube nicht, dass das gut geht.«

»Ihr werdet euch zusammenreißen. Ihr seid schließlich beide erwachsen. Außerdem wart ihr früher ein ausgezeichnetes Team«, zischte Theo und klang leicht gereizt.

»Die Sache ist, wir waren ein gutes Team, wir sind es aber nicht mehr.« Ben musste sich bemühen, nicht zu laut zu sprechen. Er spürte Aggressionen in sich hochsteigen, die auf der Arbeit nichts zu suchen hatten.

»Wenn du hörst, um was es geht, siehst du das vielleicht anders. Ich denke, das wird deine Meinung ändern.«

»Müssen wir wieder verdeckt ermitteln? Geht es darum?«

»Es geht um mehr als das. Komm jetzt mit rein und setz dich erst mal.«

Ben und Emma hatten früher fast ausschließlich gemeinsam ermittelt. Über längere Zeit sogar verdeckt. Und diese Arbeit hatte das Ende ihrer Ehe bedeutet. Aber das musste er jetzt vorläufig vergessen, denn Theodor Steinhaus setzte eine ernste Miene auf, die Ben signalisierte, dass er über das Thema nicht länger mit ihm diskutieren würde, und ging zurück in den Besprechungsraum.

»Okay«, Ben trat ein und ließ die Tür hinter sich zufallen. »Um was geht es?«

»Setz dich. Am besten, ihr setzt euch alle.« Theodor erhob seine Stimme, alle im Raum verstummten kurz und kamen seiner Aufforderung nach. Steinhaus strahlte, trotz seines rundlichen Gesichts und seiner leicht untersetzen Figur, eine gewisse Dominanz aus. Jeder, der den Raum neu betrat, hätte sofort gewusst, dass er hier der Ranghöchste war. Trotzdem war Steinhaus kein überheblicher oder tyrannischer Chef. Vor allem konnte er zugeben, wenn er einen Fehler gemacht hatte, was Ben bei einem Menschen schon immer für eine außergewöhnlich große Stärke gehalten hatte. Er selbst war nicht besonders gut darin, sich seine Fehler einzugestehen. Geschweige denn, Fehltritte anderer zu verzeihen. So wie bei Emma.

»Also«, setzte Theodor an, »ich denke, wir haben es hier mit einem Psychopathen zu tun. Vielleicht auch mit einem Soziopathen, aber dafür kommt er mir zu kühl und kontrolliert vor.« In diesem Moment hob ein junger Kollege mit lockigem, vollem Haar die Hand, von dem Ben nur den Nachnamen kannte.

»Was genau ist denn der Unterschied? Sind nicht beide einfach geistesgestört?«, fragte Schmitz.

»Jein«, sagte Steinhaus. »Haben wir jemanden hier, der das unserem jungen Kollegen erklären möchte?«

Ben fühlte, wie sein Chef ihm einen flüchtigen Blick zuwarf, und er übernahm die Erklärung. »Psychologisch gesehen macht es einen gewaltigen Unterschied, ob wir es mit einem Sozio- oder Psychopathen zu tun haben. Soziopathen handeln impulsiv und wissen nicht, wie sie ihre Emotionen kontrollieren sollen. Sie haben Gefühle, echte Gefühle. Ein Psychopath hingegen kennt keine Angst, keine Empathie. Er kann diese Gefühle aber vortäuschen. Er macht sich Empfindungen anderer zunutze, um sie zu manipulieren. So jemand plant lange voraus und kann sich sehr gut verstellen. Er macht einem die ganze Zeit etwas vor, er spielt eine Rolle und das in vollkommener Perfektion.«

»Wie ein brillanter Hollywood-Schauspieler, also?«, unterbrach ihn Schmitz.

Ben mochte es zwar ganz und gar nicht, unterbrochen zu werden, trotzdem ging er kurz auf die Anmerkung ein. »Könnte man sagen, ja. Psychopathen bieten wirklich oscarreife Darbietungen.« Er machte eine kurze Pause, als er sah, dass Schmitz erneut den Mund öffnete, doch diesmal warf er ihm einen einschüchternden Blick zu, sodass der Lockenkopf sich nicht traute, ihn noch mal zu unterbrechen. »Einen Soziopathen hingegen erkennt man meist an seinem aufbrausenden, emotionalen Auftreten. Ein Mensch, der unangenehm ist, um den man instinktiv einen Bogen macht, jemand, der sein Leben nicht auf die Reihe bekommt.«

Sein Vorgesetzter übernahm wieder. »Den Psychopathen zu entlarven, ist dagegen fast unmöglich, denn er lebt völlig angepasst, führt ein geregeltes Leben, hat einen Job, Familie, Kinder. Er kommt rüber wie ein netter Typ, wenn er will. Und er verfolgt klare Ziele: Macht, Anerkennung und Kontrolle.«

Theodor warf Schmitz einen prüfenden Blick zu, um sich zu vergewissern, dass er den Unterschied zwischen einem Sozio- und einem Psychopathen verstanden hatte. Der Kollege nickte bestätigend, stotterte ein abgehaktes Danke und Theodor fuhr fort. »Fangen wir von vorne an. Heute Morgen fand in der Ringstraße in einem Praxis- und Bürogebäude eine Geiselnahme in einer Frauenarztpraxis statt. Der Täter bedrohte die Arzthelferin mit einer Waffe und forderte sie auf, eine Ansage auf ein Tonband zu sprechen, die wie folgt lautete: ›Hier ist ein Mann, der bedroht uns mit einer Waffe und will, dass Sie kommen.‹«

»Moment, er hat sie aufgefordert, uns zu alarmieren? Er wollte, dass wir sofort kommen?« Ben musste an diesem Punkt einfach nachhaken. Dass ein Täter sich die Polizei herbeiwünschte, war mehr als ungewöhnlich. Und wenn er geil auf das öffentliche Interesse war, dann informierte er zuerst die Medien. »Hat er es auf uns abgesehen? Oder auf einen von uns?«

»Nicht ganz.« Theodors Blick verriet Ben, dass er ins Schwarze getroffen hatte. Trotzdem beantwortete sein Chef die Frage nicht, sondern erzählte einfach weiter. »Um kurz nach acht ging der Notruf ein, doch das war, wie wir jetzt wissen, nur eine zuvor aufgenommene Ansage, die der Täter selbst vom Band abgespielt hat, bevor er aus der Praxis verschwunden ist. Als der Notruf bei uns einging, war die Tat schon längst geschehen. Nur dass wir das zu dem Zeitpunkt leider noch nicht ahnen konnten. Für uns stellt es sich so dar, dass er die Praxis betrat, die Arzthelferin zwang, den besagten Text einzusprechen, und ihr anschließend mit Sekundenkleber den Mund verklebte hat, wie auch ihrer Kollegin, dem Arzt und zwei weiteren Patientinnen. Danach schoss er auf Claudia Winter und ihre Tochter Leila und filmte das Ganze. Nur dass Emma und ich das Video die ganze Zeit für einen Live-Stream gehalten haben.«

Die Erwähnung von Emmas Namen löste in Ben sofort etwas aus. Ihr Name allein genügte und Bens Herz-Kreislauf-System fuhr Achterbahn. Theodor sah zu Emma, die ihm bestätigend zunickte und das Wort ergriff. »Kurz nachdem ich ankam, klingelte mein privates Handy. Auf dem Display wurde ›Anonym‹ angezeigt. Ich ging ran und wurde von einer stark verfremdeten und verzerrten Stimme begrüßt. Sehr wahrscheinlich ein Mann. Auch wenn es theoretisch möglich ist, eine Frauenstimme derart zu verfremden. Trotzdem gehe ich davon aus, dass es sich um einen Mann handelte. Und, wie wir vermuten, war es der Geiselnehmer selbst. Obwohl wir das noch nicht sicher sagen können. Vielleicht hatte er auch einen Komplizen. Wir sind noch dabei, die Zeugen zu befragen. Laut ersten Aussagen hat der Täter nicht telefoniert, obwohl er mehrmals den Raum verlassen haben soll. Also können wir auch das nicht mit Bestimmtheit sagen. Aber sicher ist: Der Täter wusste, wie ich heiße, und kannte meine private Nummer. Mein Handy ist schon bei den Experten von der Kriminaltechnik und wird gecheckt. Genau wie das Notebook.«

Ben holte Luft und wollte nach dem Notebook fragen, aber Theodor machte ihm mit einem geraden Blick klar, dass er noch alles erklären würde, und ergriff wieder das Wort. »Bis jetzt konnten unsere Computercracks nichts finden. Wir wissen also schon mal, dass wir es mit jemandem zu tun haben, der technisch sehr versiert ist. Es geht nämlich noch weiter. Der Geiselnehmer wollte mit Emma ein, wie er es nannte, Spiel spielen. Ab hier, könnte man sagen, greift meine Psychopathen-Theorie. Ich bin auf dem Gebiet kein großer Experte, das wisst ihr. Aber mal ehrlich. Der Kerl wollte weder Geld erpressen, noch hatte er, zumindest nach aktuellem Stand, ein persönliches Motiv. Der wollte mit uns spielen, was für mich schon mal nach krankhaftem Verhalten klingt. Während meiner ganzen Karriere hatte ich es nur mit zwei echten Psychopathen zu tun. Aber eins habe ich dabei gelernt: Sie sind unser schlimmster Feind. Wir kriegen sie nicht mit den üblichen Methoden. Die ticken im wahrsten Sinne anders. Also, weiter im Text. Der Kerl hat aufgelegt und kurz darauf kam die Arzthelferin, die zuvor die Polizei alarmiert hatte, mit einem Notebook nach draußen. Wie wir jetzt wissen, sollte sie rausgehen, sobald das Notebook angeht. Es wurde also ferngesteuert. Das Gerät wird gerade ebenfalls untersucht.«

Als Theodor berichtete, was danach geschehen war, drehte sich Bens Magen auf links. Was Emma durchgemacht hatte, war furchtbar. Ein Geiselnehmer, der die Kommissarin zu der Entscheidung zwingt, wer leben und wer sterben soll. Ben wusste um die Grausamkeit der Welt und kannte die Monster, die die Gesellschaft hervorgebracht hatte. Trotzdem erschrak ihn die Bösartigkeit jedes Mal aus Neue.

Emma übernahm jetzt wieder das Wort. »Ich hab mir vorgeworfen, keine Entscheidung getroffen zu haben, um wenigstens eine von beiden zu retten. Aber als wir die Praxis betraten, war uns klar, dass weder Leila noch ihre Mutter wirklich eine Chance hatten. Er hat sie erschossen, bevor wir überhaupt am Tatort eingetroffen sind. Das ganze Spiel war also nur eine Farce. Vielleicht wollte er Zeit schinden, womöglich hat er uns sogar beobachtet. Sicher wissen wir nur eins: Unser Täter handelt sehr geplant und durchdacht. Und er spielt auf keinen Fall fair.«

Bei diesen Worten meldete sich etwas in Ben. Ein Gefühl, das er intuitiv zu unterdrücken versuchte. Seine böse Vorahnung, welcher seiner alten Fälle der Grund war, warum Theodor hier zugezogen hatte, wurde immer mehr zur Gewissheit. »Aber was ist sein Motiv?«, fragte er in die Runde und erhielt keine Antwort. Er erkannte das Blitzen in Emmas Augen. Wie eine Löwin, die ihre Beute erspäht. Sie würde alles daransetzen, diesen Kerl zu fassen.

»Als Erstes würde ich gerne Leila Winter zu der Sache befragen, sie liegt im Krankenhaus.«

Ben war irritiert über Emmas Aussage. »Auf sie wurde doch geschossen, oder nicht?«

»Ja, aber sie lebt noch. So wie es aussieht, ist sie einen Sekundenbruchteil bevor der Schuss fiel, ohnmächtig geworden und nach hinten gekippt. Dadurch hat sie nur einen Streifschuss abbekommen und überlebt. Sie war bis zu unserem Eintreffen bewusstlos, weshalb der Geiselnehmer sie wahrscheinlich für tot hielt.

Ben versuchte, das Gehörte so schnell wie möglich zu verarbeiten. Eine Frau war gestorben. Und wie er seine Emma kannte, gab sie sich die Schuld dafür. Dabei hatte sie keine Chance gehabt, die Frau zu retten. Der Täter hatte ein gemeines, hinterhältiges Spiel mit ihr gespielt.

Ihr Chef schaltete sich wieder ein. »Wir sind gerade dabei, die Aussagen der Opfer aufzunehmen. Und jetzt kommen wir dazu, warum ich Ben heute seinen freien Tag versaut hab. Unser Täter hat nämlich mehr oder weniger einen Namen. Wenn auch nur einen Nickname, wie es heißt. Ein Spitzname im Internet.« Theodor sah

Ben eindringlich an, der jetzt mit Sicherheit wusste, um welchen alten Fall es sich handelte und warum sein Chef ihn bei den Ermittlungen dabei haben wollte. Warum er dabei sein musste. Ben spürte, wie sich seine Muskeln im ganzen Körper unweigerlich verkrampften und eine unfassbare Wut in ihm aufstieg. »Der Spielfreund ist wieder da.«

Er hatte diesen Fall nie vergessen können und sein Ehrgeiz, den Täter zu schnappen, war nie verflogen. In ihm brannte ein Feuer, dass nur gelöscht werden könnte, wenn der Spielfreund endlich hinter Gittern saß.

Es war nun knapp ein Jahr her, dass Ben zu einem Tatort gerufen wurde, der auf den ersten Blick keiner war. Ein Kinderzimmer, ein Mädchen lag in rosa Laken eingehüllt auf ihrem verschnörkelten, weißen Himmelbett. Erst auf den zweiten Blick erkannte man die verkrampfte Haltung, die aufgerissenen Augen, den Schaum vor Laura Schneiders Mund. Das vierzehnjährige Mädchen hatte sich mit Rizin vergiftet. Aber nicht auf einmal. Die Rechtsmediziner fanden heraus, dass das Mädchen über Wochen regelmäßig geringe Dosen des Giftes geschluckt haben musste, für das es kein Gegengift gab. Am Ende nahm Laura Schneider eine so große Menge, dass sie zusammenbrach. Ihre Eltern riefen einen Notarzt, doch zu diesem Zeitpunkt war es längst zu spät. Der Arzt konnte sie nicht mehr retten, und sie starb an der Überdosis. Ben musste herausfinden, woher sie das Gift hatte und ob sie es wirklich freiwillig zu sich genommen hatte. Schließlich konnte ihr genauso gut jemand das Pulver heimlich untergemischt haben. Ben hatte zunächst die Eltern des Mädchens verdächtigt, ihrer Tochter heimlich Gift unters Essen gemischt zu haben. Und das vielleicht nicht mal in der Absicht, Laura zu töten. Es gab Eltern, die ihre Kinder absichtlich krank machten, damit sie sich um sie kümmern konnten. Psychologen sprachen in solchen Fällen vom sogenannten Münchhausen-Stellvertreter-Syndrom. Angehörige wollten einen Menschen permanent gesund pflegen und ihn so von sich abhängig machen. Aber dafür musste die Person erst einmal krank sein, weshalb mit Gift, verunreinigtem Essen, Medikamenten oder anderen Tricks nachgeholfen wurde. Die von diesem Syndrom betroffenen Personen wirkten wie normale, besorgte Angehörige. So jemandem auf die Schliche zu kommen, war ziemlich schwer. Doch die Wahrheit im Fall Laura Schneider war weitaus entsetzlicher und jagte Ben bis heute eine Gänsehaut über den Körper, wenn er nur daran dachte. Lauras Eltern hatten nichts mit der Sache zu tun.

Das Mädchen war seit Monaten in einem Forum für Teenager mit Suizidgedanken unterwegs gewesen und hatte sich online mit jemandem namens Spielfreund angefreundet. Ben und seine Kollegen fanden unzählige Chatverläufe zwischen Laura und Spielfreund. In den ersten Mails zeigte er Verständnis für sie und ihre Probleme und erschlich sich so ihr Vertrauen, nur um sie nach und nach in ihren Selbstmordgedanken zu bestärken. Schließlich drängte er Laura geradezu dazu, sich umzubringen, da niemand sie mochte, sie hässlich und fett sei, und weil dann endlich alles vorbei sei. Doch das Schlimmste: Spielfreund sah dem Mädchen beim Sterben zu. Er hatte ihr Rizin in Pulverform geschickt und sie aufgefordert, regelmäßig etwas davon zu schlucken und sich dabei zu filmen. Außerdem überredete er sie, ihm Nacktbilder zu mailen. Er stellte die Fotos online und verschickte sie an Lauras Mitschüler. Sie erlitt einen psychischen Zusammenbruch, suchte aber immer noch

Rat bei ihrem vermeintlichen Internetfreund. Die Chatprotokolle hatten Ben bis in die absolute Fassungslosigkeit getrieben. Die Vierzehnjährige war in eine Art Abhängigkeit geraten, die sie glauben ließ, dass ihre neue Onlinebekanntschaft der einzige Mensch auf Erden war, der es ehrlich mit ihr meinte. Natürlich waren Mädchen, genau wie Jungen, in der Pubertät unsicher, orientierungslos, auf der Suche nach sich selbst – denn genau dazu diente die Zeit des Heranwachens. Ben hatte eine Tochter fast im selben Alter. Amelie war bloß ein Jahr jünger. Würde sie so naiv sein? Würde Amelie mit fremden Männern schreiben und sich von ihnen furchtbare Dinge einreden lassen? Sich von ihnen dominieren lassen?

Er drückte den Gedanken weg, weit weg und suchte Emmas Blick, doch sie hatte ihren Platz bereits verlassen. Er drehte sich zur Tür und dort stand sie, den Blick geradewegs auf ihn gerichtet. »Bist du bereit?«

3. Kapitel: Emma

Claudia Winter war tot, und ihre Tochter war nur mit Glück mit dem Leben davongekommen. Auch wenn das Glück darin bestand, ohnmächtig zu werden, weil sie dabei zusehen musste, wie ihre eigene Mutter erschossen wurde. Emma plagte der Gedanke, dass Leila dieses ganze Leid nur ertragen musste, weil ein gestörter Psychopath ein Spiel mit der Polizei spielen wollte. Ein kranker Killer, den Ben bereits kannte. Er hatte in dem Fall kurz vor ihrer Trennung ermittelt. Kurz bevor das Dreamteam Mendel und Mendel auseinandergebrochen war. Aber jetzt waren sie wieder gemeinsam auf der Jagd. Auf der Jagd nach einem Mörder, der sich unschuldig Spielfreund nannte, aber einer der grausamsten Menschen war, mit denen Emma während ihrer Polizeilaufbahn zu tun hatte.

Sie war mit Ben auf dem Weg zum Krankenhaus, um Leila Winter zu befragen. Natürlich hatte sich Theodor gewünscht, dass sie und Ben in diesem Fall kooperierten. Auch wenn sie sich zerstritten hatten, waren sie zu zweit ein unschlagbares Duo – denn sie hatten sich immer blind verstanden. Aber würde das auch jetzt noch so sein, obwohl sie sich nicht mehr wirklich vertrauten? Wo so viel zwischen ihnen zerbrochen war? Doch trotz allem waren sie für diesen Fall die ideale Besetzung. Emma war mit den damaligen Ermittlungen vertraut und Ben hatte die Akte Spielfreund bis heute nicht losgelassen. Und dann war Emma selbst ins Visier dieses hinterlistigen Killers geraten. Er hatte sie auf ihrem privaten

Handy angerufen und Emma wollte wissen, woher er ihren Namen und ihre private Nummer kannte. Auch sie würde sich in diesen Fall verbeißen, genau wie Ben, und das wusste ihr Chef.

Die fünfzehnjährige Leila Winter saß völlig verstört auf ihrem Krankenhausbett. Sie sah kurz zur Tür, als sie bemerkte, dass zwei für sie fremde Personen den Raum betraten. Emma fiel auf, dass sich der ängstliche Ausdruck in ihrem Gesicht, den sie von dem Video her kannte, kaum verändert hatte. Das Entsetzen in ihrem Gesicht war wie festgefroren, als wäre die Zeit für sie stehen geblieben. Die Ärzte hatten sich bereits um sie gekümmert, ein großes Verbandpflaster heftete auf dem linken Ohr, dort, wo sie die Kugel gestreift hatte. Leila war blass, schlank und für ihr Alter sehr groß gewachsen. Im Stehen überragte sie Ben und Emma wahrscheinlich fast um einen ganzen Kopf. Sie hatte ihre knochigen Knie eng an sich herangezogen, umschlang mit ihren dünnen Armen ihre langen Beine und schaukelte mit paralysiertem Blick nach vorn und nach hinten. Ihr Vater saß am Fenster und sah starr an die gegenüberliegende Wand. Er stand unter Schock und war völlig sprachlos. Herr Winter schaffte es kaum, Emma und Ben zu begrüßen, und stammelte etwas völlig Unverständliches vor sich hin, als er aufstand. Dabei wirkte er mit seinem gepflegten Auftreten, dem Anzug, der Krawatte und der teuren Uhr, als wäre er eigentlich ein sehr wortgewandter Mensch. Wahrscheinlich hatte er in seinem Büro gesessen und sich gefragt, was es später zum Abendessen gab, als die Polizisten bei ihm auftauchten. Doch jetzt war seine Ehefrau tot und seine vollkommen traumatisierte Tochter, die nur knapp mit dem Leben davongekommen war, saß hier auf diesem Krankenbett. Emma hatte in ihrem Beruf gelernt, mit Situationen wie dieser umzugehen. Und sie wusste, welche Überforderung damit einherging. Sie versuchte sich vorzustellen, was momentan im Vater des Mädchens vorging. Wie seine Tochter sich fühlte, konnte Emma nur ahnen.

Zeugen wie Leila Winter hatten ein Recht darauf, dass eine vertraute Person während der Vernehmung anwesend blieb. Trotzdem bat Emma Herrn Winter höflich darum, sich einen Kaffee zu holen und mit seiner Tochter allein sprechen zu dürfen. Sie vermutete, dass Leila anders reagieren und sich mit ihrer Aussage schwerer tun würde, solange ihr Vater anwesend war. Vielleicht hatte sie Schuldgefühle, vielleicht wollte sie es ihm nicht antun, den Vorfall in allen Einzelheiten zu erzählen. Eventuell gab es zwischen dem Vater und der Teenager-Tochter auch familiäre Probleme. Tatsache war: Jeder Mensch verhält sich, wenn er alleine ist, anders als in Anwesenheit einer bekannten Person. Emma und Ben würden äußerst behutsam mit dem Mädchen umgehen, das war ohnehin klar. Aber Leila sollte die Möglichkeit bekommen, alles sagen zu können. Wirklich alles. Und da ihre Mutter das einzige Opfer war, war es leider auch nicht auszuschließen, dass ihr Vater noch in den Kreis der Verdächtigen rücken würde. Herr Winter fragte seine Tochter, ob es okay war, wenn er etwas zu essen für sie holte. Leila hob den Kopf und nickte. Konrad Winter verließ den Raum. Ben würde sich zurückhalten. Das hatten sie nicht besprochen, aber es brauchte nicht viele Worte zwischen Emma und ihm. Leila würde sich wahrscheinlich eher einer mütterlichen Person anvertrauen. Also übernahm Emma den emotionalen Part, Ben blieb distanziert und würde gelegentlich Fakten abfragen.

Emma trat an die rechte Seite des Krankenbettes, suchte den Blick des Mädchens und sprach sie leise an.

»Leila, es tut uns wirklich sehr leid, was passiert ist. Das war schrecklich, das wissen wir. Aber wir müssen dir trotzdem einige Fragen stellen, damit wir den Mann kriegen, der deiner Mutter das angetan hat. Ist das okay?« Leila nahm keinen Blickkontakt auf, nickte aber. »Kannst du uns erzählen, was genau heute passiert ist? Fang einfach von ganz vorne an, als du heute Morgen aufgestanden bist.« Emma wollte die ganze Geschichte hören. Wie war der Morgen verlaufen, warum war sie mit ihrer Mutter beim Gynäkologen, wer sollte untersucht werden, ihre Mutter oder sie?

»Es ist alles meine Schuld«, wimmerte Leila und fing an zu weinen. Sie vergrub ihr Gesicht zwischen ihren Knien und umklammerte ihre langen Beine immer fester mit ihren Armen.

Emma entschied intuitiv, sich zu dem Mädchen aufs Bett zu setzen und Leila vorsichtig die Hand auf die Schulter zu legen. Als sie das zuließ, umarmte Emma sie. Nicht so innig, wie sie ihre Tochter an sich gedrückt hätte, sondern mit einer gewissen Distanz, die trotzdem jederzeit zuließ, dass das Mädchen sich fallen lassen konnte. »Nichts ist deine Schuld. Du kannst nichts dafür, was passiert ist.« Es kam häufig vor, dass Opfer sich die Schuld an den ihnen zugefügten Verbrechen gaben oder glaubten, zumindest teilweise selbst schuld zu sein. Aber Emma wusste, dass das Unsinn war. Schuld war allein der Mann, der mit einer Waffe Leilas Mutter in den Kopf geschossen hatte. Leila hatte nichts dagegen tun können. »Gib dir nicht die Schuld, Kleines.«

»Doch! Das wäre sonst niemals passiert. Bestimmt nicht. Ich wusste doch nicht, dass der das ernst meint, aber jetzt … Ich bin schuld, dass meine Mutter tot ist.«

»Warum denkst du das?«

»Wegen ihm!«

»Wem?«

Leila weinte weiter, Emma sah auffordernd zu Ben, der sich jetzt einschaltete. »Kanntest du den Mann, der deine Mutter …« Emma ahnte, was Ben sagen wollte und warum er schnell stockte und eine andere Formulierung suchte, »der euch als Geiseln genommen hat?«

»Ja, nein. Vielleicht. Nicht richtig.«

»Kannst du uns das bitte erklären, Leila?« Ben setzte sich etwas weiter entfernt auf einen Stuhl. So hatte Leila nun auf ihrem Bett sitzend die höchste Position. Sie sollte sich nicht eingeschüchtert fühlen. Emma löste die Umarmung, blieb aber neben Leila sitzen. »Was meinst du mit: nicht richtig?«

»Nur übers Internet halt.« Ben schwieg und wechselte einen kurzen Blick mit Emma. Sie würden warten und das Mädchen erzählen lassen, auch wenn Ben die Frage förmlich anzusehen war, die ihm auf der Zunge brannte. *Wie hieß der Mann?* Leila versuchte, sich zu sammeln, strich sich dabei permanent nervös durch die langen blonden Haare, genau wie Emmas Tochter es auch ständig tat. Ob Ben in diesem Augenblick wohl ebenfalls an Amelie denken musste? »Wir haben gechattet. Das war nur Spaß. Ich hab mich aufgeregt, weil meine Mutter mich heute zum Frauenarzt schleppen wollte. Sie hat mir nicht geglaubt, dass ich noch Jungfrau bin, und wollte, dass der Arzt das überprüft. Ist doch auch bescheuert, oder?« Kurz schien sie vergessen zu haben, dass ihre Mutter tot war. Für eine Sekunde war der Zorn über diese Absurdität wieder in ihr hochgeschossen, doch dann schien sie sich zu erinnern, dass ihre Mutter seit wenigen Stunden nicht mehr lebte, und brach schluchzend zusammen. Dicke Tränen liefen über ihre Wangen. Als sie sich ein wenig beruhigt hatte, erzählte sie weiter. »Wir haben nur so rumgescherzt. Dachte ich.

Der hat geschrieben, dass er kommt und meine Mutter und den Arzt umbringt, wenn ich will.« Wieder schluchzte Leila laut auf und brauchte ein paar Sekunden, bis sie weitersprechen konnte. »Ich dachte, der macht einen blöden Witz. Also hab ich nur so *haha* und *mach doch* geschrieben … Ich dachte doch nicht, dass der das in echt macht!«

»Wir müssen so schnell wie möglich deinen Computer sicherstellen«, sagte Ben sachlich. »Okay, Leila?«

»Wenn ich nur wüsste, ob ich den Kopf gedreht habe oder nicht. Dann wüsste ich wenigstens, ob es meine Schuld ist.«

Emma sah zu Ben, um sich zu vergewissern, ob er der wirren Aussage folgen konnte. Aber auch er blickte nur ratlos zurück. »Wie meinst du das?«

»Na, also … Der Kerl wollte so ein Spiel spielen. Er hat gesagt, wenn du in das Haus gehst und vorher noch mal nach hinten guckst, dann komme ich. Wenn du es nicht tust, dann nicht. Und ich weiß es nicht mehr! Ich weiß nicht, ob ich noch mal nach hinten geschaut hab, bevor wir rein sind, oder nicht. Aber ich hätte niemals gedacht, dass der wirklich in die Praxis kommt. Ich mein, ich hab dem ja auch nicht gesagt, wo das überhaupt ist. Ich dachte, der Kerl lebt vielleicht in einer ganz anderen Stadt. Es tut mir so leid. Bitte sagen Sie das nicht meinem Vater.«

Darauf antworteten Emma und Ben bewusst nicht. Ihr Vater würde früher oder später eingeweiht werden müssen. Außerdem mussten sie in Leilas Zimmer, um ihren PC zu beschlagnahmen. Eventuell handelte es sich dabei aber auch um einen Familien-Computer, und das mussten sie Herrn Winter auf jeden Fall erklären.

»Der, mit dem du gechattet hast. Hatte der einen Nickname?«

»Ja. Er hat sich Spielfreund genannt.«

Ein langes Schweigen folgte. Leila begann wieder, auf dem Krankenbett hin und her zu wippen und starrte irgendwo ins Leere. Ben entschuldigte sich und ging nach draußen. Er würde die Kollegen anrufen und sie über die neuen Erkenntnisse informieren. Währenddessen ließ Emma sich von Leila den Verlauf dieses Tages noch einmal genau schildern. Leila erzählte alles sehr flüssig und verständlich, bis zu dem Punkt, an dem der Geiselnehmer sie und die anderen Geiseln gezwungen hatte, sich vor ihm auf den Boden zu knien. Ab hier stockten ihre Ausführungen, aber Emma drängte sie nicht. Leila würden noch einige Befragungen bevorstehen, sie würde alles noch einmal zu Protokoll geben müssen, was bedeutete, dass sie sich gedanklich immer wieder durch diesen Tag quälen musste. Und für den Moment hatte sie genug erfahren. Emma ließ sich nur noch das Aussehen des Täters beschreiben, mehr wollte sie dem Mädchen heute nicht antun. Leila beschrieb einen Mann Mitte zwanzig, der mindestens eins achtzig groß war, mit kantigem Gesicht und dunkelblondem Haar. In dem Moment kam ihr Vater zurück ins Zimmer und Emma verabschiedete sich und ließ Vater und Tochter allein mit ihrer Trauer und dem Schock, der noch lange anhalten würde.

Bis zum Parkplatz hatten sie und Ben kein Wort gesprochen. Sie stiegen in seinen Wagen, einen alten, grauen, schrottreifen Volvo, den er vor mehr als neun Jahren gebraucht gekauft hatte. Ben hätte sich ein neueres Auto leisten können, aber er mochte die Karre eben. Obwohl Emma weniger verdiente – sie war Kriminaloberkommissarin und er Kriminalhauptkommissar –, fuhr sie einen neuen Audi. Dass Ben mehr als sie verdiente, war ihr eigentlich egal. Nur dass er in der Hierarchie über ihr stand, wurmte sie. Ihre Karrieren hatten parallel begonnen, aber wegen der Kinderpause ging es bei Emma langsamer voran. Doch schon bald würde sie ihn auf der Karriereleiter einholen.

Emma brach das Schweigen. »Das Verhältnis zwischen Mutter und Tochter war wohl ziemlich angespannt.«

»Würdest du auf die Idee kommen, unsere Tochter zum Gynäkologen zu schleppen, um zu erfahren, ob sie noch Jungfrau ist?«

»Niemals. Und ich bezweifle auch, dass das gesetzlich erlaubt ist – allein wegen der ärztlichen Schweigepflicht.«

»Zumal du Amelie niemals dazu kriegen würdest.«

»Würde ich auch nicht versuchen. Außer ich hätte den Verdacht, dass sie vergewaltigt wurde.«

»Da spricht die Polizistin.«

»Ich weiß, das sind ganz andere Maßstäbe.« Manchmal hasste Emma sich dafür, dass ihr so schnell die grausamsten Gedanken kamen.

Sie spürte, dass Ben Bilder aus seinem Kopf vertreiben musste. Ihre Tochter. Vergewaltigt. Doch dann kam er auf die Ermittlungen zurück. »Ich habe den Vater dazu befragt. Er sagt, er habe von dem Stress zu Hause nicht viel mitbekommen, weil er so lange arbeitet. Laut ihm handelte es sich dabei um die üblichen Pubertätsstreitereien zwischen Mutter und Tochter. Angeblich hat er auch von der Geschichte mit dem Frauenarzttermin nichts gewusst. Sein Einverständnis für die Untersuchung von Leilas Laptop hab ich übrigens.«

Bens Handy klingelte. Er drehte Emma kurz das Display zu, auf dem Theodor Steinhaus zu lesen war. Ben stellte den Lausprecher des Handys an, damit sie mithören konnte.

Ihr Chef informierte sie über die Auswertungen des Erkennungsdienstes. »Alle Zeugen, inklusive unseres Scharfschützen, haben sehr einheitlich ein und denselben Mann beschrieben. Wahrscheinlich passt auch die Täterbeschreibung von Leila Winter dazu. Circa eins achtzig groß, kurzes dunkelblondes Haar, kein Bart, grünbraune Augen, markantes Grübchen in der Mitte vom Kinn.«

»Ja, passt soweit«, bestätigte Emma.

»Dachte ich mir. Wir haben den Zeugen eine Auswahl an Fotos von aktenkundigen Straftätern vorgelegt und alle haben den gleichen Mann identifiziert. Sein Name ist Justus Hansen.«

»Perfekt!«, rief Ben euphorisch. »Dann haben wir den Kerl ja!«

»Das genau ist das Problem.« Theodor seufzte. Ben und Emma schauten sich ratlos an.

»Was soll das heißen?«, fragten sie aus einem Mund.

»Justus Hansen sitzt seit fünf Jahren im Gefängnis.«

4. Kapitel: Ben

Justus Hansen war vierundzwanzig Jahre alt. Er verbüßte eine fünfjährige Haftstrafe wegen schweren Raubs und sollte in den nächsten Tagen entlassen werden. Aber noch saß er im Gefängnis, wie also hätte er heute Morgen eine Frau während einer Geiselnahme erschießen sollen?

Die Antwort war simpel. »Er hat einen Zwillingsbruder«, sagte Theodor. »Der ist seit dem Raubüberfall auf den Geldtransporter spurlos verschwunden. Sein Name ist Jan Hansen. Der Bruder, also Justus, wurde geschnappt. Jan konnte mit der Beute entkommen. Und wir reden hier von satten fünf Millionen Euro. Ich bin mir also ziemlich sicher, dass Justus seinen Bruder kontaktieren wird, sobald er aus dem Gefängnis entlassen wird.«

Emma und Ben hörten den Ausführungen ihres Chefs weiter zu. Justus war damals nach Jugendstrafrecht verurteilt worden und hatte so für den bewaffneten Raubüberfall lediglich fünf Jahre Gefängnis bekommen. Er und sein Bruder waren neunzehn gewesen, als sie auf die dumme Idee gekommen waren, einen Geldtransporter zu überfallen. Einer von ihnen hatte dem Fahrer ins Bein geschossen. Doch da sie eineiige Zwillinge waren und dieselbe Kleidung getragen hatten, konnte das Opfer den Schützen nicht eindeutig identifizieren. Justus behauptete bis heute, keine Ahnung zu haben, wo sich sein Bruder, der mit dem Geld davongekommen war, aufhielt. Allerdings lastete er ihm den Schuss auf den Security-Mann an. Ben fragte sich, ob Jan Hansen jetzt so weit gegangen war, Geiseln zu nehmen und zu töten. War er der Spielfreund? Hatte er Laura Schneider damals online dazu getrieben, sich das Leben zu nehmen? In Ben tat sich die große Frage nach dem Warum auf. Er war erst vierundzwanzig Jahre alt, versteckte sich seit fünf Jahren vor der Polizei und hatte fünf Millionen Euro. Was war sein Motiv? Nur die kranke Lust am Töten?

»Wir werden seinen Bruder also observieren«, riss Theodor Ben aus seinen Gedanken. Emma wirkte höchst konzentriert. »Wir haben schon das mündliche Einverständnis von der Staatsanwaltschaft, wir brauchen es nur noch schwarz auf weiß. Den Haftbefehl für Jan Hansen haben wir sowieso schon. Ihr kümmert euch aber erst mal nicht um den Papierkram, das macht Susi. Sie wird bei dem Fall eure Mami für alles im Büro sein. Okay?«

»Auf jeden Fall«, sagte Emma. »Susi ist die Beste.«

Susanne Schmitz-Hauser war Ende fünfzig und managte nicht nur ihre drei Kinder hervorragend, sondern erledigte die Abläufe im Kriminaldienst im Blindflug. Jede Kleinigkeit musste schriftlich beantragt werden und in dem Wust von Anträgen verlor man leicht den Überblick. Nicht Susi. Für sie war das ein Kinderspiel. Sie hatte die Sachen oft schon fertig, bevor Ben überhaupt wusste, dass er sie brauchte. Er war froh, das Multitasking-Talent Susanne Schmitz-Hauser in seinem Team zu wissen.

In diesem Fall würde bloßes Organisationstalent aber nicht ausreichen. Sie waren auf die Computer-Genies angewiesen. Darum machten sich Emma und er, nach der Besprechung mit Theodor, sofort auf den Weg zu den Computerexperten der Kriminaltechnik. Cybercrime, Internetkriminalität, Phishing, Identitätsklau. In den vergangenen Jahren hatte sich auf diesem Sektor so viel getan, dass die Behörden kaum nachkamen. Hacker, Cracker, Datenmissbrauch. Ben verstand diesen Kram zwar in der Theorie, aber was es mit Programmiersprachen auf sich hatte und wie das Ganze funktionierte, war ihm ein Rätsel. Zum Glück hatten sie die zwei Experten Ruben Eckard und Carlos Meurer in der Kriminaltechnik, die sich seit der Geiselnahme mit Emmas Handy, dem Notebook und jetzt auch Leila Winters Laptop befassten.

Ruben Eckard machte stets einen ungepflegten Eindruck, was ihm vermutlich egal war. Er hatte weißes Haar, das an den Spitzen vergilbt war, eine breite Zahnlücke prangte zwischen seinen mittleren Schneidezähnen und meist fand sich Dreck unter seinen rissigen Fingernägeln. Er war Ende vierzig, sah aber so verlebt aus, dass Ben ihn bei ihrem ersten Treffen locker zehn Jahre älter geschätzt hatte. Es gab Kollegen, mit denen Ben nach der Arbeit noch einen trinken ging, Ruben zählte nicht unbedingt dazu. Er gehörte eher zu der Kategorie Kollege, zu der Ben sich auf einer Weihnachtsfeier aus reiner Barmherzigkeit kurz gesellte. Ben wusste, dass Ruben seine Frau und sein Kind vor vielen Jahren bei einem Autounfall verloren hatte. Und die Story, wie Ruben zur Polizei gekommen war, geisterte durchs Haus wie eine unfassbare Legende. Ruben war ein hochbegabtes Kind gewesen, dem oft langweilig gewesen war. Also hatte er sich mit vierzehn in die Rechner der Polizeiinspektion seiner Stadt gehackt, nur um ihnen mitzuteilen, dass ihre Systeme nicht sicher waren. Und so ging es weiter. Ruben war ein Computergenie, angeblich mit einem IQ von über hundertsechzig. Nur leider nutze er sein Talent anfangs für eher zweifelhafte Zwecke. Zum Beispiel hackte er sich beim Arbeitgeber seines Vaters ein, um ihm ein höheres Einkommen zu verschaffen. Er kam mit ein paar Sozialstunden davon und entschied sich zum Glück noch rechtzeitig, sein Talent mehr zum Wohle der Gesellschaft einzusetzen, und ging zur Polizei. Seine rebellische Ader hatte er aber nie ganz verloren. Und das zeigte sich gerade mal wieder in einer Diskussion, die er am Telefon mit einem Kollegen führte, der gerade auf Streife war.

Ruben keifte förmlich in den Hörer. »Jetzt geht da gefälligst rein und nehmt den Kerl fest! Was kann denn daran so schwer sein? Okay, ich erklär's euch noch einmal ganz langsam. Sein Handy ist in dem nächstbesten Sendemast eingeloggt, er hat die Kneipe auf facebook gelikt und postet von dort gerade Bilder. Der muss da sein! Genehmigung, Genehmigung – ich hör immer nur Genehmigung! Der Typ verkauft Drogen an Kinder, verdammt. Wieso müsst ihr dem denn erklären, wie wir ihn gefunden haben?«

Dem nicht, dachte Ben, *aber der Staatsanwaltschaft.* Und das wusste Ruben eigentlich auch. Er kannte die Vorschriften genau und arbeitete seinen neuen Kollegen Carlos streng und penibel ein. Selbst überschritt er die Grenzen aber regelmäßig.

»Wieso ich das weiß?« Rubens Stimme überschlug sich beinahe. »Na, weil ich ordentlich recherchiert habe! Ja, das heißt ich hab mich in seinen Rechner gehackt, na und? Wenn ihr da jetzt nicht reingeht, komm ich vorbei und erledige das selbst.« Nach einer kurzen Pause knallte Ruben den Hörer mit einem »Na bitte, geht doch« zurück auf die Ladestation.

»Und?«, fragte sein jüngerer Kollege Carlos. »Gehen sie rein?«

»Ja, klar gehen sie rein. Am Ende machen sie es immer.« Dabei zwinkerte er Ben und Emma zu. »Selbst, wenn sie dafür zu Swingern werden müssen. Die zwei hier haben sich bei so was jedenfalls nie so angestellt.«

Carlos verstand die Anspielung nicht, Ben und Emma dafür umso mehr. Sie hatten Ruben schon mehrfach gedeckt und Ausreden erfunden, wie sie auf eine Spur gekommen waren. Vor ein paar Jahren hatte sie Rubens Hackerangriff – Recherche, wie er es nannte – in einen Swinger-Club geführt, wo sie eine Frau verhaften konnten, die ihre Kinder misshandelte. Als sie später erklären mussten, wie sie auf den Swinger-Club aufmerksam geworden waren, hatten sie behauptet, sich privat dort vergnügt zu haben. Seitdem hatten Ben und Emma auf der Arbeit den Ruf als Swingerpärchen weg. Aber das war ihnen beiden egal gewesen. Solche Ausreden waren das kleinere Übel. Denn wenn Ruben etwas *recherchiert* hatte, musste es schnell gehen. Da war keine Zeit für lange Genehmigungen, die für Ruben ohnehin keine Rolle spielten. Nur durfte sich die Polizei nicht einfach so bei einer beliebigen Person in den PC hacken oder das Mobiltelefon überwachen. Selbst wenn diese Person verdächtigt wurde. Wenn zwei Beamte an die Wohnungstür eines Verdächtigen kamen, durften sie ja auch nicht einfach so ohne Durchsuchungsbeschluss die Wohnung auf den Kopf stellen. Wenn sie aber Schreie aus der Wohnung hörten oder ähnliche Hinweise auf Gefahr im Verzug deuteten, konnten sie die Räumlichkeiten stürmen. Ruben stellte es immer so dar, als ob er diese Schreie hörte. Und irgendwie glaubte Ben ihm das sogar, da sein Gehirn wahrscheinlich ganz anders arbeitete und die ganzen Zahlen, Buchstaben und hieroglyphischen Codes kein Rätsel für ihn waren.

Ruben war eben unkonventionell, aber Ben schätze seine Intention dahinter. Er war ein Rebell. Ganz im Gegensatz zu seinem jungen Kollegen Carlos Meurer. Ein quirliger Neuling, der Kriminalistik studiert und sich auf das noch recht neue Gebiet Cybercrime spezialisiert hatte. Er war erst seit einem Jahr dabei und hatte stets ein charmantes Lächeln auf den Lippen, was Ben manchmal irgendwie gruselig fand. Carlos redete viel zu schnell, sodass er sich ständig verhaspelte. Sein Körper war trainiert wie der eines Rettungsschwimmers. Ben bemerkte, dass Emma Carlos angetan musterte, seine muskulösen Oberarme, sein voluminöses schwarzes Haar. Zu allem Überfluss sprach Carlos auch noch mit einem leicht spanischen Akzent, den Ben übrigens für gefälscht hielt. Bis darauf, dass er angeblich keine Freundin hatte, passte Carlos so gar nicht ins Bild eines IT-Nerds.

»Was habt ihr für uns Jungs?«

In der Zeit, in der Ruben es schaffte, den Mund zu öffnen und einzuatmen, hatte Carlos gefühlt schon zwanzig Sätze gesagt. »Irgendwie gar nichts. Schlimm ist das. Katastrophal. Der Typ ist ein Crack. Keine Spur. Weder auf Emmas Handy noch auf dem Notebook vom Tatort oder auf dem Laptop des Opfers. Wir können nichts zurückverfolgen.«

»Noch nicht«, unterbrach Ruben seinen Kollegen gelassen. »Wir finden schon noch eine Spur. Bisher hat der Kerl es allerdings wirklich geschafft, alles gut zu verwischen. Er hat mit Leila Winter in einem Forum für Teenager gechattet. Er ist da mit einer E-Mail-Adresse angemeldet, die können wir aber nicht zuordnen. Die IP-Adresse ist verschlüsselt. Und ich schätze mal, der Täter bewegt sich vornehmlich im Deepweb und im Darknet.«

Darknet. Ben hasste diesen undefinierbaren Ort. Irgendwo versteckt in den Tiefen des Internets tummelten sich Verbrecher, dealten mit Waffen, Drogen und Menschen. Es war so gut wie unmöglich, diesem Treiben ein Ende zu bereiten. Ben wusste, dass Ruben dort teilweise heimlich und auf eigene Faust recherchierte. Also ging er davon aus, dass sein Kollege sich auch in diesem Fall dort umschauen und bald etwas Brauchbares zutage fördern würde. »Scheiß Darknet«, entfuhr es Ben. »Und wieso Deepweb? Ist das nicht dasselbe?«

»Darknet und Deepweb? Nein, ganz sicher nicht«, sagte Ruben und schien fast schockiert über Bens Unwissenheit.

»Sondern?« Ben wollte aufgeklärt werden, er tappte nicht gern im Dunkeln.

Ruben warf einen bittenden Blick zu Carlos, er hatte den Unterschied anscheinend schon zu oft erklären müssen und keine Lust, sich ständig zu wiederholen. Carlos freute sich über das Vertrauen seines Chefs und legte direkt los. »Also, erst mal gibt es das normale Internet, das jeder kennt. Dort gibt es aber verschiede Bereiche. Zum einen das Clearnet, das sind alle Seiten, die man über die gängigen Suchmaschinen findet. Dann gibt es das Deepweb. Das sind einfach nur Webseiten, die man nicht mit Google und Co findet. Unser Intranet, beziehungsweise das Intranet jeder Firma, befindet sich auch im Deepweb, da man diese Seiten als Normalbürger ja nicht einfach so aufrufen kann. Das Deepweb bietet aber trotzdem keine Anonymität, es bedeutet nur, dass man sich in den tiefsten Tiefen des Internets bewegt, wie der Name schon sagt. Und dann gibt es das Darknet. Um ins Darknet zu gelangen, braucht man einen bestimmten Browser. Das geht nicht mit dem Windows Explorer, Firefox oder Chrome. Du benutzt zum Beispiel den Tor-Browser, den kannst du dir ganz einfach runterladen. Gehst du über den Tor-Browser ins Netz, surfst du anonym.«

»Und da wird's dann dunkel, ja?« Ben waren schon allerlei Mythen über die kriminellen Machenschaften im Darknet zu Ohren gekommen. Angeblich verabredeten sich hier Kannibalen zum Lunch und man konnte sogar problemlos einen Auftragsmörder anheuern.

Ruben schaltete sich wieder ein. »Mehr oder weniger. Das Darknet selbst ist nicht böse. Es kommt darauf an, was man dort sucht und tut. Es kann nämlich auch eine gute Sache sein. Zum Beispiel in Ländern, wo freie Meinungsäußerung nicht gern gesehen wird und Pressefreiheit nicht wirklich existiert. Wenn ein Journalist in der Türkei einen satirischen Beitrag über Erdogan online stellen will, tut er das wahrscheinlich besser übers Darknet. Dann wird er nämlich nicht direkt am nächsten Tag verhaftet, versteht ihr? Das Darknet ist nicht per se ein Ort für Perverse und Verbrecher. Außerdem gibt es auch ziemlich düstere Ecken im Internet, die man ohne einen speziellen Browser findet. Du musst nicht ins Darknet gehen, um Menschen- oder Drogenhandel zu betreiben. Nur im Darknet hat man die Sicherheit, nicht zurückverfolgt werden zu können. Man bleibt dort eben anonym.«

Carlos unterbrach Ruben, da ihm noch mehr auf den Lippen lag. »Das Darknet ist wie Gotham City.« Ben hatte Batman als Kind geliebt und ahnte, worauf Carlos hinaus wollte. »Bei Batman, in Gotham, da ist es auch so, dass man sich als Gesetzloser mehr oder weniger frei bewegen kann. Was daran liegt, dass fast alle, die dort leben, selbst Gangster sind oder in irgendwelchen Betrügereien mit drinhängen. Und die, die nicht kriminell sind, sehen weg oder stecken trotzdem irgendwie mit drin. Jeder kümmert sich nur um seine eigenen Belange. Genau wie im Darknet. Wenn dort ein Waffenhändler auf einen Pädophilen stößt, wird er die Kinderpornografie nicht melden, auch wenn er es selbst für ein Verbrechen hält. Jeder weiß es, jeder hält die Klappe, egal wie illegal die Geschäfte sind, so sind die Regeln dort. Versteht ihr, was ich meine?« Kriminelle schützen sich gegenseitig, das war nichts Neues. Ben nickte und versuchte, zu Wort zu kommen, aber Carlos war mit seinen Ausführungen noch nicht fertig. »Und dann gibt es den einen guten Cop, Commissioner Gordon. Und vielleicht noch eine Handvoll guter Leute, die die Stadt retten wollen. Das Verhältnis von verdeckten Ermittlern im Darknet zu den Leuten, die dort illegale Geschäfte machen, dürfte ähnlich aussehen wie das Verhältnis von ehrlichen Bürgern zu Verbrechern in Gotham City. Die haben kaum eine Chance ohne Batman.«

»Heißt, ihr müsst jetzt Batman sein, oder was?«, fragte Emma mit leicht zickigem Unterton in ihrer Stimme, den nur Ben deutlich erkannte, weil sie lang genug verheiratet waren. Er konnte sich denken, dass sie den Vergleich eines Comics mit einem aktuellen Mordfall reichlich unpassend fand.

Ruben schaltete sich wieder ein. »Das Darknet geht über so viele Server durch die ganze Welt, da wird es schwierig bis unmöglich, den Standort von eurem Spielfreund auszumachen. Aber wie gesagt, unser Täter bewegt sich nicht ausschließlich im Darknet. Er hat bisher nur noch keinen Fehler gemacht. Also, wir bleiben dran.«

Carlos nahm aufgeregt einen Stapel Zettel von seinem Schreibtisch. »Leilas Nickname war Winterprinzessin. Passend, Leila Winter. Sie hatte einen Beitrag in einem Forum veröffentlicht. Daraufhin wurde sie zu einem privaten Chat eingeladen, den sie annahm.« Er zeigte Ben und Emma Auszüge des Chatprotokolls von Leila Winter und dem Spielfreund. »Die Möglichkeit, privat zu chatten, gibt es aber bei diesem Forum eigentlich gar nicht. Er hat ihr einen Link geschickt, sie hat ihn angeklickt und so, ohne es zu wissen, Dateien auf ihrem PC installiert, mit denen er in der Lage war, sich in ihren Computer zu hacken.«

Ben stutze. »Und das merkt man nicht? Ich mein, wenn ich was auf meinem PC installiere, dann muss ich da doch vorher immer tausendmal zustimmen und mich da durchklicken.«

Carlos lachte amüsiert. »Wenn du bewusst etwas installierst, dann ja. Schon mal so ein Werbegame auf Facebook oder etwas Ähnliches gespielt? Da installieren sich im Hintergrund diverse Cookies, die dazu dienen, dein Surf-Verhalten im Netz zu analysieren und an die Betreiber weiterzuleiten. Davon bekommst du auch nichts mit.«

»Und das ist erlaubt?«

»Wie soll ich sagen ...« Carlos überlegte und Ruben kam endlich zu Wort.

»Um es kurz zu machen: Wer liest schon die AGBs? In diesem Fall hat er sich natürlich illegal Zugriff auf Leila Winters PC verschafft, aber dagegen konnte sie nichts tun und dazu kommt, dass sie eine ganz miese Firewall und nicht mal ein aktuelles Virenprogramm hatte. Und durch die Daten in ihrer Cloud war es unserem Spielfreund problemlos möglich, so gut wie alles über sie und ihre Familie herauszufinden. Er konnte sogar die Webcam und das Mikrofon anzapfen und sie beobachten beziehungsweise belauschen.«

Das alles ließ Ben schaudern, auch wenn er von den möglichen Gefahren, die vom Internet ausgingen wusste, so hatte er sie doch immer erfolgreich verdrängt. Momentan überkam ihn das Verlangen, augenblicklich seinen PC abzuschaffen – und trotzdem würde er es nicht tun.

Sie sahen sich den Chat-Verlauf von Leila und dem Spielfreund an.

Winterprinzessin:
Hey Leute,
ich muss mich hier mal auskotzen. Läuft nämlich gerade voll ätzend bei mir! Meine Mutter will mich diese Woche

zum Frauenarzt schleppen, weil sie checken will, ob ich schon mal Sex hatte oder nicht. Voll krank, oder? Das geht die doch nichts an. Hallo! Ich bin fünfzehn! Manche in meinem Alter hatten schon, manche nicht. Ich nicht, aber das geht die doch nichts an, oder? Darf die das überhaupt? Ich mein, kann ich dagegen klagen, oder so?

Spielfreund:
Hey,
das klingt wirklich nicht fair, was deine Mutter da mit dir vorhat. Sie muss deine Privatsphäre akzeptieren, schließlich bist du ja fast schon eine erwachsene Frau.

Winterprinzessin:
Ja, danke. Sehe ich auch so. Ne Idee, was ich machen könnte?

Spielfreund:
Wie weit würdest du denn gehen?

Winterprinzessin schrieb:
Ich würde alles machen. Wirklich AAAAALLLEEESSS! Ich will nicht auf diesen Stuhl! Ich hab keinen Bock auf Frauenarzt. Und wenn, dann alleine und nicht mit meiner Mutter! Die soll doch nicht in meine Muschi gucken!

Spielfreund hat dich zu einem privaten Chat eingeladen.

Winterprinzessin:
Privater Chat? Cool! Wusste gar nicht, dass das geht.

Spielfreund:
Ich freue mich sehr, dass du meine Einladung angenommen hast. Ich versichere dir, dass ich dich sehr gut ver-

stehen kann. Was deine Mutter da vorhat, dazu hat sie meiner Meinung nach absolut kein Recht. Aber mach dir keine Sorgen. Wenn du willst, dann helfe ich dir.

Winterprinzessin:
Klingt super. Ich könnte echt Hilfe gebrauchen. Und wie?

Spielfreund:
Willst du ein Spiel spielen?

Winterprinzessin:
Kommt drauf an. Was denn für ein Spiel? Und wie soll mir das helfen?

Spielfreund:
Ganz einfach. Sag mir, wann der Termin ist, und ich kümmere mich darum.

Winterprinzessin:
Nächste Woche. Ich will da nicht hin! Darf der Arzt meiner Mutter das überhaupt sagen? Ich mein, wegen Schweigepflicht und so ... Weißt du das? Ich hab schon gegoogelt, aber da steht überall, dass das in meinem Alter von Fall zu Fall verschieden sein kann und vom Sachverhalt abhängig ist, also ob ich in Gefahr bin durch irgendeine Krankheit oder so ...

Spielfreund:
Eine Woche ist Zeit genug, das zu klären. Kein Problem. Wenn du willst, komme ich dort vorbei und töte deine Mutter. Und den Frauenarzt gleich mit.

Winterprinzessin:
Haha! Der Arzt kann ja nichts dafür, dass meine Mutter so bescheuert ist. Außerdem hast du gar nicht auf meine Frage geantwortet! Jetzt mal im Ernst. Hast du überhaupt 'nen Plan? Ich glaub, du hast gar keinen Bock, mir zu helfen.

Spielfreund:
Gut. Sehr vernünftig von dir. Dann sagen wir, nur deine Mutter. Und nicht so vorschnell. Ich werde dir helfen, du wirst schon sehen.

Winterprinzessin:
Ja, genau. Haha ...

Spielfreund:
Ehrlich.

Winterprinzessin:
Von wegen. Ist klar. Ja, dann mach doch.

Spielfreund:
Mach ich auch. Ich werde dich beobachten und wenn du, bevor du in die Praxis gehst, noch mal deinen Kopf drehst und nach hinten schaust, dann komme ich spielen.

Winterprinzessin:
Und dann?

Spielfreund:
Dann musst du nur noch mitspielen.

Winterprinzessin:
Heißt?

Spielfreund:
Kein Geschrei, kein Geheule. Sonst gehst du auch drauf, genau wie deine Mutter.

»Er hat es also angekündigt und wahr gemacht, auch wenn Leila überlebt hat«, sagte Emma.

»Ob sie wohl den Kopf gedreht hat oder nicht?«, wiederholte Ben die Frage, die sich auch Leila schon im Krankenhaus gestellt hatte.

Emma sah ihn streng an und er merkte, dass sie ihn falsch verstanden hatte. »Das ist doch ganz egal. Sie hat ihn auf jeden Fall nicht beauftragt. Ich denke, dass sie ihn gar nicht ernst genommen hat und davon ausging, einfach mit irgendeinem Spinner aus dem Internet zu chatten. Davon gibt es ja schließlich genug – große Reden schwingen im Internet viele, guck dir doch mal diese ganzen Hater an. Die behaupten ständig, jemanden zu töten, zu vergewaltigen und so weiter. Aber das passiert in den seltensten Fällen. Anonym im Internet haben die eine große Klappe, aber im realen Leben sind das harmlose Muttersöhnchen.«

Ben erklärte seinen Gedankengang. »Nein! Das mein ich gar nicht. Ich denke auch, dass sie die ganze Sache nicht ernst genommen hat. Ich will nur wissen, ob unser Spielfreund überhaupt fair spielt. Die Frage ist doch: War es wirklich relevant, ob sie den Kopf dreht?«

Emma kaute auf ihrer Unterlippe. »Keine Ahnung. Dafür müsste man erst mal wissen, was der eigentlich mit diesem Spiel bezwecken will. Mit uns hat er auf jeden Fall nicht fair gespielt. Warum also sollte er es mit seinen Opfern tun.«

Ben nickte zustimmend und sah wieder auf die ausgedruckten Protokolle. Emma wollte dem Sinn des

Ganzen auf die Spur kommen. Doch Ben hatte die dunkle Vorahnung, dass es gar kein Motiv gab. Denn, warum spielte man, wenn nicht aus Spaß? Als Kind hatte das Spiel im besten Fall noch einen Lerneffekt, aber das funktionierte nur, wenn die Kleinen sich dabei amüsierten. Und warum trafen sich erwachsene Menschen zum Spieleabend mit Freunden oder zockten Computerspiele? Da gab es keinen Sinn dahinter, außer dem, dass es ihnen Freude machte. Und Ben hatte die Befürchtung, dass es bei dem Spielfreund genauso war.

Sie lasen weiter.

Winterprinzessin:
Ich versteh auch gar nicht, warum die das unbedingt wissen will. Die kann mir doch auch nicht verbieten, Sex zu haben.

Spielfreund:
Wenn ich mit deiner Mutter fertig bin, dann bist du frei.

Winterprinzessin:
Ach, du spinnst doch! Mal im Ernst jetzt. Hab schon überlegt, einfach abzuhauen und mich bei 'ner Freundin zu verstecken oder so ...

Spielfreund:
Du kannst jetzt nicht mehr weglaufen, meine Süße. Wir spielen bereits.

Winterprinzessin:
Ja, ja ... bla, bla ... Das macht keinen Spaß mehr, mit dir zu schreiben. Wirkt ein bisschen krank. Also tschö ... schönes Leben noch, du Freak!

Spielfreund:
Wir sehen uns, meine liebe Leila.

Winterprinzessin:
Wie jetzt? Woher kennst du meinen Namen?

Carlos nahm ihnen die Ausdrucke ab und sortierte sie in einen Ordner. »Danach gab es keine Konversation mehr zwischen den beiden.«

»Er musste also nur rausfinden, zu welchem Frauenarzt ihre Mutter geht. Da reicht ein gespeicherter Kontakt auf dem Handy oder eine Arztrechnung auf dem PC. Er hat ihre Wohnanschrift durch ihre IP-Adresse rausgekriegt und sie unter Umständen sogar eine Weile beobachtet«, erklärte Emma und bekam für ihre Computerkenntnisse anerkennendes Lob von Carlos, begleitet von einem neckischen Blick, der Ben gar nicht gefiel.

Diese Innigkeit wollte Ben lieber sofort wieder unterbinden. »Klugscheißerin«, raunte er ihr zu, gerade laut genug, dass Carlos und Ruben es hörten. Außerdem konnte er es sich nicht verkneifen, Emma aufzuziehen und ihr eine kleine Grimasse zu schneiden. Sie grinste ihn frech an. Ein kurzer warmer Blick, so wie früher. Dann wieder Realität. Ein Mörder, der frei herumlief und kranke Spielchen veranstaltete. Sein Zwillingsbruder, der bald aus dem Gefängnis kam. Fünf Millionen, die bis heute verschwunden waren. Und wieder hatte ihr Spielfreund sich sein Opfer online gesucht.

»Meint ihr, Theodor liegt richtig und wir haben es hier mit einem Psychopathen zu tun?«, wollte Ruben wissen.

»Davon gehen wir im Augenblick aus.« Alles, was Ben bisher gehört hatte, sprach dafür. »Ich hab den Eindruck, dass wir es mit einem Menschen zu tun haben, der über so gut wie keine Empathie verfügt. Jemand, der psychisch krank ist. Angenommen, Jan Hansen ist tatsächlich unser Spielfreund, dann hat er vor etwa einem Jahr ein Mädchen in den Selbstmord getrieben, indem er es dazu gebracht hat, sich selbst mit Rizin zu vergiften.«

»Aber was hatte er davon?« Emma sah an die Decke und schüttelte den Kopf. »Er taucht fünf Jahre lang unter und erscheint jetzt wie aus dem Nichts wieder auf der Bildfläche, nimmt Geiseln und tötet eine Frau. Warum? Das ergibt doch keinen Sinn. Bei seiner ersten Tat, dem Überfall auf den Geldtransporter, war das Motiv klar: Geld. Und jetzt?«

»Vielleicht ist er über die ganzen Jahre, die er sich versteckt hat, verrückt geworden«, spekulierte Ruben.

»Oder einfach der Kick«, überlegte Carlos laut. »Wenn es nichts Persönliches ist, es nicht um Geld geht und der Kerl verhaltensgestört ist … Dann vielleicht einfach der Kick. Wie bei einem Computerspiel, aber er spielt eben real. Er hat die Macht, er entscheidet, was geschieht. Er spielt sozusagen live mit anderen Usern.« Carlos kniff seine funkelnden Augen zusammen und setzte eine Denkermiene auf, deren Ernsthaftigkeit nicht wirklich zu seinem athletischen Aussehen passte. »Also … wenn ich zum Beispiel am PC oder an der Konsole alleine für mich ein Ballerspiel zocke, dann ist das schon cool. Aber das ist am Ende nur ein Programm, das durchläuft. Das sind nur Codes, nur Einsen und Nullen. Und ich kann nicht wirklich Game Over gehen, weil ich ja immer wieder von vorne anfangen kann. Wenn ich allerdings gegen reale Menschen spiele, egal ob es mein Kumpel neben mir auf der Couch oder ein Fremder im Internet ist, dann geht mein Puls hoch auf hundertachtzig und ich hab den totalen Kick. Und vielleicht holt sich dieser Spielfreund seinen Kick so. Er spielt, in echt. Er spielt nicht mit und gegen Einsen und Nullen, sondern mit und gegen reale Menschen. Und die gehen wirklich Game Over.«

Emma lächelte Carlos wohlwollend an, sprach aber mit ernster, tiefer Stimme. »Carlos, wenn du nicht so süß wärst, würd ich dir für dieses Batman- und Game-Over-Gelaber eins drüber geben, ehrlich. Aber okay, ist eine Theorie. Die Frage ist nur: Wie konnte er wissen, dass ich am Tatort bin? Dass er irgendwie an meine private Nummer kommt, ist ja schon gruselig genug, aber woher wusste er, dass ich bei der Geiselnahme vor Ort bin?«

»Dein Handy wurde jedenfalls nicht manipuliert. Keine Ahnung, Emma. Vielleicht wusste er, dass du Dienst hast.«, antwortete Ruben.

»Eigentlich war heute mein freier Tag. Selbstverständlich komme ich, wenn ich gerufen werde … Aber woher sollte er das wissen?«, überlegte Emma laut.

»Womöglich kennt er dich«, sagte Carlos in einem bemüht seriösen Tonfall.

Emma legte ihren Kopf in den Nacken und massierte sich mit einem unterdrückten Seufzer die Schläfe. »Na großartig.«

»Sobald wir was Neues haben, melden wir uns.« So signalisierte Ruben ihnen, dass alles gesagt war und er jetzt weiterarbeiten wollte.

Ben und Emma trafen sich in Emmas Büro. Sie hatte sich ein neues Handy besorgt und versuchte, mit der Konfiguration des Smartphones zu beginnen. Ben sehnte sich nach den Zeiten, in denen man Handys einfach per Knopfdruck anschalten und sofort lostelefonieren konnte. Er setzte sich Emma gegenüber. Wie würden sie weiter vorgehen? Was sollten ihre nächsten Schritte sein?

Früher hatten sie das immer bei einem Hotdog bei IKEA besprochen. Das beliebte Möbelhaus lag in der Nähe ihres Kommissariats. Sie hatten sich jeder zwei Hotdogs geholt, sich auf den Parkplatz gestellt, die Leute beobachtet und waren ihren Fall durchgegangen. Konnte Ben vorschlagen, das zu tun oder ging das zu weit, weil es ein Ritual aus Zeiten war, in denen sie glücklich verheiratet gewesen waren? Er fragte sich, was Emma dachte, als sie es einfach geradeheraus aussprach. »Hotdog bei IKEA oder wäre das komisch? Das hat immer so gut beim Denken geholfen.« Direktheit war schon immer Emmas Stärke gewesen, dachte Ben.

»Sehr gerne, Fräulein Segelöhrchen.« Er hatte Emma früher ständig wegen ihren Ohren aufgezogen, obwohl sie nur wie Segelohren aussahen, wenn sie ihre Haare dahinterklemmte. Für seine Bemerkung kassierte Ben sofort die Quittung. Die leere Verpackung von Emmas neuem Handy landete an seinem Kopf. Emma und er lachten. Manchmal musste man in ihrem Job einfach albern sein. Bei so viel Drama, Schmerz und Leid, das sie tagtäglich umgab, brauchte es gelegentlich einen Moment voll kindlicher Gelassenheit. Früher hatten sie es sogar nach den schrecklichsten Ereignissen geschafft, abends gemeinsam zu lachen – und sei es über die Naivität der Kandidaten einer RTL-Reality-Show. Als Emma die Verpackung aufhob, um sie in den Müll zu verfrachten, streifte sie ihn und Ben bekam von ihr einen sanften, aber beherzten Faustschlag auf den Arm. Er hätte sie am liebsten augenblicklich geküsst. Doch sie waren getrennt. Emma war zu weit gegangen und er hatte es bis heute nicht geschafft, ihr zu verzeihen. Sobald Ben an das Geschehene dachte, kehrten die Wut, die Machtlosigkeit und die Enttäuschung schlagartig zurück. Dazu kam, dass Emma seit Kurzem einen neuen Freund hatte.

Einen durchgeknallten Musiker, der fünf Jahre jünger war als sie. Die Kinder mochten ihn. Leider. Ben hätte es besser gefunden, wenn Nico und Amelie diesen Florian genauso unsympathisch und an Emmas Seite vollkommen deplatziert gefunden hätten, wie er es tat.

5. Kapitel: Emma

Der Hotdog-Moment auf dem Parkplatz hatte sich angefühlt wie früher. Es tat unfassbar weh, wie gern sie Ben immer noch mochte, aber es war kein greifbarer Schmerz. Eine Freundin hatte Emma erzählt, sie habe in einem Ratgeber für Frauen mit Beziehungsproblemen gelesen, dass sich Liebeskummer ähnlich auf den Körper auswirken konnte wie der Tod einer nahestehenden Person. In beiden Fällen verlor man einen geliebten Menschen. Aber Ben war nicht tot. Er war noch da, ständig und immer in ihrer Nähe, und selbst wenn er physisch nicht anwesend war, trieb er sich in ihren Gedanken herum. Und das würde wohl für immer so bleiben. Ganz egal, was er anstellte und mit wie vielen Häschen er noch ins Bett hüpfte – und sie wusste genau, dass er das gelegentlich tat, ihre Kinder waren die besten Spione. Dummerweise aber waren Nico und Amelie Doppelagenten, die ihrem Vater auch alles über Emmas Liebesleben berichteten. Sie liebte Ben. Natürlich tat sie das. Er war schon immer die Liebe ihres Lebens gewesen und als Vater ihrer Kinder war er unantastbar. Sie war in Florian verknallt, das schon. Es war einfach unkompliziert mit ihm, es war angenehm und schön, aber nicht himmelhochjauchzend. Er machte Karriere als Musiker, war meist konzentriert auf sich selbst, verbreitete aber immer eine heiterte Stimmung. Emma hatte ihn noch nie schlecht gelaunt erlebt. Und er war nett zu Nico und Amelie, ohne sich väterlich aufzudrängen. Florian war ein kreativer, leicht egozentrisch veranlagter Freigeist und Emma hatte keine Ahnung, ob eine feste Beziehung für ihn das Gleiche bedeutete wie für sie. Doch zurzeit war es genau das, was sie brauchte. Jemand, mit dem sie lachen und quatschen konnte, der gut im Bett war und ihr so viel Freiraum ließ, wie sie brauchte. Aber selbst wenn Emma es sich nicht eingestehen wollte, so wusste sie tief in ihrem Inneren ganz genau, dass ihr Herz ewig Ben gehören würde.

Wieder mit Ben in seinem Wagen zu sitzen, auf dem Parkplatz vor IKEA zu stehen und einen Hotdog zu essen, hatte die alten Wunden wieder aufgerissen, die nie ganz verheilt waren. Sie vermisste ihren Mann, aber sie hatte ihre Ehe aufs Spiel gesetzt und verloren. Sie hatte es versaut. Emma hatte sich zu sehr in ihrer Rolle als verdeckte Ermittlerin verloren und Ben damit unverzeihliche Schmerzen zugefügt. Würde sie sein Vertrauen jemals zurückgewinnen?

Plötzlich riss Ben Emma aus ihren Gedanken zurück in die Gegenwart. »Wir sind da.«

6. Kapitel: Ben

Ben und Emma standen vor der Justizvollzugsanstalt. Sie hatten beschlossen, Justus Hansen einen Besuch im Gefängnis abzustatten. Emma wirkte abgelenkt und Ben hatte das Gefühl, sie aus einem Tagtraum geweckt zu haben. »Alles okay bei dir?«

»Ich denk nur über den Fall nach.«

Er glaubte ihr nicht, er kannte den Unterschied zwischen ihrer beruflich versierten Miene und ihrem privat besorgten Gesicht. Doch Ben entschied sich, nicht darauf einzugehen. Im Prinzip ging ihn Emmas Innerstes ja auch nichts mehr an. »Susi hat uns bereits angemeldet. Dann gehen wir mal ein paar alte Freunde besuchen. Der ein oder andere ist wegen uns hier.«

Emma stieg aus dem Wagen. »Nicht wegen uns«, korrigierte sie ihn. »Aber dank unserer Hilfe. Wir haben die schließlich nicht gezwungen, irgendwelche Straftaten zu begehen.«

Sie betraten den kleinen, leeren Besuchsraum des Gefängnisses. Auf ihren Wunsch hin war der Tisch entfernt worden, sodass sich jetzt jeweils zwei Stühle gegenüber standen. Sie wollten die Möglichkeit haben, Justus ganze Körpersprache zu beobachten. Wippte er vielleicht nervös mit den Füßen? Woran würde er sich festhalten? In diesem Fall würde bei dem Gespräch kein Beamter der JVA anwesend bleiben müssen. Denn es war kein privater Besuch. Es war eine Vernehmung. Justus wurde hereingeführt und erkannte sofort, mit wem er es zu tun hatte. Obwohl Ben und Emma zivil gekleidet waren, entlarvte Justus sie direkt als Polizisten. Er war schon früh mit dem Gesetz in Konflikt geraten und gehörte zu der Art von Leuten, die einen Blick dafür hatten, wer Freund und wer Feind war. Bei Kriminellen ein reiner Selbsterhaltungstrieb, der Ben schon oft begegnet war.

»Die Bullerei, mein Freund und Helfer.« Justus kam gar nicht erst auf die Idee, ihnen die Hand zu reichen, und ließ sich direkt auf den Stuhl fallen, der am nächsten zur Tür stand. Emma und Ben stellten sich förmlich vor, sofort fiel Justus Hansen auf, dass sie den gleichen Nachnamen trugen. »Mendel und Mendel? Also Frau und Herr Mendel? Zufall?« Emma hatte sich, soweit Ben wusste, noch nicht entschieden, ob sie seinen Namen nach der Scheidung behalten wollte. Wahrscheinlich würde sie es tun, allein Nico und Amelie zuliebe. Sie wollte bestimmt keinen anderen Nachnamen tragen als ihre Kinder. Die Frage war unangenehm und sie antworteten nicht, was Justus richtig interpretierte. »Ehekrach? Na ja, kommt vor.« Er schlug die Beine übereinander und fing an, Dreck unter seinen langen Fingernägeln wegzukratzen. Emma nahm gegenüber Platz, Ben blieb vorerst stehen. »Und? Was führt Sie zu mir? Ich bin bald wieder ein freier Mann und hier drin hab ich nichts angestellt. Also?«

»Haben Sie derzeit Kontakt zu Ihrem Bruder?« Ben startete die Vernehmung, ohne, wie sonst üblich, zunächst ein Vertrauensverhältnis zu dem Gefangenen aufzubauen. Jede Faser seines Körpers zeigte Ablehnung gegenüber der Polizei. An ihn ranzukommen, war schwer. Niemals würde er seinen eigenen Bruder verraten. Ben bemühte sich daher erst gar nicht, sympathisch zu wirken, dazu würde er Emma später die Chance lassen.

»Nein. Da muss ich Sie enttäuschen.« Justus schnalzte lässig und desinteressiert mit der Zunge.

»Sie wissen also nicht, was er kürzlich getan hat?«

Justus Augen weiteten sich für eine Millisekunde erschrocken. Dann lehnte er sich zurück und war wieder so kühl und reserviert wie zuvor. »Nein. Woher auch?«

»Schade«, provozierte Ben. »Sie hatten sich bestimmt schon auf das ganze Geld gefreut.« Das hatte zwar erst mal nichts mit ihrem aktuellen Fall zu tun, aber Ben wollte testen, wie Justus darauf reagierte. Noch zeigte er eine beharrliche Pokermiene.

»Ich glaube nicht, dass ich Ihnen helfen kann.«

»Ihr Bruder hat jemanden umgebracht.«

»Wollen Sie mich verarschen?« Justus sprang auf, Ben direkt entgegen, sodass ihre Gesichter sich beinahe berührten.

»Nein.« Ben hob seine Hände und mahnte ihn, wieder Platz zu nehmen. Justus kam der Aufforderung mit einem mürrisch gemurmelten Fluch nach und hörte Ben zu. »Er hat in einer Arztpraxis Geiseln genommen und eine Mutter vor den Augen ihrer Tochter erschossen.«

Justus kniff argwöhnisch seine auch so schon eng aneinander liegenden Augenbrauen zusammen. »Niemals. So etwas würde Jan nie tun.«

»Er hat doch auch auf den Fahrer des Geldtransporters geschossen, oder nicht?«

»Nur ins Bein! Das ist doch was ganz anderes. Erzählen Sie mir keinen Scheiß. Mein Bruder hat niemals so was getan. Er ist kein Mörder!« Justus wirkte plötzlich nervös. Er bewegte sich ständig auf dem Stuhl hin und her und fuhr sich mit den Handflächen über die Oberschenkel. Vermutlich, um seine verschwitzten Hände trocken zu reiben.

Ben reizte ihn weiter. »Es gibt ziemlich viele Zeugen, die ihn identifiziert haben. Und wenn er es nicht war, können es ja sonst eigentlich nur Sie gewesen sein. Aber Sie waren ja hier, oder?«

»Wo denn sonst, du Scherzkeks. Ich glaub euch das nicht.« Plötzlich wechselte er ins Du. Er war anscheinend wirklich geschockt. Aber vielleicht spielte er ihnen hier auch nur eine große Nummer vor. Emma hatte bisher kein Wort gesagt und nutzte nun den Moment, um einzugreifen.

»Also, Justus, mir geht das auch auf den Nerv, dass mein Kollege sich hier aufführt wie der letzte Penner. Schon klar. Glaub mir, privat ist der auch nicht anders.« Ben wusste sofort, welche Karte Emma ausspielen wollte. Er kannte den vertraulichen Ton, den sie anschlug. Diese Taktik hatten er und seine Noch-Frau auch früher schon angewendet. Justus hatte bereits erkannt, dass es zwischen den beiden kriselte. Und wer gemeinsame Feinde hatte, freundete sich bekanntlich schneller an. Emmas Taktik zeigte die gewünschte Wirkung, denn ein kurzes hämisches Lächeln huschte über Justus' Lippen. Was auch Emma erkannte, die sofort fortfuhr. »Dein Bruder ist mit der Kohle abgehauen, du hast den Kopf dafür hingehalten und bist in den Bau gegangen. Fünf Jahre.«

»Und ist dir die Ironie an der Sache schon aufgefallen?«, fragte Ben höhnisch in Justus' Richtung. »Ein Jahr pro Millionen. Ist doch irgendwie witzig, oder?«

»Ja, ich lach mich gleich tot«, antwortete Justus gereizt.

»Lass dich von meinem Kollegen nicht aus der Ruhe bringen, Justus. Es geht hier um deinen Bruder. Du hast dich bestimmt pausenlos gefragt, was er macht und was mit dem Geld ist. Wahrscheinlich hast du dir die ganze Zeit Sorgen um ihn gemacht. Kann ich verstehen. Und das war wohl auch berechtigt. Denn Jan hat richtig Scheiße gebaut.«

»Und jetzt denkt ihr, ich hab was damit zu tun?«

»Nein, wir hoffen, dass du uns helfen kannst. Dass du vernünftiger bist als er.«

»Er hat niemanden getötet. Niemals. Ihr lügt.«

»Wo könnte er stecken? Wo würde er untertauchen?«, schaltete sich Ben wieder scharf dazwischen.

»Keine Ahnung. Wusste ich damals nicht und jetzt auch nicht. Und selbst wenn ich was wüsste, müsste ich nicht mit euch reden. Er ist mein Bruder, ein Familienangehöriger. Herrgott noch mal, ich wurde schon so oft über meine Rechte aufgeklärt, das muss ich euch ja wohl nicht erklären.«

»Trotzdem würde ich mir das an deiner Stelle gut überlegen. Hier geht es um Menschenleben«, sagte Emma.

Justus verdrehte die Augen. »Wisst ihr, Zeit zum Überlegen hatte ich hier drin genug. Und da hab ich mir vor allem überlegt, dass ich mit Bullen nichts mehr zu tun haben will. Ich bleib sauber, okay?«

»Es geht hier um Mord. Wenn Sie wissen, wo Ihr Bruder sich aufhält und es uns nicht verraten, könnten wir Sie wegen Behinderung der Justiz drankriegen«, versuchte Ben Druck zu machen.

»Könntet ihr, werdet ihr aber nicht. Woher soll ich denn wissen, wo der steckt? Ich sitz im Bau, verdammt! Ich hab keinen Plan, was da draußen abgeht. Ihr könnt mich nicht erpressen. Ich bin in ein paar Tagen hier raus. Also, was wollt ihr mir denn schon anbieten?« Er stand auf, winkte spöttisch, »Bye, bye, sag ich da nur«, und beendete so das Gespräch. Was ihnen recht war. Emma und Ben hatten sich sowieso nicht besonders viel von dem Besuch versprochen. Es war zu erwarten gewesen, dass Justus sich alles andere als kooperativ verhalten würde. Aber immerhin hatten sie es geschafft, ihn nervös zu machen.

7. Kapitel: Emma

Nach dem ernüchternden Gefängnisbesuch bei Justus machten sie sich auf den Weg zu der Mutter der Hansen-Zwillinge. Gabi Hansen lebte im siebten Stock eines heruntergekommenen Hochhauses. Kaum hatte die kleine, dürre, stark nach Alkohol riechende Frau ihnen die Tür geöffnet und sie hereingebeten, steckte sie sich eine Zigarette an. In der Wohnung wurde so viel geraucht und so wenig gelüftet, dass man den Qualm durch die Räume wabern sehen konnte. Sie gingen ins Wohnzimmer. Die Frau setzte sich auf ein speckiges Sofa, Emma und Ben blieben stehen. Ihre faltige Hand zuckte unkontrolliert, jedes Mal, wenn sie einen Zug nahm. Sie hatte welliges, fettiges, hellbraunes Haar und ihre Haut war ledrig und sonnenbankbraun. Sie machte auf Emma den Eindruck, als hätte sie sich längst aufgegeben. »Sie kommen wegen einem meiner Söhne, ja? Welcher ist es denn? Der im Knast oder der, der einfach abgehauen ist?« Eine liebende Mutter sprach anders über ihre Kinder. Gabi schien von ihren Söhnen ziemlich enttäuscht zu sein.

Emma klärte sie auf. »Wir sind auf der Suche nach Ihrem Sohn Jan.«

»Wollen Sie sich nicht setzen?«

»Nein, danke.« Emma blieb stehen. Auch Ben schüttelte den Kopf. Er sah sich unauffällig um und suchte genau wie Emma nach Indizien, die darauf hindeuteten, dass Gabi Hansen ihren Sohn hier versteckt hielt.

»Haben Sie eventuell eine Idee, wo sich Ihr Sohn aufhalten könnte? Hatten Sie in letzter Zeit Kontakt zu ihm?«

»Nein, leider nicht. Er ist weg. Einfach weg. Seit der Sache mit dem Überfall hab ich nichts mehr von ihm gehört. Nicht mal von dem ganzen Geld hat er mir was abgegeben. Was für ein undankbarer Junge. Ich mein, fünf Millionen! Da kann man seiner Mutter doch wohl was von schenken, oder nicht?«

Emma und Ben antworteten mit einem milden Lächeln und ließen die Frau weiterreden, die über das Geld sprach, als hätten ihre Söhne es in einer Quiz-Show gewonnen und keinen Geldtransporter überfallen. »Nein, ich weiß nicht, wo Jan jetzt ist. Und Justus sehe ich auch nicht oft. Manchmal telefonieren wir. Er möchte nicht, dass ich ihn im Gefängnis besuche. Aber er meint, dass er hier einziehen will, sobald er rauskommt. Ich weiß gar nicht, wie ich das finde. Aber ich werd ja auch nicht gefragt und als Mutter, da sagt man ja auch nicht Nein.« Sie legte die Zigarette in einen der drei überquellenden Aschenbecher auf dem Tisch ab, stand auf und ging zum Bügelbrett, das zusammengeklappt an der Wand lehnte. Sie schob es behände zur Seite, und dahinter kam ein kleines Regal zum Vorschein, aus dem sie ein gelbes, abgewetztes Fotoalbum hervorholte. Gabi Hansen nahm wieder auf dem speckigen Sofa Platz, drückte ihre Zigarette aus, zündete sich direkt die nächste an und schlug das Fotoalbum auf. »In der Grundschule war noch alles gut. Sie waren sogar auf dem Gymnasium. Aber nur für zwei Jahre. Dann kam der Abstieg. Realschule, Hauptschule. Und dann hatten sie am Ende gar keinen Abschluss.« Sie zeigte Emma und Ben einige Bilder, die auf den vergilbten Seiten klebten. *Zwei identisch aussehende Grundschüler, die freudestrahlend mit ihren Schultüten im Garten stehen und in die Kamera lächeln; die Zwillinge präsentieren stolz ihren ersten Milchzahn; die Brüder spielen am Strand und bauen eine Sandburg.* Auf den ersten Bildern wirkten sie wie brave, liebe Jungs. Auf allen Bildern, bis auf einem. Gabi zeigte ihnen das letzte Foto in dem Album. »Da waren sie elf Jahre alt«, sagte sie und zeigte auf das Bild. *Böser, angriffslistiger Blick, einer hält ein Klappmesser in der Hand, der andere zeigt den Mittelfinger in die Kamera.* Man konnte eine deutliche Veränderung sehen. »Ihr Vater«, kommentierte die Mutter seufzend.

Emma war sich nicht sicher, was gemeint war, wusste aber aus den Akten, dass die Brüder ohne Vater aufgewachsen waren. »Was ist passiert?«, fragte sie.

»Na, hab ich doch gesagt. Ihr Vater! Der ist passiert.«

Emma konnte es immer noch nicht ganz nachvollziehen. »Haben die Jungs sich so gewandelt, nachdem ihr Vater die Familie verlassen hat?«

Gabi schlug das Fotoalbum zu und lachte verbittert. »Nein. Das geschah, als er wiederkam. Er ist kurz nach der Geburt abgehauen. Zwei schreiende Babys im Haus – das ist anstrengend. Er hat es nicht ausgehalten und war eines Nachts einfach weg. Aber wir kamen gut klar, ich und meine Jungs. Sie waren wirklich liebe Kinder. Bis er zurückkam. Da waren sie gerade elf. Er hat es geschafft, die beiden innerhalb von wenigen Monaten zu verziehen.« Sie verfiel in einen Redefluss, den Emma und Ben unterstützten, indem sie ihr immer wieder bestätigend zunickten und sich verständnisvoll gaben. »Dabei war er nur zurückgekommen, weil er pleite war und sich keine andere Bleibe leisten konnte. Er hat vielleicht ein Jahr hier gelebt. Kaum hatte er wieder ein paar Euro, ist er abgehauen. Er wäre mal besser ganz weggeblieben. Dann hätten meine Jungs vielleicht irgendwas studiert oder hätten eine Ausbildung gemacht. Er hat ihnen ihr Leben versaut. Sie dachten, er erklärt ihnen, wie man zum Mann wird. Aber eigentlich hat er ihnen nur gezeigt, wie man auf die schiefe Bahn gerät. Von da an haben sie mich nicht mehr respektiert. Ständig hatten sie Ärger mit irgendwem. Auch mit der Polizei. Ich hab schon geahnt, dass sie früher oder später im Gefängnis landen. Dazu kommt, dass die beiden nicht unbedingt die Hellsten sind, wissen Sie?« Sie nahm einen tiefen Zug und atmete den Qualm durch die Nase aus. Sie drückte die Zigarette lustlos aus, sodass sie im Aschenbecher weiterglimmte. Etwas, das Emma sogar gehasst hatte, als sie selbst noch geraucht hatte. Gabi störte es nicht, ihre Wohnung auf diesem Wege weiter einzuräuchern. »Justus hat noch etwas mehr Grips als sein Bruder«, fuhr sie fort. Er war immer der Denker und Jan war der Macher, der alles tat, was er gesagt bekam, ohne es groß zu hinterfragen. Aber die zwei sind noch nie in der Lage gewesen, etwas richtig von vorne bis hinten zu durchdenken. Sie hatten schnell fixe Ideen, wie man so sagt. Und setzten diese dann auch oft um, was meistens in einer Katastrophe endete. Ihr Vater hat mal gesagt: Hat wohl jeder nur eine Gehirnhälfte abbekommen. Die verzählen sich schon, wenn die nur bis drei zählen.« Sie äffte den Vater der Zwillinge mit tiefer, dunkler Stimme nach. Dann griff sie nachdenklich zu ihrem Feuerzeug. »Vielleicht lag das auch mit an mir, dass die beiden so verkorkst geworden sind. Hab das erst spät gemerkt mit der Schwangerschaft und viel getrunken. Na ja. Wollen Sie etwas trinken?«

Emma und Ben lehnten ab und warfen sich einen kurzen Blick zu. Der Verdacht, der langsam in Emma aufkeimte, spiegelte sich in Bens Augen wider. Er nickte ihr zu und Emma erkundigte sich nach dem Vater der Hansen-Zwillinge. Gabi hustete und teilte ihnen mit, keinen Kontakt mehr zu ihm zu haben. Sie bedachte den Mann mit einer Reihe Schimpfworte und beendete ihre Hasstirade mit: »Dieser Penner hat uns nur Ärger und Kummer gebracht. Sonst gar nichts!«

Emma überlegte. Nach dem, was Frau Hansen ihnen erzählte, war ihr Ex-Mann Friedrich Hansen nie besonders gesetzestreu gewesen und brauchte ständig Geld. Außerdem besaß er einen großen Einfluss auf seine Söhne, die alles taten, um ihrem Vater zu gefallen. Er konnte sie also mühelos manipulieren. War er vielleicht der Drahtzieher, der hinter all dem steckte? War er ihr Spielfreund?

8. Kapitel: Dino

Dino wartete jetzt schon stundenlang gespannt zu Hause darauf, dass seine Freundin endlich nach Hause kam. Als Lizzi die Wohnungstür aufschloss, sprang er sofort aufgeregt von der Couch auf und begrüßte sie im Flur. »Und? Was hat der Arzt gesagt?«

Lizzi streifte ihre Schuhe ab, hängte ihren Mantel an die provisorische Garderobe, die nur aus einem Holzbrett vom Sperrmüll und einigen Nägeln bestand, und gab Dino einen Begrüßungskuss. »Ich hab's heute leider nicht zum Arzt geschafft.«

»Warum nicht?«

»Weil alles abgesperrt war, als ich da angekommen bin. Eine Geiselnahme. Hast du noch keine Nachrichten gehört?« Dino warf seiner Freundin einen alles sagenden Blick zu, denn eigentlich wusste sie es besser. Und sie verstand sofort, was er ihr damit sagen wollte. Dino gehörte wahrscheinlich zu den am schlechtesten informierten Menschen der Welt. Er sah weder Nachrichten im Fernsehen noch hörte er zu, wenn sie im Radio liefen. Eine Zeitung hatte er in seinem ganzen Leben noch nicht in der Hand gehalten und er war auch nicht bei Facebook angemeldet. Also schüttelte er den Kopf und forderte sie auf, weiter zu berichten. »So ein Irrer hat ein paar Geiseln genommen und eine Frau erschossen. Die Praxis bleibt jetzt erst mal für eine Weile geschlossen.«

Dino spürte, wie seine Gliedmaßen kribbelten, er war nervös. »Also wissen wir jetzt immer noch nicht, ob es ein Junge oder ein Mädchen wird?«

Seine Freundin lachte und schüttelte den Kopf. »Nein. Weißt du, normale Menschen hätten jetzt so was gesagt wie: Echt, krass? Da wurde jemand erschossen?«

»Normale Menschen interessieren mich nicht«, antwortete Dino. »Das interessiert mich.« Er legte seine Hand auf ihren Bauch.

»Aber das ist doch nicht so wichtig, oder?« Lizzi sah mit großen Augen zu ihm hoch.

»Das nicht, aber wir wollen doch auch wissen, dass er oder sie gesund ist und alles so ist, wie es im fünften Monat sein soll.« Dino sah auf den gewölbten Bauch seiner Freundin. »Kannst du nicht zu einem anderen Arzt gehen?«, fragte er zappelig. Sie umfasste seine Hände mit einem kurzen, festen Druck.

»Ja, morgen«, sagte Lizzi streng und sah ihm dabei eindringlich in die Augen, um ihm klarzumachen, dass es keinen Grund zur Besorgnis gab. »Okay, gut, morgen.« Dino fand den Gedanken, Vater zu werden, aufregend. Eigentlich. Wie er das Ganze finanziell stemmen sollte, wusste er allerdings nicht. Aber er wollte für Lizzi da sein, seine wunderschöne Lizzi. Wunderschön, nichts anderes bedeutete der Name in ihrer Sprache. Die Familie ihrer Mutter kam aus Israel. Lizzi jedenfalls war sich sicher, dass sie das Kind schon schaukeln würden. Wenn sie das sagte, lachte sie dabei, weil das Sprichwort so passend war. Ihr bezauberndes Lachen steckte ihn jedes Mal an und er vergaß seine Sorgen für einen kurzen Moment. Aber im Gegensatz zu ihr hatte Dino keinen festen Job. Richtig viel verdiente Lizzi als Bewährungshelferin auch nicht. Und wenn das Baby erst mal da war, würde sie für eine Weile nicht arbeiten können. Also war es an Dino, der Mann im Haus zu sein und Kohle ranzuschaffen. Aber wie? Er lebte von der Hand in den Mund. Dino war im Zirkus aufgewachsen und arbeitete als Unterhaltungskünstler und Kleinganove. Er trat als Clown oder Zauberer auf Kindergeburtstagen auf und kaufte, verkaufte und transportierte Hehlerware. Er klaute das Zeug zwar nicht selbst, aber er wusste, dass es gestohlen war. So hielt er sich jetzt seit fast zehn Jahren mal besser, mal schlechter über Wasser. Aber jetzt, wo er mit siebenundzwanzig zum Vater wurde, hatte er panische Angst davor, wieder auf der Straße zu landen. Lizzi fing langsam an, Druck zu machen. Sie wollte, dass er sich Papiere besorgte. Alles, was Dino hatte, war ein gefälschter Ausweis, auch wenn darauf sein richtiger Name stand, den nicht einmal Lizzi kannte.

Lizzi glaubte zwar, alles über seine Vergangenheit zu wissen, aber selbst sie kannte nicht die ganze Wahrheit. Er hatte ihr erzählt, dass er von Anfang an bei seinen Großeltern im Wanderzirkus aufgewachsen war. Aber das stimmte nicht. Es war eine Lüge gewesen. Eine von vielen. Die ersten Jahre seiner Kindheit hatte er bei seiner Mutter und seinem Vater gelebt. Seine Mutter war im Zirkus groß geworden und sein Vater hatte sie dort herausgeholt, wie er es genannt hatte. Doch seine Mutter hatte immer eine Sehnsucht nach dem Bühnenleben verspürt. Eines Tages war sie sehr krank geworden. Und auch wenn sie Dino nie erzählt hatte, was genau ihr fehlte, glaubte er es heute zu wissen: Krebs. Die Krankheit hatte sie Stück für Stück von innen heraus aufgefressen und nur ihre fahle Hülle zurückgelassen. Seine Mutter hatte nicht gewollt, dass er alleine bei seinem Vater aufwuchs, und war mit Dino zu ihren Eltern in den Zirkus zurückgekehrt. Als sie starb, gab es nur ein einziges Gespräch zwischen Dinos Vater und seinen Großeltern. Und zwar auf der Beerdigung seiner Mutter, auf die sein Vater größten Wert gelegt hatte. Er hatte auf ein anständiges Grab mit einem Stein und allem Pipapo bestanden.

Dino wusste, dass seine Mutter eigentlich eingeäschert werden wollte. Doch diesen Wunsch hatte sein Vater ignoriert. Er hatte seinen Sohn nicht behalten wollen, also blieb Dino bei Oma und Opa im Zirkus. Dino war sich nicht sicher, was seine Mutter dazu bewogen hatte, seinen Vater zu verlassen. Warum sie nicht wollte, dass Dino nach ihrem Tod allein bei ihm blieb. Er hatte kaum Erinnerungen an seinen Vater. Er konnte sich noch vage daran erinnern, dass er ihn einmal mit zur Jagd genommen hatte. Sie hatten ein Reh ins Visier genommen und sein Vater hatte es absichtlich so angeschossen, dass es noch fliehen konnte. Sie waren der Spur des verletzten Tieres gefolgt, hatten es so lange laufen lassen, bis es zusammengebrochen war, und es erst dann getötet. Es war eine grausame Erinnerung. Und aus dieser grausamen Erinnerung schloss Dino, dass sein Vater ein grausamer Mann sein musste. Wahrscheinlich hatte das auch seine Mutter gewusst und deshalb gewollt, dass er bei seinen Großeltern aufwuchs. Sie starben, als Dino siebzehn Jahre alt war. Der Zirkus löste sich nach und nach auf und irgendwann ging jeder seiner Wege.

Dino hatte schnell gelernt, sich alleine durchzuschlagen. Er war von Stadt zu Stadt gezogen, hatte Freunde gefunden und schließlich war er Lizzi begegnet. Oder Lizzi ihm. Dino hatte zuvor noch nie mehrere Jahre am Stück an einem Ort verbracht. Doch Lizzi stellte sein ganzes Leben auf den Kopf. Er war nun sesshaft, wie seine Oma gesagt hätte, würde sie noch leben. Aber pleite war er auch. Und das musste sich schleunigst ändern.

»Wenn wir Eltern werden, dann brauch ich einen anständigen Job, Lizzi.«

Sie saßen auf der Couch und kuschelten. Lizzi zwickte ihn in die Seite. »Ich weiß. Das sagst du schon die ganze Zeit. Aber dafür brauchst du erst mal so was wie eine Sozialversicherungsnummer.«

Dino fiel im wahrsten Sinne des Wortes aus dem System. Er war nirgendwo gemeldet, als hätte die Welt ihn vergessen. Was praktisch war, denn er hatte noch nie auch nur einen Cent Steuern zahlen müssen. Dass Lizzi mit seinem Lebensstil klarkam, wunderte Dino jeden Tag aufs Neue. »Aber vielleicht geht das auch anders. Vielleicht gewinne ich im Lotto. Oder ich könnte eine Bank ausrauben.« Solche Gedanken überkamen Dino häufig – je älter er wurde, umso größer wurde sein Wunsch nach Reichtum. Er wollte Geld, aber er wollte sich dafür nicht abrackern. Er wollte alles auf einmal, und das schnell. Wenn nötig, war er auch bereit, dafür ein Risiko einzugehen.

Aber derartige Ideen kamen bei seiner Freundin nicht gut an. »Ja, genau. Ich komm dich dann im Bau besuchen, und wenn du rauskommst, bin ich deine Bewährungshelferin. Wenn das nicht eh früher oder später mal passiert. Ich weiß, du gibst dir Mühe, deine kriminelle Vergangenheit hinter dir zu lassen. Ich weiß auch, dass das nicht leicht ist. Aber du hast mir versprochen, damit aufzuhören.«

»Hab ich ja auch!«, log Dino. Es war beinahe unmöglich, einfach so auszusteigen. Er konnte nicht von heute auf morgen sauber werden. Aber als Lizzi ihm von ihrer Schwangerschaft berichtet hatte, musste er ihr schwören, dass er sein Kleinganovendasein für immer aufgeben würde.

»In ein paar Monaten sind wir Eltern. Ich will einen Mann, der Verantwortung übernehmen kann. Bei dem ich keine Angst haben muss, ihn eines Tages hinter Gittern zu sehen. Und das weißt du auch.«

Ja, und wie er das wusste. Das war ihr ständiges Streitthema.

»Ich versuche einen anständigen Job zu finden und diesen ganzen Papierkram wegen meinem Pass und so zu regeln, versprochen. Okay?« Dino hatte das schon so oft versprochen, dass er beinahe selbst nicht mehr an seine eigenen Worte glaubte. Er drückte sich immer noch davor, sein Leben in den Griff zu bekommen, obwohl er wusste, dass die Zeit ihm davonlief. Was, wenn Lizzi das Kind bekam und ihn dann einfach verließ? Er wollte nicht stehen gelassen werden, so wie es seine Mutter einst mit seinem Vater getan hatte.

»Das versprichst du mir jetzt schon so lange. Ich kann das langsam nicht mehr hören. Komm endlich in die Gänge!« Sie blieb zwar ruhig, aber bei Lizzi konnten Diskussionen wie diese von der einen auf die andere Sekunde in einen lautstarken, tränenreichen, emotionalen Streit ausufern.

»Lass uns nicht streiten, okay?« Dino setzte seinen Welpenblick auf, mit dem er seine Freundin wie immer gekonnt besänftigte.

»Die Sache ist nur, für unsere Zukunft stelle ich mir das irgendwie echt anders vor. Verstehst du?«

»Ja. Und das hast du auch verdient.« Und eigentlich, dachte Dino, hatte sie auch etwas Besseres verdient als ihn.

»Also wirst du ein braver Familienvater?«

»Ehrenwort. Mach dir keine Sorgen. Und die Idee mit dem Banküberfall ist ganz raus?« Er kitzelte Lizzi sanft am Becken, sie zuckte und drehte sich mit ihrem überwältigend charmanten Lächeln zu ihm.

Der Streit war vorüber und Lizzi wechselte das Thema. »Das erinnert mich an den neuen Kunden, den ich bald bekomme. Zwar kein Banküberfall, aber er hat mit seinem Bruder einen Geldtransporter ausgeraubt. Der Bruder, es waren sogar Zwillinge, konnte mit der Kohle entkommen. Das Geld ist bis heute nicht aufgetaucht.«

»Wie viel?«

»Fünf Millionen angeblich.« Lizzi sprach das aus, als jucke sie eine derartige Summe nicht. Dino aber spürte augenblicklich sein Herz höherschlagen.

»Dann rauben wir den aus!« Er ließ es wie einen Scherz klingen.

»Der, der aus dem Knast kommt, weiß angeblich weder wo sein Bruder steckt, noch wo das Geld ist.«

»Ach, Quatsch! Der lügt doch garantiert!« Eigentlich gefiel es Dino nicht, dass Lizzi in ihrem Job fast ausschließlich mit Verbrechern zu tun hatte. Aber in diesem Fall konnte sich das vielleicht noch als ganz praktisch erweisen. »Haben Zwillinge nicht immer so eine magische Verbindung? Der weiß bestimmt, wo das Geld ist. Das holen wir uns! Und dann brennen wir damit durch und machen uns ein schönes Leben irgendwo am Strand. Vielleicht kannst du ja ein bisschen mit dem flirten. Du weißt schon, nur ein bisschen, dann erzählt der dir bestimmt was.«

»Ach, du Blödmann!« Lizzi schnitt Dino lachend eine Grimasse und warf ihm ein Kissen ins Gesicht. Sie kapierte nicht, dass er das wirklich ernst meinte. Aber wahrscheinlich war es auch besser, wenn sie davon erst mal nichts ahnte. In seinem Kopf legte er sich schon einen Plan zurecht. Er würde Lizzi unauffällig folgen müssen, um herauszufinden, wer der Kerl war. Anschließend würde er ihn ausspionieren und hoffentlich den Bruder mit dem Geld finden. Dino kam sich vor wie ein Detektiv und fragte sich im gleichen Moment, ob die Polizei vielleicht einen ähnlichen Plan verfolgte.

9. Kapitel: Ben

Der Tag und die Nacht waren so schnell vergangen, dass es Ben vorkam, als hätte er gerade mal einen Wimpernschlag getan. Bei einem Fall wie diesem verflogen die Stunden wie Sekunden. Er hatte kaum geschlafen, genauso wenig wie Emma. Sie hatten, wie einige ihrer Kollegen, durchgearbeitet. Trotzdem sah Emma frisch und erholt aus. Sie ging wie er auf die vierzig zu, aber niemand schätze sie auf achtunddreißig. Sie wirkte jünger, selbst ohne Make-up. Es war früher Morgen und sie saßen gemeinsam bei der Dienstbesprechung mit ihren Kollegen. Die Fahndung lief und etliche Beamte waren auf der Suche nach Jan Hansen. Zielfahnder patrouillierten durch die Stadt, Taxifahrer und Krankenhäuser waren informiert und man hatte ihnen ein Foto des Flüchtigen zukommen lassen. Sie suchten jetzt keinen Räuber mehr, der mit fünf Millionen Euro Beute spurlos verschwunden war, sondern einen Mörder. Dafür benötigten sie die Unterstützung mehrerer Kommissariate. Es brauchte so viele Teams, wie verfügbar waren, und Ben und Emma waren der Kern dieser Truppe. Bei ihnen und ihrem Vorgesetzten Theodor Steinhaus würde letztendlich alles zusammenlaufen. Die Kollegen waren dabei, das alte Umfeld von Jan und Justus zu befragen. Hatte wirklich niemand etwas gehört? Wie hatte Jan es geschafft, sich fünf Jahre lang erfolgreich zu verstecken? Und warum tauchte er jetzt wieder auf und zog so eine Show ab?

Ben und Emma hatten gestern versucht, den Vater der Zwillinge ausfindig zu machen. Aber die letzte Adresse, bei der Friedrich Hansen gemeldet war, existierte nicht mehr. Das Haus war vor wenigen Wochen abgerissen worden. Er war arbeitssuchend gemeldet, hatte beim Amt aber keine neue Anschrift hinterlegt. Eine Festnetznummer existierte nicht und unter seiner Handynummer war ebenfalls niemand zu erreichen gewesen. Laut seinem Mobilfunkanbieter hatte er die Rechnungen nicht mehr gezahlt und sie hatten seinen Vertrag daraufhin aufgelöst und die Nummer gesperrt. Die Kollegen der Fahndung blieben dran, denn noch konnten sie nicht ausschließen, dass der Vater der Zwillinge in den Fall verwickelt war.

Ihr Vorgesetzter Theodor Steinhaus rief alle Kollegen eindringlich zur äußersten Vorsicht auf. »Wir haben es hier sehr wahrscheinlich mit einem Geisteskranken zu tun! Der Täter ist vermutlich unberechenbar, das solltet ihr alle immer im Kopf behalten.«

Carlos aus der IT meldete sich. Sie konnten die Spur bisher immer noch nicht zurückverfolgen, aber er glaubte, dass er den Spielfreund vielleicht anhand älterer Mails entlarven konnte. »Der aktuelle Fall bringt uns nicht weiter. Der Täter weiß, dass wir ihn verfolgen. Aber vielleicht hat er bei seinen früheren Taten nicht daran gedacht oder ist nicht so vorsichtig gewesen. Das Mädchen, dem er Gift geschickt und das er nach und nach in den Suizid getrieben hat …«

»Laura Schneider«, sagte Ben und bemerkte, wie Ruben seinen jüngeren Kollegen Carlos auffällig scharf musterte.

»Genau. Wenn ich an ihren PC komme, dann schaffe ich es vielleicht. Haben wir den noch?«

»Sicher«, sagte Theodor, »Der müsste noch in der Asservatenkammer sein.«

Nach der Besprechung stürmte Carlos sofort zu den alten Beweismitteln, die niemals ihren Weg zum Gericht angetreten waren, da es niemanden gegeben hatte, den die Staatsanwaltschaft hätte anklagen können. Emma und Ben wollten zurück in ihr Büro, als Ruben sie zur Seite nahm. »Irgendwie habe ich das Gefühl, dass Carlos eine Obsession entwickelt, was den Spielfreund betrifft. Vielleicht spinne ich auch, aber er ist irgendwie total begeistert von dem Kerl. Wisst ihr, was ich meine? Also, ich als IT-Experte bin natürlich auch irgendwie geflasht davon, wie dieser Kerl seine Spuren verwischt. Oder besser: dass er erst gar keine Spuren hinterlässt. Aber mir ist klar, dass wir einen Mörder jagen. Bei Carlos habe ich das Gefühl, dass ihm das egal ist. Er scheint den Kerl vielmehr zu bewundern wegen seiner Genialität. Ich mag den Kleinen sehr, das wisst ihr, aber ich würde ihn ungern alleine die Beweismittel von damals auf den Kopf stellen lassen.«

»Traust du ihm nicht?«, fragte Emma geradeheraus.

»Doch, aber …«

»Jetzt drucks nicht rum. Uns kannst du es doch sagen.« Da hatte sie recht. Wenn Ruben jemandem vertrauen konnte, dann ihnen beiden. »Wir waren immer auf deiner Seite. Komm schon.«

»Okay, aber ich will hier keine Gerüchte streuen. Es ist nur so, dass ich ihn neulich an meinem PC erwischt habe. Er hat behauptet, sein Computer würde gerade ein Update machen und er müsse nur schnell was nachgucken.«

Ben wusste, dass Ruben niemand war, der gern über Kollegen lästerte, niemals würde er jemanden diskreditieren. Er sagte den Leuten stets ins Gesicht, was er dachte. »Tu uns den Gefallen und behalte ihn im Auge, ja? Vor allem, wenn er jetzt anfängt, im Fall Laura Schneider die alten Akten zu durchwühlen und ihren PC zu checken«, bat Ben und sein Kollege gab ihm zu verstehen, dass er sich melden würde, sollte ihm noch etwas Merkwürdiges auffallen.

Ben folgte Emma in ihr Büro. Als die Tür zufiel, fragte sie ihn, was er von der Sache mit Carlos hielt.

»Ich weiß zwar, dass Serienkiller eine Faszination auf gewisse Leute ausüben und es da auch oft Trittbrettfahrer gibt, aber Hacker? Meinst du, Computerspezialisten entwickeln eine krankhafte Obsession für geniale IT-Genies?«

»Möglich wäre das bestimmt. Auf jeden Fall kann es nicht schaden, wenn Ruben ihm auf die Finger guckt. Carlos ist ja auch erst ein knappes Jahr dabei.«

»Und ich dachte, Ruben wäre total verliebt in seinen neuen Schützling. Also rein platonisch natürlich, aber es wirkt doch ein bisschen so, als wäre Carlos ein Kindersatz für ihn, oder?«

»In dem Alter? Quatsch! Da kauft man sich doch wohl eher einen Hund.«

»Ach komm, Ruben ist halt ein Nerd. Und als großer Nerd da hält man sich eben kleine Nerds.«

»Dass du überhaupt weißt, was ein Nerd ist«, entgegnete Emma und sie lachten kurz. Tatsächlich hatte sein Sohn ihm dieses Wort erst vor einigen Wochen erklärt.

Ben sah sie gedankenverloren an und ertappte sich dabei, wie er ihr eine Haarsträhne zurück hinters Ohr klemmen wollte, die nach vorne gerutscht war. Als Emma bemerkte, dass er sie ansah, begann er direkt, draufloszureden. »Findest du nicht auch, dass das irgendwie nicht passt. Zwei neunzehnjährige Zwillinge aus ärmlichen Verhältnissen überfallen einen Geldtransporter. Macht Sinn. Einer wird gefasst. Der andere kann fliehen und versteckt sich mit dem Geld. Macht auch noch Sinn. Und jetzt, kurz bevor sein Bruder aus dem Knast kommt, nimmt er Geiseln in einer Praxis und tötet eine Frau. Warum? Wo ist der Zusammenhang?«

»Das frage ich mich auch. Aber es muss einen geben. Wenn nicht, dann ist unser Täter einfach durchgedreht.« Emma fing an, zu spekulieren. »Vielleicht ist die Kohle weg und er hat die Millionen gar nicht mehr.«

Auch das war möglich. Selbst wenn fünf Millionen sehr viel Geld waren, wusste Ben, dass es Leute gab, die diese Summe mühelos in ein paar Monaten verprassten. »Aber würde er dann nicht versuchen, wieder an Geld zu kommen, statt Geiseln in einer Frauenarztklinik zu nehmen?«

»Und wenn es etwas Persönliches ist? Gibt es vielleicht irgendeine Verbindung zwischen Familie Hansen und dieser Frauenarztpraxis?«

»Bisher nicht, aber wer weiß, ob einer von denen mal ein Mädchen geschwängert hat, das dann dort Patientin war. Wird aber schwer rauszufinden sein.« Ben blätterte durch die Akten und entdeckte die Aussage des Gynäkologen, die ihr Chef aufgenommen hatte. »Theodor selbst hat den Arzt befragt. Er hat angegeben, keine Feinde zu haben. Zumindest keine, von denen er wüsste. Und es gab in den vergangenen Monaten auch keine tragischen Fälle in seiner Klinik, wofür sich jemand rächen wollen würde.«

»Also keine toten Babys.« Brachte Emma es auf den Punkt. Er liebte es, wie abgeklärt sie sein konnte.

Ben überlegte laut weiter. »Und er hatte es ja auch nicht auf den Arzt abgesehen, sondern auf Frau Winter und ihre Tochter. Wir haben das Chatprotokoll von Leila und unserem Spielfreund.«

Emma kaute auf einem Bleistift herum, wie sie es immer tat, wenn sie nachdachte, seit sie aufgehört hatte zu rauchen. Vor sechzehn Jahren! Sechzehn Jahre lang zerkaute diese Frau jetzt schon Bleistifte. Ben wurde bewusst, wie lange er sie schon kannte. Es war wirklich eine Ewigkeit. Er kannte alle ihre Marotten und Eigenarten, konnte an ihren Augen ablesen, was sie dachte. So wie gerade. Er merkte, dass Emma Jan als Täter infrage stellte. »Ich kann mir irgendwie nicht vorstellen, dass Jan Hansen zum Psycho mutiert ist. Außerdem hat sich der Täter ziemlich clever angestellt. Allein die Sache mit der Zeitverzögerung. Das war alles sehr durchdacht und penibel geplant. Und wenn wir seiner Mutter glauben können, was ich tue, übersteigt das die geistigen Fähigkeiten ihrer Söhne.«

»Aber bisher sieht alles danach aus. Vielleicht hat er das Geld genommen, um an einer Elite-Uni zu studieren, wer weiß. Vielleicht hat er sich auch ein neues Gehirn einpflanzen lassen.«

Ben kassierte für diese flapsige Bemerkung von Emma einen ungläubigen, aber belustigten Blick. »Du guckst zu viel Fernsehen.« Früher hatte er sie ständig zum Lachen gebracht und es geliebt, wenn sie über seine schwachsinnigen Anmerkungen losprusten musste. Doch Emma blieb konzentriert und kehrte zu ihrer ernsten Miene zurück. »Ich glaube nicht, dass er alleine arbeitet.«

»Und was Neues von den IT-Nerds gibt es auch noch nicht. Ruben ist richtig angefressen. Er meint, so ein Gegner sei ihm noch nie untergekommen. Der hängt sich auf jeden Fall voll rein und sexy Carlos auch.«

»Sexy Carlos?« Emma grinste ihn an und Ben versuchte, sich nicht anmerken zu lassen, dass er immer noch eifersüchtig wurde, wenn Emma andere Männer attraktiv fand. »Neidisch?«

»Hab ich nicht nötig.« Und eigentlich hatte Ben das wirklich nicht. Von der Figur her war er fast so durchtrainiert wie Carlos. Vielleicht etwas schmaler. Nur war er mindestens zehn Zentimeter kleiner. Ben war genauso groß wie Emma. Gerade mal eins siebzig – und wenn er ehrlich war, bloß eins achtundsechzig. Wenn Emma hohe Schuhe trug, überragte sie ihn um einen halben Kopf, weshalb sie früher fast immer flache Schuhe getragen hatte, wenn sie zusammen ausgegangen waren.

Emma checkte ihre Mails und fluchte laut. »Scheiße, verdammt!«

»Was ist?«

»Sieh dir das an.« Ben trat hinter Emma, die auf einem Stuhl vor ihrem PC saß, und bemerkte ein altes Familienfoto, das immer noch eingerahmt auf Emmas Schreibtisch stand. Sie hatten damals ein ordentliches Bild bei einem professionellen Fotografen machen wollen. Rausgekommen war eine schreckliche Aufnahme mit steifen Gesichtern und verkrampften Körpern. Sie hatten so darüber gelacht, dass sie es trotzdem behalten hatten. Direkt nach dem Termin beim Fotografen hatte Amelie mit ihrem Handy ein Selfie von der ganzen Familie geschossen. Nicht besonders scharf und etwas verwackelt, aber Emma, Amelie, Nico und Ben strahlten alle mit dem ehrlichsten Lächeln in die Kamera. Es wurde zu ihrem Lieblingsfamilienfoto und Emma hatte es auf ihren Tisch auf der Arbeit gestellt. Ben hatte nicht erwartet, dass es immer noch hier stand. Sie hatte es nicht gegen ein anderes Bild ersetzt, was bedeutete, dass sie ihn fast jeden Tag sah. Sie hatte ihn also noch nicht ganz aus ihrem Herzen ausgeschlossen. Und wahrscheinlich konnte sie das genauso wenig, wie er es konnte. Sie war einfach ein Teil von ihm. »Siehst du das?« Ben hatte seinen Blick immer noch nicht von dem Foto abgewandt. Emma deutete mit dem Mauspfeil wild auf eine neu eingegangene E-Mail. Als Ben den Absender sah, setzte sein Herzschlag für einen Moment aus. Der Absender lautete *Du_wirst_töten@Spielfreund.net* und der Betreff *Willst du spielen?* Emma klickte die Mail an. Sofort öffnete sich ein Video. Emma drehte ihren Kopf weg. Sie kannte die Szene, die der Täter aufgezeichnet hatte. Ben sah die Bilder der Geiselnahme zum ersten Mal. Es war nur ein kurzer Ausschnitt, der zeigte, wie Claudia Winter erschossen wurde. Darunter standen ein paar Zeilen:

Liebe Emma,
zum aktuellen Punktestand: Es steht 1:0 für mich.

MfG
Dein Spielfreund

10. Kapitel: Emma

Tagelang hatten die Experten aus der Kriminaltechnik Emmas Handy, ihren Computer, das Notebook vom Tatort, Leila Winters Laptop und auch den PC von Laura Schneider überprüft. Nichts. Ben und sie saßen bei Ruben und Carlos im Büro und sahen in zwei ausgelaugte, frustrierte Gesichter. Die Computeraktivitäten des Spielfreundes ließen sich weder zu einer Person noch zu einem Ort zurückverfolgen. Er hinterließ keine Fußabdrücke im Netz. Es war fast so, als sei er unsichtbar. Was fast, aber eben nicht ganz unmöglich war. Hatte Jan Hansen sich in den vergangenen fünf Jahren zum Computer-Experten ausgebildet? Oder bezahlte er jemanden dafür?

»Carlos hatte eine ganz gute Idee, finde ich.« Ruben forderte Carlos mit Blicken dazu auf, selbst zu berichten. Emma hatte das Gefühl, dass er seinen Kollegen nach wie vor für verdächtig hielt, das aber gekonnt überspielte.

Carlos hingegen war sichtlich stolz auf das Lob seines Chefs. Aufgeregt ratterte er seinen Plan runter: »Also, ich hab mich im Netz, genauer gesagt in bestimmten Foren im Internet, aber unter anderem auch im Darknet, als unser Spielfreund ausgegeben. Ich hab da Nachrichten hinterlassen wie: *Wer möchte ein Spiel spielen? Ich habe Lust zu töten.*«

»Aber so etwas würde der echte Spielfreund doch niemals schreiben«, unterbrach ihn Ben.

»Genau darum habe ich es ja gemacht«, stieß Carlos euphorisch hervor. Ben sah ratlos zu Emma herüber, die nur mit den Schultern zuckte.

»Also, ich hab das unter seinem Namen gepostet. Ich hoffe, dass er darauf irgendwie anspringt. Entweder, weil er sich provoziert fühlt, dass sich jemand als er ausgibt, oder weil er vielleicht an einem Kompagnon interessiert ist, der das Ganze mit ihm durchzieht.«

Emma fand die Idee nicht schlecht, obwohl sie Bedenken hatte, den Spielfreund zu provozieren. »Und gibt es schon irgendwelche Reaktionen darauf?«

»Bisher kaum. Nur ein paar Trolle und ein, zwei Freaks, die angeblich auch Lust haben, einen Menschen zu töten. Mit denen habe ich gechattet, aber da war schnell klar, dass sie es nicht ernst meinen.«

»Alles in allem haben wir also immer noch keine Spur vom Spielfreund«, beendete Ruben den Bericht seines Kollegen.

Emma seufzte. Auch die Fahndung war bisher erfolglos verlaufen. Von Jan Hansen fehlte weiterhin jede Spur. Sein Zwillingsbruder Justus wurde heute aus der Haft entlassen. Zwar hatte die Staatsanwaltschaft aufgrund der Dringlichkeit, Jan Hansen zu finden, einer vorübergehenden Dauerobservation von Justus zugestimmt. Aber dafür benötigten sie mindestens zwanzig Beamte. So viele Teams standen ihnen momentan einfach nicht zur Verfügung. Also würden sie Justus nicht lückenlos überwachen können, aber sie würden trotzdem versuchen, sich ein möglichst lückenloses Bild davon zu machen, wie er die ersten Tage in Freiheit verbrachte.

***

Emma und Ben warteten vorm Gefängnis. Würde jemand Justus abholen? Oder würde er sich zu Fuß auf den Weg zur nächsten Bushaltestelle machen? Es war nicht viel los auf der Straße, sodass sie in großem Abstand zu den Gefängnismauern geparkt hatten. Gleich würde Justus zum ersten Mal nach fünf Jahren diese Anstalt verlassen. Und er war mit seinen vierundzwanzig Jahren immer noch so jung. Konnten sein Bruder und er wirklich zwei kriminelle Genies sein? Oder auch nur einer von ihnen?

»Da ist er.« Ben zog automatisch den Kopf etwas ein, obwohl Justus nicht mal in ihre Richtung blickte. Justus sah lange auf den Boden und drehte seinen Kopf immer wieder zurück. Dann sah er kurz in den Himmel und streckte beide Arme weit von sich. In der linken Hand hielt er eine große Plastiktüte. Er ließ die Arme wieder sinken und wartete. Justus hatte angegeben, in nächster Zeit bei seiner Mutter unterzukommen, und tatsächlich tauchte Gabi Hansen eine halbe Stunde später auf. Ihr Wagen näherte sich sehr langsam und in Schlangenlinien. Sie bremste viel zu früh und als Justus auf den Wagen zuging, würgte sie das Auto bei dem Versuch, erneut anzufahren, ab. Die Frau hatte sich ganz offensichtlich Mut angetrunken, bevor sie ihren Sohn wieder nach Hause holte. Justus schmiss die Tüte auf den Rücksitz, ging um den Wagen herum und forderte seine Mutter auf, auszusteigen. Es fand weder eine herzliche Begrüßung noch eine Umarmung statt. Die Frau torkelte aus dem Wagen und Justus bugsierte sie auf den Beifahrersitz, nahm hinterm Steuer Platz und raste los. Viel zu schnell. Auch Emma startete den Motor und in sicherem Abstand folgten sie dem alten, roten Opel Corsa. Vor dem Haus, in dem sich die Wohnung seiner Mutter befand, stoppte der Wagen. Justus ließ seine Mutter aussteigen und fuhr nach einem kurzen Streit mit ihr weiter. Gabi Hansen schrie ihm noch »Du undankbares Stück! Ich hab sogar gekocht!« hinterher und betrat dann das Hochhaus. Emma und Ben hängten sich an Justus.

Er fuhr rasant, was die Verfolgung erschwerte. Emma blickte zu Ben auf den Beifahrersitz und sah, wie er die Fingernägel in seine Handinnenflächen bohrte. Sie wusste, dass er ihr am liebsten sofort das Steuer entrissen hätte. Aber Emma war eine verdammt gute Fahrerin. Sie nahm die Kurven eng und scharf, beschleunigte schnell und hielt trotzdem genug Abstand, um unerkannt zu bleiben. Ben gab den Kollegen ihre derzeitige Position durch. Justus bog in ein abgelegenes Industriegebiet ab und parkte vor einer Lagerhalle. Emma fuhr an der Kreuzung vorbei, bog hinter der Halle rechts ab und hielt ebenfalls.

»Was meinst du, was der hier will?« Sie sah im Rückspiegel, wie Justus' Wagen plötzlich anfuhr. »Verdammt. Oder hier gewollt hat. Für nicht mal zehn Sekunden«, schimpfte sie und setzte den Wagen zurück.

Ben grinste breit. »Überleg doch mal, was früher hier war. So vor zwei, drei Jahren. Ist noch nicht so lange dicht, das Teil.«

»Der Stripschuppen. Stimmt. Na, dann wissen wir ja auch, wo er jetzt hinfährt.« Emma sollte recht behalten. Etwas außerhalb der Stadt befand sich kurz vor der Autobahnauffahrt an einer Landstraße ein uriger Puff, das Rosarote Eichelhörnchen. Justus verschwand durch die Tür. Und auch wenn völlig klar war, was er dort trieb, musste Ben es natürlich trotzdem aussprechen.

»Nach fünf Jahren im Bau müsste ich auch erst mal Druck ablassen. Da wäre es mir auch egal, wenn Mami gekocht hätte.«

»Bei deiner Mutter? Sicher?«

»Hast du immer noch Schiss vor ihr?«

»Wer nicht?« Bens Mutter war eine angsteinflößende, faltige, grantige Frau mit lilaweißen Haaren, perfekten – weil falschen – Zähnen und einem Blick, der einen sofort den Drang verspüren ließ, pinkeln zu müssen. Elfriede Mendel hatte Emma allerhöchstens toleriert, aber nie akzeptiert, geschweige denn respektiert. Zu ihren Enkeln hingegen war sie zuckersüß. Emma aber hatte sie immer das Gefühl gegeben, nicht gut genug für ihren Ben zu sein. Die Trennung war da natürlich eine willkommene Bestätigung dessen, was sie ohnehin schon immer gewusst hatte. Oder geglaubt hatte, zu wissen. Denn von dem, was wirklich zwischen Emma und Ben vorgefallen war, hatte sie natürlich keine Ahnung.

Emma und Ben wurden von zwei Kollegen abgelöst. Endlich hatte sie ein bisschen Freizeit. Justus war nach einer guten Stunde aus dem Puff gekommen, in seinen Wagen gestiegen und zur Wohnung seiner Mutter gefahren. Er war im Haus verschwunden und seitdem nicht wieder herausgekommen. Emma und Ben hatten für heute Feierabend, auch wenn die Ermittlungen sie bis in den Schlaf verfolgen würden. Das war unmöglich abzustellen. Der Kopf arbeitete weiter. Trotzdem freute sie sich auf den Rest des Tages, den sie diesmal ausnahmsweise auch mit Ben verbringen würde – was Florian gar nicht gefiel. Er hatte Emma in den vergangenen Tagen kaum zu Gesicht bekommen, womit er allerdings entspannt umging. Gar nicht entspannt aber war er, als er erfahren hatte, dass Emma wieder mit Ben zusammenarbeitete. Und als sie ihm gestern Abend gesagt hatte, dass sie heute Nachmittag mit Ben zu einem Wettkampf ihrer Tochter wollte, da hatte Florian zum ersten Mal, seit sie sich kannten, zickig reagiert. Es war kein richtiger Streit, aber die Stimmung war mies gewesen – genau wie der Sex. Emma hatte dennoch kein schlechtes Gewissen. Ihre Kinder hatten Vorrang. Immer. Und Amelie würde heute einen wichtigen Wettkampf bestreiten. Dass ihre Tochter Kung-Fu ausübte und darin so gut war, machte Emma richtig stolz. Sie war froh, dass Amelie sich selbst verteidigen konnte. Auch wenn sie hoffte, dass das niemals nötig sein würde. Sie hatte Florian angeboten, mit zu dem Turnier zu kommen, aber er hatte es vorgezogen, im Studio einen neuen Song einzuspielen.

Um kurz nach vier holte Emma Amelie und Nico zu Hause ab und setzte ihren Sohn kurz darauf bei einem Kumpel ab. »Und was macht ihr heute so?«, fragte sie ihn beim Aussteigen.

»Zocken«, antworte er knapp. Seine Antworten fielen seit knapp einem Jahr immer lakonischer aus.

»Und was zockt ihr?« Nico zog argwöhnisch eine Augenbraue hoch, genau wie sein Vater es immer tat, wenn er glaubte, dass jemand es gerade nicht ernst mit ihm meinte. Emma wusste, wie sie das zu deuten hatte. Damit wollte er ihr sagen: *Warum fragst du? Du hast doch eh keine Ahnung, selbst wenn ich dir jetzt den Namen von einem Spiel nenne. Tu nicht so, als hättest du Bock, mit mir darüber zu reden.* Aber so viel sagte er nicht, es blieb bei der skeptischen Miene.

»Und du willst sicher nicht mitkommen?«

»Um zuzusehen, wie meine kleine Schwester sich prügelt? Bestimmt nicht.«

»Ich schlag mich nicht! Kung-Fu hat nichts mit Gewalt zu tun!«, blaffte Amelie ihn von der Rückbank an.

»Hauptsache, du machst sie alle fertig.« Er drehte sich zu ihr, legte seine Hand kurz liebevoll auf ihr Knie und drückte zu. Sie grinsten sich frech an und Nico verabschiedete sich. Emma lächelte. Die beiden hatten ein sehr gutes Verhältnis, auch wenn sie sich oft in den Haaren lagen, weil sie einfach über fast alles unterschiedlicher Meinung waren. Trotzdem hatten sie sich lieb und sagten sich das bis heute jeden Abend vorm Zubettgehen. Amelie kletterte von hinten auf den Beifahrersitz. Emma winkte Nico zum Abschied noch mal zu. Aber ihr Sohn betrat das Haus seines Freundes, ohne sich noch mal nach ihr umzudrehen.

»Hast du auch alles, was du brauchst?«

»Na, klar.« Amelie war wirklich alles andere als vergesslich. Sie war für ihr Alter top organisiert und wahnsinnig selbstständig. Emma vergaß oft, dass ihre Tochter zwei Jahre jünger war als Nico. Auch wenn Nico schon fünfzehn war, hatte Emma das Gefühl, dass er mehr Schutz brauchte als Amelie. Den beiden zu sagen, dass sie und Ben sich scheiden lassen wollten, war einer der schwersten Momente in Emmas Leben gewesen. Natürlich hatten sie den Grund für die Trennung ihrer Eltern erfahren wollen. Aber Emma und Ben hatten beschlossen, dass die Wahrheit zu grausam für ihre Kinder war. Also hatten sie ihnen gesagt, dass es Differenzen gab, sie keine Gefühle mehr füreinander hatten und dass es einfach vernünftiger war, getrennte Wege zu gehen. Weder Nico noch Amelie hatten ihnen das abgekauft – wahrscheinlich, weil es einfach nicht stimmte und die Kinder das spürten. Nico setzte die Trennung seiner Eltern mehr zu als seiner Schwester. Natürlich war auch sie traurig gewesen, aber Amelie hatte viele Freundinnen mit geschiedenen Eltern und fand das normal, wie sie selbst behauptete. Emma glaubte, dass ihre Tochter ihren Frust darüber verborgen hielt – ganz wie die Mama. Nico hatte immer noch Hoffnung und fragte oft, ob sie sich nicht wieder versöhnen könnten. Insgeheim fragte Emma sich dasselbe. Aber sie wusste auch, wie schwer es Ben fiel, jemandem zu vergeben. Und das, was sie getan hatte, konnte sie sich nicht einmal selbst verzeihen. Wie also konnte sie auf Verzeihung von Ben hoffen?

Sie kamen an den Turnhallen an. Ben erwartete sie bereits auf dem Parkplatz. Amelie umarmte ihren Vater herzlich zur Begrüßung. Er bot ihr an, ihre Sporttasche zu tragen, aber sie schulterte sie lieber selbst und sah sich suchend um. »Wo ist denn Miri? Kommt sie noch?«

»Sie schafft es heute leider nicht. Aber ich soll euch ganz lieb grüßen.« Miri war Bens Schwester und hielt mit Emma trotz der Trennung engen Kontakt. Sie hatten sich immer gut verstanden und waren mit der Zeit sehr gute Freundinnen geworden. Miri war fast zehn Jahre älter als Ben, äußerst attraktiv und eine sehr erfolgreiche Geschäftsfrau, die die Affären mit jüngeren Männern pflegte. Ben nannte sie darum gerne eine Milf – worüber Miri nicht lachen konnte, und was Emma nicht passend fand. *Mother I'd like to fuck.* Das würde voraussetzen, dass Miri eine Mutter war, was sie nicht war und was wohl auch der Grund war, warum sie Emmas Kinder mit Geschenken überhäufte und in ihrer Rolle als Tante auflebte.

Auf dem Weg zu den Umkleidekabinen erzählte Amelie ihrem Vater aufgeregt von ihrem nächsten Schulausflug nach London. Nachdem sie in der Umkleide verschwunden war, gingen Emma und Ben in die Turnhalle und nahmen zwischen anderen Eltern, Geschwistern, Freunden und Bekannten Platz. Emma erinnerte sich, wie groß ihr solche Turnhallen früher vorgekommen waren. Sie blickte Ben, der auf seinem Handy spielte, von der Seite an und fragte sich, ob er sich noch mit der Frau traf, von der Nico ihr vor zwei Monaten erzählt hatte. Nico war unangekündigt bei seinem Vater aufgeschlagen und da er einen eigenen Wohnungsschlüssel besaß, hatte er die Wohnung genauso unangekündigt betreten. Er hatte seinen Vater und eine gewisse Sophie in flagranti im Bett, besser gesagt auf der Couch, erwischt. Nico war stinksauer gewesen und hatte es Emma sofort erzählt – seiner Schwester allerdings nicht, obwohl er und Amelie sonst nie Geheimnisse voreinander hatten. Emma vermutete, Nico wollte nicht, dass seine kleine Schwester von ihrem Vater enttäuscht war. Dass seine Mutter einen neuen Freund hatte, störte Nico nicht. Zumindest ließ er sich nichts anmerken. Aber als er Emma von Sophie berichtet hatte, standen vor Wut Tränen in seinen Augen. Sie und Ben hatten lang mit ihrem Sohn darüber geredet und inzwischen hatte Emma das Gefühl, dass er es verarbeitet hatte. Dennoch umschifften sie das Thema so gut es ging. Doch da Nico gerade nicht hier war, nutze Emma die Chance, um Ben ein wenig über Sophia auszufragen. »Wie geht es eigentlich … Wie hieß sie noch mal? Saskia? Sabrina? Sandra?«

»Sophia. Keine Ahnung. Gut, schätze ich mal. Warum fragst du?«

»Nur so.«

»*Nur so* gibt es bei dir nicht. Eifersüchtig?«

»Eher neugierig.«

Ein kurzes Grinsen huschte über Bens Gesicht. »Und wie läuft es so mit dem Musiker?«

»Gut«, log sie, denn eigentlich begann sie, an der Beziehung mit Florian zu zweifeln. Die Zeit, die sie momentan mit Ben verbrachte, erinnerte sie daran, wie sich echte Liebe anfühlte. Würde sie jemals dasselbe für Florian empfinden? »Es läuft wirklich alles super.« Als Antwort erhielt sie den gleichen Blick wie vorhin von ihrem Sohn im Auto. Da war sie wieder. Die hochgezogene Augenbraue. Allerdings verbunden mit einem schiefen Lächeln.

11. Kapitel: Ben

Ben konnte sich kaum auf das konzentrieren, was Lizzi Baumann erzählte. Er und Emma hatten sich mit Justus Hansens Bewährungshelferin in der Cafeteria des Gerichtsgebäudes verabredet und saßen nun an einem kleinen runden Tisch und tranken schlechten Kaffee aus viel zu großen Bechern. Lizzi sprach sehr gut über ihren neuen Schützling. Offenbar hatte er sich ihr gegenüber offener und freundlicher verhalten als bei Emmas und Bens Besuch im Gefängnis vor ein paar Tagen. Kein Wunder, schließlich war Lizzi Baumann nicht nur keine Polizistin, sondern auch bildhübsch. Sie sah aus wie ein junges, orientalisches Model und besaß ein umwerfendes Lächeln. Aber das war nicht der Grund für Bens mangelnde Konzentration. Er hatte die vergangene Nacht schlecht geschlafen und musste immer wieder an diesen seltsamen Traum denken. Emma hatte mit dem Rücken zu ihm gestanden, und er war die ganze Zeit um sie herumgelaufen, konnte sie aber trotzdem immer nur von hinten sehen. Ihr Körper besaß keine Vorderseite, da war kein Gesicht, keine Augen, sondern immer nur ihr Hinterkopf. In seinem Traum trug sie lange Haare, so wie früher. Ben träumte oft von Emma und die Träume verliefen immer ähnlich. Für die Aussage, die sein Unterbewusstsein damit tätigte, brauchte er keinen Psychologen. Ben wollte an sie herankommen, aber er schaffte es nicht.

»Ich kann nur sagen, dass Herr Hansen sich bisher äußerst unkompliziert und kooperativ verhält«, sagte

Lizzi Baumann und Ben versuchte, sich zu konzentrieren. »Er ist auf Wohnungssuche, zurzeit lebt er noch bei seiner Mutter. Hansen war bei allen zuständigen Behörden vorstellig und hat den ersten Job, den das Arbeitsamt ihm angeboten hat, sofort angenommen. Außerdem ist er fest entschlossen, die Ausbildung zum Schreiner, die er im Gefängnis begonnen hat, abzuschließen. Bis er einen Ausbildungsplatz bekommt, jobbt er bei einer Reinigungsfirma.«

»Sie glauben also, er ist auf dem richtigen Weg?«, fragte Emma.

Lizzi zuckte mit den Schultern und nahm einen Schluck Kaffee. »Das kann man nie wissen. Es gibt viele, die am Anfang sehr motiviert sind und trotzdem nicht durchhalten. Je nachdem, wie sich alles entwickelt, kommt irgendwann der Frust. Als Ex-Knacki hat man es nicht leicht. Sie bekommen aufgrund ihrer Vorgeschichte oft keinen Job, und dann folgt unweigerlich der Abstieg, sie sind pleite, wütend aufs System, wütend auf sich selbst … Da kommt der ein oder andere schnell wieder auf dumme Ideen.«

»Hat er noch Kontakt zu Leuten von früher?«, wolle Ben wissen.

»Das weiß ich leider nicht genau. Mir gegenüber hat er das zwar verneint, aber das heißt nicht viel. Hansen ist sich aber in jedem Fall der Gefahr bewusst, was passieren kann, wenn er sich wieder in gewisse Kreise begibt. Er kommt mir ziemlich intelligent vor, auch wenn er sich meist sehr einfach ausdrückt. Jetzt müssen Sie mir aber bitte mal erklären, warum die Kripo ein so gesteigertes Interesse an meinem Kunden hat.« Auch Lizzi bezeichnete die Menschen, die sie betreute, als Kunden. Ben und seine Kollegen taten dies auf der Wache auch oft, wenn sie Zeugen oder Beschuldigte zur Vernehmung da hatten.

Emma klärte Lizzi über die Lage auf und bat sie, darüber möglichst Stillschweigen zu bewahren. Ben hatte keine Zweifel, dass sie das tun würde. Lizzi Baumann wirkte wie eine Frau, bei der Geheimnisse sicher waren. Sie versprach außerdem, sich zu melden, sollte ihr etwas Merkwürdiges auffallen oder sollte sie mitbekommen, dass Justus Kontakt zu seinem Bruder Jan aufnahm.

Emmas Handy klingelte. Sie nahm den Anruf entgegen, wurde nervös, sagte zweimal kurz abgehackt Já, legte wieder auf. Ein kurzer Blick von ihr genügte und Ben wusste, dass sie sofort los mussten. Sie bedankten sich bei Lizzi Baumann und verließen mit schnellen Schritten die Cafeteria.

12. Kapitel: Emma

Auf der Fahrt zur Polizeiwache hatte Emma Ben aufgeklärt. Ihr Chef hatte sie angerufen. Zwei Streifenpolizisten waren während ihrer Pause in einem Dönerladen zufällig auf Jan Hansen gestoßen, der sich dort etwas zu essen hatte holen wollen. Die Polizisten hatten ihn sofort festgenommen und zur Wache gebracht. Emma hatte ein ungutes Gefühl. Sollte es wirklich so einfach sein?

Als sie auf der Wache eintrafen, kam Theo ihnen mit enttäuschter Miene entgegen. »Wahrscheinlich ist uns der Falsche ins Netz gegangen. Wir überprüfen gerade die Fingerabdrücke, aber wie es aussieht, waren die Kollegen wohl etwas übereifrig und haben versehentlich Justus Hansen verhaftet.«

Emma spürte Frust in sich aufsteigen. Die Jagd war also noch nicht vorbei. Sie hatte das Bedürfnis, auf etwas herumzukauen, konnte in ihrer Jackentasche aber weder ein Kaugummi, noch einen Stift finden.

»Scheiße!«, fluchte Ben. »Und ich hatte schon ganz kurz gute Laune.«

»Tut mir leid.« Ihr Chef entschuldigte sich, als wäre die Sache seine Schuld. »Aber ihr seid trotzdem nicht umsonst gekommen. Da ist noch etwas, was ich eben erst erfahren habe.«

»Und was?« Emma hoffte auf neue Erkenntnisse. Theo wollte gerade ansetzen, als der verhaftete Zwilling mit den Kollegen vom Erkennungsdienst den Gang entlangkam. Er streckte Emma und Ben die Handgelenke entgegen, um zu zeigen: Seht her, ich bin ein freier Mann.

»Wolltet ihr mich unbedingt wiedersehen, oder was? Glaubt ihr echt, mein Bruder ist so doof, dass er sich fünf Jahre lang versteckt und sich dann plötzlich denkt: ›Hey, geh ich doch mal los und hol mir 'nen Döner. Hab ich voll Bock drauf.‹ Echt jetzt?« Justus machte sich spöttisch lächelnd auf den Weg zum Ausgang. »Und außerdem trägt Jan keinen Bart.«

Emma spürte sofort, dass sie etwas an dieser Aussage störte. Es stimmte. Alle Zeugen der Geiselnahme hatten einen glatt rasierten Mann als Täter beschrieben. Aber woher wusste Justus, dass sein Bruder aktuell keinen Bart trug? »Angeblich haben Sie Jan doch schon seit Jahren nicht mehr gesehen«, rief Emma ihm nach. Justus war bereits Richtung Ausgang abgebogen, hatte sie aber gehört und streckte seinen Kopf um die Ecke.

»Und?«

»Wenn Sie ihn, wie Sie sagen, so lange nicht gesehen haben, woher wollen Sie das wissen? Vielleicht trägt Ihr Bruder inzwischen einen Vollbart.«

Justus lachte überheblich und selbstsicher. »Das würde ihm nicht stehen. Außerdem ist das bei Zwillingen nun mal so. Ich weiß es einfach.«

»Und da wissen Sie nicht zufällig auch, wo er sich im Moment aufhält?«, fragte Ben angriffslustig.

Justus grinste sie als Antwort feindselig an und verschwand wieder hinter der Ecke. Emma konnte sich gut vorstellen, dass er wusste, wo sein Bruder steckte. Und noch besser konnte sie sich vorstellen, dass er es ihnen niemals verraten würde.

Theo setzte erneut an. »Also, da ist noch was. Eine Frau ist eben in der City-Wache aufgetaucht. Sie behauptet, dass jemand ihr per Post eine Schusswaffe geschickt hat. Die Frau heißt Franka von Linden. Sie ist schon auf dem Weg hierher und die Waffe wird bereits von den

Ballistikern in der Kriminaltechnik untersucht.« Theo machte eine kurze Pause und Emma ahnte, was jetzt kam. »Und jetzt ratet mal, wer ihr das Teil geschickt hat.«

Emma wusste genau, wen er meinte. »Der Spielfreund.«

13. Kapitel: Ben

Die Frau machte auf Ben einen soliden Eindruck. Franka von Linden war eine füllige, selbstbewusste Mittvierzigerin, die mehr erbost, als erschüttert darüber schien, dass jemand ihr eine geladene Waffe geschickt hatte. Es handelte sich um eine Walther PPK. Eine Schusswaffe, die bei der Polizei immer noch als Dienstwaffe im Einsatz war, aber nicht mehr vergeben wurde. Frau von Linden hatte den Kollegen der City-Wache bereits alles zweimal erzählt, warum sie ihre Aussage jetzt im Blindflug runterrasselte. »Also, wie ich schon Ihren Kollegen erklärt habe, bin ich heute Nachmittag von der Arbeit nach Hause gekommen und mein Nachbar hatte ein Paket für mich angenommen.«

»Und wer hat dieses Paket geliefert?«, wollte Ben wissen.

»Hab ich nicht gefragt. Ich hab angenommen DHL oder Hermes oder wie viele auch immer es davon gibt. Ihre Kollegen haben mich schon darauf hingewiesen, dass das Paket nicht frankiert war. Aber darauf hab ich nicht geachtet. Ehrlich. Machen Sie so was?« Ohne auf eine Antwort zu warten, sprach sie weiter. »Ich hab es einfach aufgemacht. Und da lag eine Waffe drin! Erst hab ich noch gedacht, dass es sich vielleicht um ein Spielzeug handelt. Aber dann hab ich das Teil in die Hand genommen. Ich mein, ich hatte vorher noch nie eine richtige Pistole in der Hand, aber das Ding war so schwer, da hab ich gedacht: ›Franka, scheiße, du hast eine echte Knarre in der Hand. Eine, mit der man wirklich jemanden töten kann.‹ In Filmen wirken die Dinger ja gar nicht mal so bedrohlich, finde ich. In Wahrheit aber schon. Nun ja. Als ich das Teil in der Hand hatte … puh … Da ist mir auf jeden Fall klar geworden, dass das mit Sicherheit kein Spielzeug ist.« Sie sah Emma und Ben ungeduldig an, als erwarte sie Lob dafür, dass sie eine echte Waffe von einem Spielzeug unterscheiden konnte.

Ben forderte sie auf, weiter zu berichten. »Und dann?«

Franka von Linden klang leicht enttäuscht. »Dann bin ich sofort mit dem Paket zur Polizei.«

Emma schaltete sich ein. »Sie haben den Kollegen erzählt, dass Sie eine Vermutung haben, wer Ihnen das Paket geschickt haben könnte?«

»Mehr oder weniger, ja. Ich habe vor ein paar Tagen mit einem echt schrägen Kerl gechattet. Anfangs fand ich es aber irgendwie ganz lustig. Jedenfalls war das in so einem Forum, wo man anonym seinen Arbeitgeber bewerten und sich mit anderen Leuten austauschen kann. Ich hatte im Büro einen richtig miesen Scheißtag und musste einfach mal Dampf ablassen. Also hab ich da ein paar böse Kommentare über meinen ätzenden Boss und ein paar anstrengende Kollegen reingeschrieben. Und plötzlich hat mich jemand angeschrieben.«

»In dem Forum?«, fragten Ben und Emma beinahe zeitgleich.

»Nein. Persönlich, auf meinem E-Mail-Account.«

Emma und Ben wechselten einen Blick. Beiden lag die gleiche Frage auf der Zunge, die Emma nun stellte. »Und das hat Sie nicht gewundert?«

»Doch schon, etwas, später … Aber im ersten Moment hab ich mir da ehrlich gesagt keine Gedanken drum gemacht. Ich versteh bis heute nicht, wie das alles im Internet funktioniert. Sie etwa?«

Ben hätte gerne mit Ja geantwortet, aber so richtig verstand er es selbst auch nicht. »Was hat er denn geschrieben?«, sagte er stattdessen.

»Er bezog sich auf meinen Eintrag in dem Forum. Wir haben hin und her geschrieben, wie sehr Arbeit nervt, wie verständnislos und gemein Chefs sein können und so weiter. Und dann hat er mir geschrieben, er würde mir eine Waffe schicken und dann könnte ich ja hingehen und alle abknallen, die mir im Büro auf die Nerven gehen. Ich hab natürlich gedacht, das wäre ein Scherz!«

Ein Witz, dachte Ben. *Genau wie Leila Winter anfangs gedacht hatte, alles sei nur Spaß. Und jetzt war ihre Mutter tot.* »Haben Sie dann noch weiter mit ihm gechattet?«

»Wir haben an dem Abend noch etwas hin und her geschrieben. Und ich dachte, das war's. Aber dann bekomme ich heute diese Waffe per Post! Woher wusste der Kerl überhaupt, wo ich wohne?«

»Hat er Ihnen eventuell einen Link geschickt, den Sie angeklickt haben?«

Franka überlegte und nickte dann. »Ja, er wollte mir angeblich ein witziges Video schicken, ich hab den Link angeklickt, aber es hat nicht geklappt. Es ist einfach gar nichts passiert. Er hat dann geschrieben, dass mein Browser das vielleicht nicht öffnen kann oder irgendwie so was. Wie gesagt, ich kenne mich mit dem Zeug nicht sonderlich gut aus.«

»Er hat sich vermutlich mithilfe dieses Links in Ihren Rechner gehackt und so Ihren Standort ausfindig gemacht«, erklärte Emma. »Hat er Ihnen das Ganze irgendwie als Spiel verkauft?«

»Ach, ja! Ja! Am Anfang hat er gefragt, ob ich ein Spiel spielen will. Und versprochen, dass ich mich danach nie wieder über die Arbeit ärgern werde.«

»Und Sie haben Ja gesagt?«, hakte Emma nach.

»Na ja ...« Franka von Linden sah leicht beschämt zu Boden. »Ich hab gesagt, ich mag Spiele.«

Emma drehte sich auf ihrem Schreibtischstuhl jetzt schon eine ganze Weile um die eigene Achse. Ben beobachtete sie dabei. Im Kopf ging er die jüngsten Entwicklungen durch. Die Befragung von Franka von Lindens Nachbar, der das Paket angenommen hatte, hatte ergeben, dass er den Paketboten nicht kannte und der Bote auch keine Uniform eines bekannten Kurierdienstes getragen hatte. Er hatte eine Beschreibung des Mannes abgegeben, die eins zu eins zu Jan Hansen passte. Bei der Waffe, die Frau von Linden überbracht worden war, war die Seriennummer fein säuberlich abgeschliffen worden. Es war eine alte Waffe, die schon mehrfach abgefeuert worden war. Allerdings konnte bisher keine Verbindung zu einem anderen Fall hergestellt werden. Der Kerl machte seinem Namen alle Ehre. Der Spielfreund wollte spielen. Aber Franka von Linden hatte nicht mitgespielt. Würde er sich also einen neuen Spielkameraden, ein neues Opfer suchen? Oder spielte er am Ende nur mit der Polizei? Wie sollten sie einen Täter schnappen, der kein klares Ziel verfolgte?

Plötzlich machte Emma auf ihrem Schreibtischstuhl halt und rollte so nah an Ben heran, dass sich ihre Knie beinahe berührten. »Er hat mich auch gefragt, ob ich spielen will. Erinnerst du dich? Die Mail. Der Betreff lautete: Willst du spielen? Glaubst du, da passiert noch was? Bekomme ich noch eine Aufgabe von ihm? Oder Spielregeln?«

»Da er uns, also dir, einen Punktestand geschickt hat, gehe ich mal schwer davon aus. Er hat bestimmt nicht ohne Grund geschrieben, dass es eins zu null steht.«

Ben spürte Galle in sich aufsteigen, als er daran dachte, dass dieser eine Punkt für ein ausgelöschtes Menschleben stand.

»Ja, und zwar eins zu null zu meinen Ungunsten.«

Ben zuckte innerlich zusammen. Emma vermutete offensichtlich, dass der Täter nicht mit der Polizei, sondern mit ihr persönlich spielte. Und wenn er wusste, dass alles genau darauf hindeutete, hoffte er doch, dass der Täter es nicht auf Emma direkt abgesehen hatte und sie nur zufällig dort hineingeraten war. »Fällt dir jemand ein, der es auf dich abgesehen haben könnte und zu dieser Brutalität in der Lage wäre?«

Emma überlegte und schüttelte den Kopf. »Wir können ja schlecht alle durchgehen, die ich jemals verhört oder verhaftet habe.«

»Du hast gesagt, bei der Geiselnahme hätte er von einem Spielfeld gesprochen, oder?«, erinnerte sich Ben.

»Ja, und dass er es nicht selbst bestimmt hat. Damit meinte er sicherlich Leila Winter. Sie wollte nicht zum Frauenarzt, sie hat im Scherz gemeint, er soll kommen und ihre Mutter töten. Damit hatte er sein Spielfeld. Und seine Spielfiguren.«

»Und weil sie geweint und geschrien hat, sich in seinen Augen also nicht an die Spielregeln gehalten hat, sollte sie auch sterben. Er sieht sich anscheinend als Spielleiter, der die ganze Zeit über die Fänden in der Hand hält.«

Emma kaute auf ihrem Bleistift herum und nagte mit ihren Zähnen die gelbe Farbe vom Stift. »Es soll also ein Spiel sein. Bringt uns das weiter? Wie war das bei dem Fall damals? Als er das Mädchen in den Suizid getrieben hat, war das auch ein Spiel?« Emma fuhr sich mit der Hand über den Mund, wischte mit den Fingern die Farbpartikel von ihrer Zunge ab und griff zu einem hölzernen Stift ohne Beschichtung.

»Bei Laura Schneider?« Ben hatte die Chatprotokolle des Falls so oft studiert, dass er sie stellenweise auswendig konnte. Das Mädchen hatte sich mit ernsthaften Suizidgedanken herumgeschlagen und der Spielfreund hatte diese strategisch befeuert. Mehr noch. Er hatte sich ein Hochgefühl verschafft, indem er mit Laura Schneider spielte und sie zu seiner Marionette machte. Aber hatte er sie vorher gefragt, ob sie sich auf das Spiel einlassen wollte? »Gute Frage. Ich weiß nicht mehr, ob er gefragt hat, ob sie spielen will. Aber ich erinnere mich, dass er ihr immer wieder Regeln zugeschickt hat.«

»Regeln?«, fragte Emma.

»Ja, zum Beispiel: Wenn du heute mehr als zehn Mal angelächelt wirst, bringst du dich nicht um. Oder: Wenn heute jemand etwas Gemeines zu dir sagt, isst du etwas Gift. Wenn du dich heute verliebst, bringst du dich nicht um. Wenn dich der Junge nicht mag, den du willst, isst du ein bisschen Gift. Und so weiter. Er gab ihr immer wieder Gründe, ihr Leben zu hassen.«

»So ein Arschloch. Sie hat sich also Tag für Tag mehr vergiftet, und am Ende hat er sie dazu getrieben, sich selbst eine Überdosis zu verpassen?«

»Ja«, bestätigte Ben. »Sie hat das Rizin in ihr Essen gerührt. Jeden Tag eine kleine Menge Pulver im Jogurt oder Müsli.«

Emma sah auf das Familienfoto auf ihrem Schreibtisch. »Was bewegt ein so junges Mädchen dazu, nicht mehr leben zu wollen? Was kann in ihrem Leben so Schlimmes passiert sein?«

Auch Ben hatte sich schon damals gefragt, ob ihre gemeinsame Tochter solche Gedanken zulassen würde. »Amelie ist stärker.«

»Meinst du?«

»Ganz sicher. Aber Selbstmord hat es schon immer gegeben und wird es auch immer geben. Genau wie die Frage nach dem Warum. Egal ob Jung oder Alt. Ein paar können sich den Film eben nicht zu Ende ansehen und drücken auf Stopp.«

»Kommst du jetzt wieder mit deinem Videorekorder-Vergleich?« Ben sah Emma mit den Augen rollen, doch sie musste schmunzeln. »Du weißt schon, dass heutzutage so gut wie niemand mehr so ein Ding besitzt?«

»Bedauerlich. Ich genieße *Stirb langsam* immer noch in vier zu drei auf meinem Röhrenfernseher.«

»Tust du nicht. Ich kenn doch deine Wohnung, da steht ein riesiger Flat Screen mit Full HD und allem Drum und Dran. Sonst würde Nico dich bestimmt nicht besuchen kommen.«

Tatsächlich hing sein Sohn einen Großteil der Zeit, die er mit ihm verbrachte, vor der Glotze. Nico war momentan nicht besonders gesprächig. »Sehr witzig. Na gut, die alte Röhre steht im Keller. Aber trotzdem. Angenommen, das Leben wäre eine Videokassette. Alles von der Geburt bis zum Tod auf VHS. Dann schieben wir den Film quasi in einen kaputten Videorekorder. Es gibt nur die Playtaste. Es gibt keine Pause, nicht die Möglichkeit vor- oder zurückzuspulen. Man kann sein Leben nicht zurückdrehen, an einem Punkt anhalten oder sehen, was in der Zukunft passiert. Es ist nicht möglich, sein Leben schneller oder langsamer zu machen. Man kann den Film nur ablaufen lassen und nach einer gewissen Zeit ist er vorbei. Anfang, Mitte, Ende. Aber manche wollen sich die Kassette nicht zu Ende ansehen und betätigen den einzigen Knopf, den es außer der Playtaste noch gibt, auch wenn man ihn nur einmal drücken kann. Stopp. Doch man kann sich den Film trotzdem nicht noch mal von vorne ansehen. Wenn man

Stopp drückt, dann ist es endgültig vorbei. Für immer. Ich lass mein Leben lieber bis ganz zu Ende laufen, aber es gibt nun mal Menschen, die wollen das nicht. Leider.«

»Du alter Philosoph. Und wenn du zurückspulen könntest? Was würdest du tun, was würdest du verändern?«

»Das weißt du genau.« Ben sah ihr lang in die Augen, zog dabei seine Augenbraue hoch und ließ Emma seine Gedanken erraten. Er konnte ihr ansehen, dass ihr die Tragweite ihrer Frage erst jetzt bewusst wurde. Natürlich würde er zu dem Punkt zurückreisen, wo er sie verloren hatte, und sie davon abhalten, den einen Schritt zu weit zu gehen, den sie gegangen war.

Emma hielt Bens Blick nicht stand und sah an die Decke. »Okay, anders. Wohin müssen wir zurückreisen, um den Spielfreund zu finden? Fangen wir bei Laura Schneider und der Rizin-Vergiftung an. Wer war damals verdächtig?«

»Wir hatten kurz ihren Vater im Visier, aber es gab kein wirkliches Motiv. Er verhielt sich während der Ermittlungen einfach nur, wie soll ich sagen … seltsam. Aber es gibt keinen Knigge-Ratgeber dafür, wie man sich benimmt, wenn die eigene Tochter sich umgebracht hat. Ihm war jedenfalls nichts anzulasten. Ihrer Mutter auch nicht. Dann gab es noch so eine Clique an ihrer Schule, die sie richtig übel gemobbt hat. Sie haben sie im Internet, aber auch ganz öffentlich auf dem Schulhof oder im Klassenzimmer beleidigt und bloßgestellt. Grausame Teenager halt. Aber keine Mörder. Das Rizin führte uns schließlich zu unserem Spielfreund. Aber wir haben nie rausfinden können, wer dahintersteckt. Und über Jan Hansen haben wir uns damals in dem Zusammenhang bestimmt keine Gedanken gemacht.«

»Zu dem Zeitpunkt war er ja auch schon seit vier Jahren untergetaucht. Aber gibt es da überhaupt einen Zusammenhang?«

Das fragte Ben sich auch. War Jan Hansen der Spielfreund? Und wenn nicht, was hatten sie dann miteinander zu tun? »Genau das werden wir noch rausfinden müssen. Und diesmal kriegen wir diesen Spielfreund.«

»Das werden wir.« Emma teilte seine Wut auf diesen Mann. Aber bei Ben war die professionelle Wut auf einen Täter, mit der er als Kommissar umgehen konnte, längst in ein anderes Gefühl umgeschlagen. Blinden Hass.

»Emma, falls ich diesem Kerl tatsächlich bald gegenüberstehen sollte, halt mich bitte davon ab, ihn zu töten.«

»Das kann ich dir nicht versprechen.«

14. Kapitel: Franka von Linden

Franka holte die Post aus ihrem Briefkasten. Zwei Briefe. *Garantiert Rechnungen,* dachte sie. Außerdem einige Werbeflyer. Erschöpft betrat sie ihre Wohnung. Auf der Arbeit hatte sie allen erklären müssen, warum sie bei der Polizei gewesen war. Sie ärgerte sich, sich nicht einfach krankgemeldet zu haben. Ihre Kollegen waren schrecklich neugierig und Franka hatte ihnen eine Lüge auftischen müssen. Ihnen zu erzählen, dass ein Irrer im Internet ihr angeboten hatte, im Büro Amok zu laufen und ihr sogar eine Waffe geschickt hatte, wollte sie lieber nicht berichten. Zumal sie sich, auch wenn es nur für eine Sekunde war, dabei ertappt hatte, dass sie tatsächlich mit der absurden Idee gespielt hatte. Es war nur ein Was-wäre-wenn-Gedankenspiel. Aber was sagte das über sie aus? Lauerte vielleicht doch das Böse irgendwo ganz tief in ihr und wartete darauf, aus dem Käfig freigelassen zu werden? War sie überhaupt ein guter Mensch?

Sie war keine Mörderin, dessen war sie sich sicher. Und in den Knast wollte sie ganz bestimmt auch nicht. Sie hatte das Richtige getan. Sie war zur Polizei gegangen und hatte ihnen alles erzählt. Die würden diesen Bekloppten schon früher oder später finden und einbuchten. Für sie war es an dieser Stelle vorbei und der Alltag hatte sie wieder. Ein Leben, über das sie sich zwar regelmäßig beschwerte, das aber nicht schlimm genug war, um etwas daran zu ändern.

Noch im Flur öffnete sie die Post. Die Rechnung ihres Mobilfunkanbieters war unspektakulär wie immer. Sie erinnerte sich daran, dass sie die Zustellung hatte umstellen wollen. Inzwischen erhielten viele ihrer Freunde Rechnungen nur noch per E-Mail, um Papier zu sparen. Der Umwelt zuliebe hatte Franka sich vorgenommen, sich diesem Trend anzuschließen.

Der andere Brief hatte keinen Absender. Als Franka ihn öffnete, kam eine aufklappbare Karte zum Vorschein. Die Aufschrift ließ sie kurz aufschrecken:

Wenn Sie das lesen, sind Sie tot.

Was für eine makabre Werbung, dachte Franka und klappte die Karte auf. In derselben Sekunde schnellte ihr etwas entgegen. Sie konnte nicht ausmachen, was es war, doch sie spürte, dass sie ein Pulver eingeatmet hatte und sich ihre Kehle binnen eines Herzschlags zuschnürte. Ihr wurde schwindelig. Die Karte glitt ihr aus der Hand. Sie konnte sich kaum noch auf den Beinen halten. Langsam wurde ihr schwarz vor Augen. Sie schaffte es gerade noch, ihr Handy aus der Handtasche zu holen und den Notruf zu wählen. *Hilfe! Ich ersticke!* Franka sank zu Boden. Sie war sich nicht sicher, ob sie in den Hörer sprach oder es nur dachte. *Hilfe … ich sterbe.* Sie röchelte. Bevor ihre Augen endgültig zufielen, drehte sie ihren Kopf zu der am Boden liegenden Postkarte.

Wenn Sie das lesen, sind Sie tot.

15. Kapitel: Dino

Dino war zu Hause und wartete auf seine Freundin. Er hatte für sie gekocht. Nudeln mit Hackfleisch und Pilzen in Sahnesoße. Es sollte eine Überraschung sein, denn hoffentlich wusste Lizzi endlich, ob ihr Kind gesund und ein Junge oder ein Mädchen war. Außerdem hatte sie inzwischen ihren neuen Kunden kennengelernt. Und vielleicht hatte dieser Hansen ihr sogar verraten, wo das Geld war, das er damals mit seinem Bruder geklaut hatte.

Dino selbst hatte heute einen Tag erlebt, den er schwer mit seinem Gewissen vereinbaren konnte. Er hatte ausgeschlafen und noch Stunden nachdem Lizzi das Haus verlassen hatte, im Bett gelegen. Später hatte er sich bei den alten Lagerhallen nah der Autobahn mit den zwei tätowierten Polen getroffen, die er immer Olek und Bolek nannte, obwohl ihre Mütter ihnen bestimmt ganz andere Namen gegeben hatten. Aber sie lachten jedes Mal, wenn er sie so nannte, klopften ihm aber zugleich fest auf die Schulter, um zu demonstrieren, dass er hier der Schwächste war. Dino war nicht besonders groß und ziemlich dünn. Er hatte vielleicht nicht so viel Kraft wie die beiden Polen, aber dafür war er flink wie ein Hase. Weglaufen war also immer eine Option. Außerdem war er gelenkig wie eine Schlange. Lizzi lachte sich immer kaputt, wenn er sich zusammenfaltete, in ihren Reisekoffer quetschte und sagte, dass sie, sollten sie einmal verreisen, nur für eine Person zahlen mussten. Aber sie waren noch nie gemeinsam in Urlaub gefahren. Dazu fehlte ihnen das Geld.

Was genau Dino für die beiden Polen transportierte, wusste er selbst nicht. Diebesgut, vermutete er. Aber wirklich interessieren tat es ihn nicht. Hauptsache sie zahlten gut. So wie heute. Vierhundertfünfzig Euro hatte Dino verdient. Dafür musste er nichts weiter tun, als einen Lieferwagen an einer bestimmten Adresse abzuholen und zu den Lagerhallen zu fahren.

Danach war Dino zu seinem *richtigen* Job gefahren. Zu dem, von dem seine Freundin dachte, dass er damit sein Geld verdiente. Er war als Zauberer auf einem Kindergeburtstag aufgetreten. Mittags Gangster, nachmittags Animateur. Sein Unterbewusstsein bedankte sich dafür mit regelmäßigen Albträumen, in denen böse Zauberer ihm alles nahmen, was er besaß. Viel hatte Dino nicht, was man ihm hätte nehmen können, und darum drehten sich diese Träume fast ausnahmslos um Lizzi.

Als Lizzi endlich nach Hause kam, wirkte sie vollkommen erschöpft. »Hunger?«, fragte er sie.

»Geht so. Riecht aber sehr lecker.«

»Uuuuuuuund?«

»Was uuuuund?«, äffte sie ihn nach.

»Was hat der Arzt gesagt?«

»Ich hab es heute leider nicht geschafft. Sorry, es war so viel zu tun. Ich musste zum Gericht, hatte haufenweise Papierkram zu erledigen und die Polizei wollte auch noch mit mir sprechen. Ich hab den Termin verschoben und gehe nächste Woche hin. Okay? Ich mein, macht ja keinen Unterschied. Schwanger bin und bleibe ich trotzdem.«

Woher nahm diese Frau bloß ihre Gelassenheit? Sie war so cool, dass sich wohl jeder Mann in sie verliebt hätte. Dino fragte sich fast täglich, was sie dazu bewogen hatte, mit einem Chaoten wie ihm zusammen sein zu wollen.

»Aber wenn irgendetwas mit dem Kind nicht stimmt? Es falsch liegt oder zu groß oder zu klein ist oder sonst was? Da können doch tausend Sachen schiefgehen. Das hab ich im Internet gelesen in so einem Blog für Mütter.«

»Treib dich gefälligst nicht auf solchen Seiten rum, sondern ließ die Bücher, die ich dir gegeben habe!«

»Aber …«

»Dino, bitte!«, unterbrach sie ihn. »Jetzt schieb mal keine Panik.«

Wie konnte Lizzi bloß so entspannt bleiben? Er wollte endlich Klarheit, ob sein Kind gesund und er der Vater eines Mädchens oder eines Jungen war. Aber er würde es heute nicht erfahren. Also wechselte er das Thema. Schließlich war er noch auf eine ganz andere Sache sehr neugierig.

»Und wie ist dein neuer Kunde?«

»Welcher? Ich hab mehr als einen.«

»Du weißt schon. Der mit den fünf Millionen. Dieser Justus, richtig?«

»Ja. Er ist okay, wirklich ganz nett. Höflich. Gibt sich Mühe.«

»Sieht er gut aus?«

»Schlecht jedenfalls nicht. Wirst du jetzt eifersüchtig?«

»Vielleicht.«

»Ich würde mich niemals mit einem Kriminellen einlassen.«

Dino öffnete den Mund und schloss ihn sofort wieder. Sollte er an dieser Stelle protestieren? Schließlich hatte sie sich bereits auf einen eingelassen. Auf ihn. Auch wenn er nur ein Kleinkrimineller war und kein Bankräuber wie dieser Hansen. Aber er ließ Lizzi in dem Glauben, dass er das Kapitel seines Lebens abgeschlossen hatte.

Es war, als lese sie seine Gedanken. »Das mit dir ist was anderes. Außerdem machst du das ja nicht mehr.« Ihr gutherziges Vertrauen versetzte ihm einen Stich.

Lizzi summte und lachte grundlos, als hätte ihr Gehirn ihr einen Witz erzählt.

»Was ist denn so komisch?«, wollte Dino wissen.

»Ach, nichts. Nur, ich hätte meinen neuen Kunden heute am liebsten gefragt, wo die fünf Millionen abgeblieben sind.«

»Und warum hast du es nicht einfach getan?«

»Bist du verrückt? Ich bin seine Bewährungshelferin und keine Ermittlerin. Da macht man so was nicht! Er muss mir vertrauen können, dass ich ihm dabei helfe, wieder im normalen Leben Fuß zu fassen, und soll nicht denken, dass ich ihn gleich wieder einsperre. Außerdem ist das schon fünf Jahre her. Das Geld ist mit Sicherheit längst weg. Sein Bruder ist damit garantiert über alle Berge.«

»Und wenn nicht?«

»Und wenn nicht, dann geht uns das trotzdem nichts an. Die Polizei ist seinem Bruder sowieso schon auf den Fersen. Die haben heute mit mir gesprochen. Der Kerl hat nämlich ganz schön Mist gebaut. Wahrscheinlich hat er sogar jemanden umgebracht.«

»Aber, also jetzt mal rein hypothetisch, angenommen, ich würde irgendwie an so viel Geld kommen wie dieser Hansen. Brennst du dann mit mir durch?«

Lizzi lachte, ging in die Küche und tat ihm und sich einen Teller Nudeln mit extra viel Soße auf. »Wenn du mal Millionär bist, dann brennen wir durch, ist okay.«

Sie nahm ihn nicht ernst. Wie so oft. Aber diesmal ärgerte sich Dino nicht darüber. Er würde es ausnutzen, um Lizzi scherzhaft auszufragen. So würde er herausbekommen, wo dieser Hansen gerade arbeitete. Und dann würde er aus ihm schon herauskitzeln, wo die Millionen waren.

16. Kapitel: Emma

Liebe Emma,
Franka hat sich nicht an die Spielregeln gehalten. Sie hätte die Waffe benutzen sollen. Aber sie war zu feige und hat sie zu euch gebracht. Dafür muss sie bestraft werden. Aber vielleicht kannst du sie noch retten, wenn du mitspielst.

MfG
Dein Spielfreund
PS: Noch steht es 1:0 für mich.

Emma starrte auf die E-Mail, die sie mit ihrem Handy geöffnet hatte, während der Wagen zur Wohnung von Franka von Linden raste. Hoffentlich würden sie rechtzeitig eintreffen. Warum schickte dieser Verrückte ausgerechnet ihr diese Nachrichten? Lag es am Ende vielleicht sogar an Ben? Er war der ermittelnde Beamte, als der Spielfreund das erste Mal auf den Plan getreten war. Wie viel hatten die Ereignisse von heute mit der Vergangenheit zu tun? Gab es eine Verbindung zwischen den Opfern? Was hatte Laura Schneider, die der Spielfreund in den Selbstmord getrieben hatte, mit der während der Geiselnahme ermordeten Claudia Winter und ihrer Tochter Leila zu tun? Und wie passte Franka von Linden ins Bild? All diese Gedanken überschlugen sich in Emmas Kopf, wurden aber von der Sirene eines Rettungswagens und Bens gewagtem Bremsmanöver jäh unterbrochen.

Sie sprangen aus dem Wagen und rannten auf das Haus zu. Emma klingelte bei Frau von Linden und konnte anhand des Schellens ausmachen, dass sich die Wohnung im Erdgeschoss unmittelbar neben der Eingangstür befand. Ben warf einen Blick durchs Fenster.

»Klingel bei den Nachbarn, sofort!«, brüllte er sie an.

»Was ist los?«, wollte Emma wissen und drückte sämtliche Klingelknöpfe. Im gleichen Moment traf der Rettungswagen ein. Der laute Ton der Sirene erlosch, das Blaulicht flackerte weiterhin.

»Sie liegt im Flur. Ich sehe nur ihre Füße. Aber es sieht aus, als sei sie zusammengebrochen.«

Der Türsummer erklang und Emma drückte die Haustür auf. Sie rannten zu Frankas Wohnung, zwei Sanitäter folgten ihnen. Ben hämmerte gegen die Wohnungstür und schrie: »Frau von Linden?«

»Eben ging ein Notruf bei uns ein«, sagte einer der beiden Sanitäter. Er war klein und schmächtig. Das komplette Gegenteil zu seinem Kollegen, der groß, breit wie ein Schrank und kahlköpfig war. »Die Frau war kaum zu verstehen. Kurzatmig, klang wie ein schwerer Asthmaanfall.«

»Wir müssen da rein.« Mit diesen Worten nahm Ben ein paar Schritte Anlauf und warf sich gegen die Tür, die keinerlei Anstalten machte, aufzugehen. Mit einem kurzen Blick zu den beiden Sanitätern machte er klar, dass höchste Alarmstufe herrschte. Mehrmals schmissen sich Ben und der bullige Sanitäter mit voller Kraft gegen die Tür. Beim dritten Versuch brach die Tür aus den Angeln und sprang weit auf. Während sich der Sanitäter gerade noch fangen konnte, flog Ben ungebremst auf das harte Parkett – direkt neben den regungslosen Körper von Franka. Der kleinere Sanitäter kniete sich sofort neben sie und überprüfte ihre Vitalzeichen. Ben rappelte sich vom Boden auf.

»Puls schwach, aber spürbar. Atmung sehr flach. Wir müssen sie sofort intubieren und ins Krankenhaus bringen.«

Der bullige Sanitäter sprintete los und kam mit einer Trage zurück. Der kleinere überprüfte gerade den Rachen der Frau. »Sie scheint nichts verschluckt zu haben, aber die Atemwege sind zugeschwollen. Wir müssen sie schnellstmöglich beatmen.« Sein Kollege nickte, die beiden waren ein eingespieltes Team, genau wie Emma und Ben, die in dieser Situation nicht viel mehr machen konnten, als zu versuchen, den beiden nicht im Weg zu stehen. Das Wichtigste war jetzt, das Leben des Opfers zu retten. Die Sanitäter hatten etwas Mühe, die stämmige Frau aufzubahren, doch noch bevor Ben helfen konnte, griff der Große beherzt zu und sie rannten wortlos Richtung Rettungswagen.

Emma fiel ein weißliches Pulver auf, das auf dem Boden verteilt war. »Komm da sofort raus.«

Ben stand noch mitten im Wohnungsflur und sah sie irritiert an. Emma deutete auf das Pulver und er machte zwei vorsichtige Schritte raus aus der Wohnung.

»Rizin?«

Emma zuckte mit den Schultern, vielleicht war es ein tödliches Gift, vielleicht aber auch nicht. »Könnte auch Kokain sein.« Sie holte ihr Handy hervor. »Ich alarmiere die Spurensicherung.«

»Und ich rufe Verstärkung«, sagte Ben. »Wir brauchen ein paar Kollegen, die die Nachbarn befragen.«

Kurze Zeit später betraten zwei junge Polizisten den Tatort. Sie waren noch Anfänger, aber motiviert und der Aufgabe, die Nachbarschaft zu befragen, bestens gewachsen. Während Ben und Emma ihnen Anweisungen gaben, trafen auch die Kollegen von der Spurensicherung ein. Ben und Emma beschlossen, vor dem Haus zu warten, um nicht im Weg zu sein. Die Spurensicherung würde sich ohnehin schon über die ganzen Spuren, die sie und die beiden Sanitäter hinterlassen hatten, ärgern. An den Fenstern gafften neugierige Anwohner nach draußen. Emma hoffte, dass Franka von Linden überleben und schnell zu sich kommen würde, damit sie sie befragen konnten. Sie mussten wissen, was hier passiert war. Warum hatte sie den Notruf gewählt? War das die angekündigte Strafe des Spielfreundes?

Ein Kollege im Schutzanzug kam zu Emma und Ben. »Wir haben am Boden Rückstände eines Pulvers gefunden«, sagte er, »und das hier.« Er hielt ihnen eine Postkarte entgegen und reichte Emma gleichzeitig ein Paar Einweghandschuhe. »Da steht: ›Wenn Sie das Lesen, sind Sie tot.‹« Emma zog sich die Handschuhe über und griff nach der Karte. Als sie die Postkarte aufklappte, schnellte ihr eine winzige Sprungfeder entgegen, an der ein kleines, offenes Plastikbeutelchen befestigt war. An der Karte und in dem Beutel entdeckte sie sichtbare Spuren des Pulvers. Die Konstruktion erinnerte Emma an einen Springteufel. Als Kind hatte sie eine solche Kiste besessen. Sie hatte sie geliebt. Jeden Abend drehte sie damals an der Kurbel, die Melodie von *Pop! Goes the weasel* war erklungen und ein Clown war aus der Schachtel gesprungen. Das, was sie jetzt in den Händen hielt, funktionierte nach demselben Prinzip. Aber im Gegensatz zu dem Springteufel aus ihrer Kindheit war dieser nicht dazu da, Menschen zu erschrecken und zum Lachen bringen. Es war eine Konstruktion, die den Tod bringen sollte.

Franka von Linden hatte nicht überlebt. Emma und Ben standen im Flur der Pathologie und unterhielten sich mit dem Rechtsmediziner, der jedoch anhand der ersten Leichenschau nicht viel sagen wollte. »Da müssen Sie jetzt bitte erst mal die Obduktion abwarten«, bat Karl Mühlfelder. Er war ein abgebrühter Kerl, den so schnell nichts aus der Fassung brachte. Dafür hatte der Mann schon zu viel gesehen. »Aber was ich auf den ersten Blick sagen kann, ist, dass es keine äußeren Verletzungen gibt. Sie hat, im wahrsten Sinne des Wortes, keinen Kratzer. Einen Kampf wird es also vermutlich nicht gegeben haben. Zu sehen sind ein paar kleine Hämatome, die aber vermutlich vom Transport herrühren. Die Sanitäter werden sie vermutlich auf eine Trage gehoben haben, und da die Frau relativ schwer ist, mussten sie vermutlich gut zupacken.« ›Vermutlich‹ war eines von Mühlfelders Lieblingswörtern. Er versprach, sich später mit genaueren Informationen zu melden, und Ben und Emma verließen das Krankenhaus.

Am Abend hatten sie Gewissheit. Karl Mühlfelder bestätigte eine Rizin-Vergiftung durch Einatmen als Todesursache. Das Pulver, von dem schon vierhundert Mikrogramm für eine tödliche Dosis reichten, wenn es über die Atemwege absorbiert wurde, war Franka von Linden direkt ins Gesicht geflogen. Da sie sich erschrocken hatte, hatte sie es vermutlich tief eingeatmet. Laut Mühlfelder konnte es bis zu acht Stunden dauern, bis erste Symptome auftraten. Da Franka von Linden sehr schnell erste Anzeichen gespürt hatte, musste sie eine größere Menge aufgenommen haben. Obwohl sie es noch geschafft hatte, den Notruf zu wählen, und die Rettungskräfte schnell vor Ort waren, konnten die Ärzte im Krankenhaus nichts mehr für sie tun. Für Rizin gab es tragischerweise kein Gegengift. Es bestand nur die Chance, die Patienten mit Aktivkohle zu behandeln, wie es auch bei Laura Schneider, die das Gift gegessen hatte, geschehen war. Beim Verzehr des Giftes konnte man geringe Mengen überleben, weshalb Laura erst später an einer Überdosis gestorben war. Wurde Rizin aber eingeatmet, bestand so gut wie keine Chance.

Emma und Ben wollten für heute Schluss machen, als ein leises »Pling« eine neue Nachricht in Emmas E-Mail-Postfach ankündigte.

Liebe Emma,
mit dir zu spielen, macht Spaß. Es steht jetzt 2:0 für mich. Aber ich gebe dir noch eine Chance. Lass uns weiterspielen. Dein Freund Ben darf auch gerne mitspielen. Oder ist er gar nicht mehr dein Freund?

MfG
Dein Spielfreund

17. Kapitel: Dino

Dino hatte Lizzi in der vergangenen Nacht so lange ausgefragt, bis er ihren genervten Tonfall nicht mehr hatte überhören können. Aber er hatte genug Informationen über Justus Hansen, um sich in dessen Leben einzuschleichen. Erste Station: der Job. Tatsächlich schaffte er es, die Personalchefin der Reinigungsfirma am nächsten Tag binnen Sekunden um den Finger zu wickeln. Er gab an, ein Freund von Justus zu sein und dass er gerne mit ihm zusammenarbeiten würde.

»Jetzt, wo mein Kumpel aus 'm Knast ist, würde ich ihn gerne unterstützen, wissen Sie.«

»Kein Problem, Schätzchen!«, schnalzte die vollbusige, ältere Dame freudig. »Warst du auch im Gefängnis?« Dino war nicht aufgefallen, wann die Frau ins Du gewechselt hatte, aber es war ihm auch vollkommen egal.

»Nein.«

»Nicht schlimm.« Dino musste ein Lachen unterdrücken. Anscheinend war eine dramatische oder kriminelle Vorgeschichte bei dieser Frau eine Grundvoraussetzung dafür, ihre Sympathien für sich zu gewinnen. Das hatte Dino schnell gemerkt und ihr deshalb direkt aufgetischt, ohne Eltern aufgewachsen zu sein. Sie sah ihn nun schon die ganze Zeit mit einem bedauernden, mütterlichen Blick an, als wäre er ein ausgesetzter Welpe, der kurz vor dem Hungertod stand. »Jedenfalls bräuchte ich noch deine Unterlagen. Du weißt schon. Sozialversicherungsnummer, Ausweis und so weiter.«

»Könnte ich das bitte nachreichen?«, mimte Dino den schüchternen, lieben Jungen von nebenan.

»Klar, Schätzchen. Kriegen wir hin. Wann willst du denn anfangen? Wenn du zufällig jetzt sofort Zeit hast, könntest du direkt deinem Kumpel Justus zur Hand gehen. Ein Kollege hat abgesagt und er muss einen Dreihundert-Quadratmeter-Club jetzt ganz alleine putzen. Da freut er sich bestimmt über Hilfe. Erst recht von einem Freund. Soll ich schnell anrufen und ihm Bescheid geben?«

»Ich würde ihn lieber überraschen.«

»Ach, wie schön! Klar, Schätzchen, machen wir so. Und morgen bringst du mir die Unterlagen, ja?«

»Selbstverständlich«, log er mit einem freundlichen Lächeln. Wenn er eins im Zirkus gelernt und bis heute perfektioniert hatte, dann falsch zu lächeln und es ehrlich aussehen zu lassen. Der Trick war, dass die Augen immer mitstrahlen mussten. Dann nahm das Gegenüber automatisch an, dass die Gefühle echt waren. Von wegen wenn die Augen mitlachen, dann ist es ein wahres Lachen. Schwachsinn – diesen Trick beherrschte jeder Schauspieler und jedes Fotomodell – und Dino eben auch.

Dino hatte einen Tag, um von Hansen zu erfahren, wo das Geld versteckt war. Vielleicht sogar mehr, wenn er die Personalchefin mit den Unterlagen noch etwas hinhalten konnte. Und für den Fall, dass Hansen es ihm nicht freiwillig verraten würde – wovon er stark ausging –, hatte er sich im Internet einen gebrauchten, streichholzschachtelgroßen GPS-Tracker besorgt, den er per App mit seinem Smartphone verbinden konnte. Damit würde er Hansens Standort jederzeit ermitteln können. Eigentlich war das Teil für Haustiere gedacht, die gerne mal ausbüxten. Aber Dino war überzeugt, dass es mehr von eifersüchtigen Freundinnen gekauft und dazu genutzt wurde, um den eigenen Partner auszuspionieren.

Jetzt musste er es nur noch schaffen, das Teil Hansen irgendwie unterzujubeln. Danach würde er ihm einfach folgen und hoffen, dass er ihn zu den Millionen führte.

Dino betrat den Club, in dem Hansen laut der Personalchefin putzte, und sah sich leise um. Doch niemand war hier. »Hallo?«, rief er ins Leere und es schallte durch die große Halle. Dino sah sich weiter um und entdeckte Hansen schließlich auf dem Damen-Klo, wie er fluchend eine Toilette schrubbte. »Scheiß Weiber! Wie können die eigentlich danebenpissen?!«

»Die haben's halt noch nicht so drauf mit im Stehen pinkeln«, sagte Dino und Justus Hansen wirbelte, mit der Klobürste in der Hand, herum und sah ihn überrascht an. »Hi, ich bin Dino. Ich wurde von der Firma zur Verstärkung geschickt.«

Hansen musterte ihn kurz von oben bis unten und nickte ihm dann bestätigend zu. »Gute Sache. Hi, Dino. Cooler Name. Ich bin Justus. Ich würd dir ja die Hand geben, aber …«, er deutete auf die versifften Gummihandschuhe, die er trug, und wedelte mit der Klobürste. »Und die Tussis klatschen ihre ekeligen Tampons auch echt überall hin. Da verliert man doch direkt den Respekt vor Frauen, oder?« Dino nickte und machte sich sofort ans Werk, ihm dabei zu helfen, die Sauerei auf dem Discodamenklo zu beseitigen.

Mit Justus ins Gespräch zu kommen, war nicht schwer. Er erzählte wie selbstverständlich, dass er gerade erst aus dem Gefängnis entlassen worden war. Er erwähnte sogar seine verdammt heiße Bewährungshelferin, die er am liebsten sofort flachlegen wollte. Dino musste sich auf die Zunge beißen, schließlich sprach Justus dabei von seiner Freundin Lizzi. Dino gab sich offen und ehrlich, um Justus' Vertrauen zu gewinnen. Er berichtete von seinen Geschäften mit Olek und Bolek und anderen Gaunereien. Justus ermahnte ihn aufzupassen.

»Das Gefängnis ist echt kein Spaß. Sieh zu, dass du nicht einwanderst«, beschwor er ihn fast schon väterlich und das, obwohl er drei Jahre jünger war als Dino.

Dino spürte, dass er nah dran war, er musste jetzt vorsichtig weiterforschen. »Darf ich fragen, warum du gesessen hast?«

»Raub. Na ja … eigentlich wohl eher, weil ich nicht so schnell laufen kann wie mein Bruder. Der konnte fliehen, ich nicht. Wir haben 'nen Überfall gestartet, auf 'nen Geldtransporter … hat nicht so gut geklappt.«

»Und das Geld?« Dino versuchte, es möglichst beiläufig klingen zu lassen.

»Keine Ahnung. Musst du meinen Bruder fragen.« Justus wirkte verbittert.

»Wie, der hat dich einfach so hängen lassen? Habt ihr keinen Kontakt?«

»Ach! Der Kerl ist so ein Idiot. Familie sucht man sich halt nicht aus, ne?«

Das beantwortete Dinos Frage nicht, aber Justus wechselte plötzlich schnell das Thema. Auf einmal sprach er über Sport und das Wetter. Sie hatten eine Vertrauensbasis entwickelt, aber Justus machte wieder einen Schritt zurück und verhielt sich misstrauisch und oberflächlich. Also war Dino auf der richtigen Spur. Er musste jetzt nur sehr bedacht vorgehen und geduldig sein.

18. Kapitel: Ben

Laura Schneider, Claudia Winter und jetzt auch Franka von Linden. Drei Menschenleben hatte der Spielfreund schon auf dem Gewissen. Und das waren nur die Fälle, von denen sie wussten. Vielleicht konnte man seinem Konto noch mehr Morde oder vermeintliche Selbstmorde zuschreiben. In jedem Fall hatten sie es mit einem geisteskranken Psychopathen zu tun, der analysiert werden musste. Deshalb hatten sie einen Fallanalytiker hinzugezogen, der zu den wenigen Experten gehörte, die im Volksmund gerne Profiler genannt wurden, auch wenn ihr tatsächlicher Job weit von dem Bild abwich, das die amerikanischen Serien zeichneten.

Emma und Ben hatten den Bericht des Fallanalytikers, der sich sehr intensiv mit den Chatverläufen der Opfer auseinandergesetzt hatte, gerade jeder für sich durchgelesen. Emma legte die Akte zur Seite, den Kopf in den Nacken und drehte sich auf ihrem Bürostuhl hin und her, indem sie sich mit der Fußspitze immer wieder leicht vom Boden abstieß. »Also, bisher konnten wir keine Verbindung zwischen den Opfern finden, weshalb wir davon ausgehen müssen, dass der Täter mehr oder weniger wahllos vorgeht. Oder er verfolgt ein Muster, das wir noch nicht erkennen.«

»Laut unserem Experten suchen wir einen sehr intelligenten, aber psychisch kranken Mann mittleren Alters«, sagte Ben. »Der Spielfreund sucht im Internet nach leicht manipulierbaren, verzweifelten Opfern und fühlt sich berufen, in ihr Leben einzugreifen«, zitierte er aus dem Bericht. »Bei Laura Schneider waren es die Selbstmordgedanken, die sie in einem Forum preisgegeben hatte.«

»Und bei Claudia Winter ging es dann wohl um ihre Tochter Leila, die sich online über ihre Mutter beschwert hat, die sie zwingen wollte, gemeinsam mit ihr zum Frauenarzt zu gehen.«

»Genau«, bestätigte Ben. »Und Franka hat sich beim Chatten so sehr über ihren Arbeitgeber geärgert, dass der Täter auch das als Aufruf empfand, sich in ihr Leben einzumischen. Er sucht Menschen mit Problemen und bietet, aus seiner Sicht, Hilfe an. Allerdings, so steht es hier, ist nicht klar, ob er sich wirklich als Helfer sieht, da er ein perfides Spiel aus der Sache macht und dieses Spiel zu genießen scheint. Er will dominieren. Er will Macht ausüben, andere kontrollieren. Wahrscheinlich handelt es sich bei ihm um jemanden, der im wahren Leben kaum Einfluss hat.«

Ben reichte Emma seine Kopie der Akte und deutete auf einen Abschnitt, den er markiert hatte und den sie daraufhin vorlas. »Es ist anzunehmen, dass es sich um eine Person handelt, die selbst Elend, Leid oder wahllose Ungerechtigkeit erfahren hat, und die die Welt dafür verantwortlich macht. Eine Person, die immer kleingemacht worden ist und jetzt, versteckt in der Anonymität des Internets, ihre Macht demonstrieren und anderen beim Leiden zusehen will. Die Person will, dass andere das tun, was sie ihnen befiehlt.«

Ben übernahm wieder das Wort. »Aber Franka von Linden hat nicht auf ihn gehört. Sie hat nicht mitgespielt und dafür hat er sich jetzt an ihr gerächt. Oder was meinst du?«

Emma stimmte ihm zu. Schweigend studierten sie erneut die Ausführungen des Fallanalytikers, der davon ausging, dass es sich bei dem Täter um einen Einzelgänger handeln musste. Passte das alles zu ihrem Verdächtigen Jan Hansen? Oder war sein Zwillingsbruder vielleicht doch in die Sache involviert? Fakt war, dass Jan Hansen in der Arztpraxis Claudia Winter erschossen hatte. Die Zeugen hatten das eindeutig bestätigt. Er war ihr Mörder. Aber war er raffiniert genug, um Postkarten mit Gift zu präparieren? War er so ein großes Computer-Genie, dass er seine Spuren im Netz so geschickt verwischen konnte, dass sie ihn bis jetzt nicht nachverfolgen konnten?

Emma riss Ben aus seinen Gedanken. »Ich hab schon wieder eine Mail von ihm.«

»Lass mal sehen.« Ben rollte mit seinem Stuhl neben Emma an ihren Schreibtisch. Er fand es sehr beunruhigend, dass sie offensichtlich mehr und mehr ins Visier des Täters rückte. Aber er versuchte, es sich nicht anmerken zu lassen.

Emma dagegen war ihre Beunruhigung deutlich anzusehen. »Wieso ausgerechnet ich, Ben? Kannst du mir das mal sagen. Kennt der Kerl mich oder war es reiner Zufall? Wäre nicht ich, sondern ein anderer Kollege bei der Geiselnahme aufgetaucht, hätte er sein Spiel dann einfach mit ihm gespielt? Oder stand von Anfang an fest, dass ich diese Spielfigur in seinem dämlichen Spiel bin? Ich versteh das einfach nicht.«

Ben sah Emma ratlos an. Er wusste einfach nicht, was er sagen sollte. Nach einem kurzen Moment wandte er seinen Blick von Emma ab und dem Bildschirm zu. Gemeinsam lasen sie die neue Nachricht.

Liebe Emma,

Es ist eine wahre Freude, mit dir zu spielen. Du hast jetzt gesehen, was passiert, wenn man sich nicht an die

Regeln hält. Und wenn ich es mir recht überlege, hat die Winterprinzessin sich auch nicht an die Regeln gehalten. Kleiner Tipp: Vielleicht solltet ihr mal ihre Post checken. Wenn es nicht schon zu spät ist.
Bis bald. Wir sehen uns, meine Liebe.

MfG
Dein Spielfreund

Ben und Emma sahen sich aufgeregt an. »Winterprinzessin, das ist doch …«, begann Ben. »Der Nickname von Leila Winter! Scheiße!«, beendete Emma seinen Satz.

Sie kontaktierten sofort Leilas Vater Konrad Winter. Er reagierte etwas ungehalten, da gerade die Trauerfeier für seine verstorbene Frau stattfand. Ben bat ihn dringend darum, keinen Brief und kein Paket zu öffnen. Gemeinsam mit Emma und einem Kollegen von der Spurensicherung machte er sich gleich auf den Weg.

Das Haus der Winters lag in einer neuen Reihenhaussiedlung am Stadtrand. In der Gegend wurde zurzeit viel gebaut und auf Ben wirkte alles noch sehr unpersönlich und wenig einladend. Konrad Winter öffnete ihnen die Tür und führte sie ins Wohnzimmer, wo einige der Trauergäste betreten zu Boden starrten. Obwohl er wusste, dass sie bereits aus dem Krankenhaus entlassen worden war, konnte Ben Leila Winter nicht unter den Gästen entdecken.

»Wo ist ihre Tochter?«, fragte er Konrad Winter.

»Auf ihrem Zimmer. Schon seit Tagen. Sie ist total fertig. Die Ärzte sagen, sie muss dringend mit einer Therapie beginnen. Aber sie weigert sich noch.«

Emma ergriff nun das Wort. »Wie gesagt, es tut uns sehr leid, dass wir Sie heute stören müssen, Herr Winter. Aber haben Sie in letzter Zeit Post bekommen?«

Konrad Winter lachte, trocken und traurig. »Das soll wohl ein Witz sein.« Er deutete auf einen Haufen Kondolenzkarten, die auf einem Sekretär im Wohnzimmer lagen. »Sie glauben gar nicht, wie viel Post man bekommt, wenn die eigene Frau stirbt. Es melden sich wesentlich mehr Leute als an einem Geburtstag. Da hört man von Menschen, die man schon vergessen hat. Unglaublich. Ich hab bisher kaum welche geöffnet. Ich ertrage diese ganzen Beileidsbekundungen nicht. Wie soll das uns bitte Trost spenden?«

»Wir müssen das alles beschlagnahmen«, funkte der Kollege der Spurensicherung taktlos dazwischen. Ben sah ihn strafend an. Der Mann sah nur das Risiko. Und er hatte ja auch recht. In einem dieser Umschläge befand sich möglicherweise ein tödliches Gift. Konrad Winter führte den pietätlosen Kollegen in die Küche, wo auf einem kleinen Küchenwagen noch mehr Karten lagen. Ben ließ seinen Blick über die Karten auf dem Sekretär im Wohnzimmer schweifen. Er las aufbauende Sprüche und biblische Zitate wie *Der Herr ist nahe denen, die zerbrochenen Herzens sind, und hilft denen, die ein zerschlagenes Gemüt haben.* Die meisten Karten zeigten neutrale Blumenmotive, die weder freudig noch traurig wirkten, auf vielen Karten war bloß eine einsame, brennende Kerze auf schwarzem Hintergrund abgebildet. Der Kollege von der Spurensicherung kam aus der Küche zurück und stellte alle Karten sicher, indem er sie mit behandschuhten Händen in diversen Plastikbeuteln verstaute. Mit einem kurzen Gruß machte er sich damit auf den Weg ins Labor.

Was würde Ben tun, wenn Emma von heute auf morgen nicht mehr da wäre? Bei ihrem Job fragte er sich das nicht zum ersten Mal. Bislang war es ihm immer gelungen, diesen Gedanken erfolgreich zu verdrängen. Wie sollte ein Mann es schaffen, die Trauer über den Verlust der eigenen Frau zu bewältigen, den Lebensmut seiner Kinder zu erhalten oder gar wiederherzustellen? Unweigerlich blickte Ben sich erneut nach Leila um. Doch sie war nicht hier, blieb verkrochen in ihrem Zimmer. Wie ging es dem Mädchen? In so jungen Jahren die Mutter zu verlieren, war schlimm. Vielleicht konnte man sich damit abfinden, wenn es aufgrund einer Krankheit geschah. Aber Mord? Und zu allem Überfluss, hatte sie nicht nur dabei zusehen müssen, wie ihre Mutter erschossen wurde. Sie gab sich auch noch selbst die Schuld daran, weil sie zuvor mit dem Mörder ihrer Mutter gechattet hatte. Würde sie jemals darüber hinwegkommen? War das überhaupt möglich?

Zurück auf der Wache, wartete bereits die Nachricht auf Emma und Ben, dass in einer der Karten tatsächlich Rizin sichergestellt werden konnte. Die Karte war auf dieselbe Weise präpariert worden wie bei Franka von Linden. Die gleiche Konstruktion mit einer Sprungfeder und einem kleinen mit Gift gefüllten Beutel aus Frischhaltefolie. Die Karte war an Leila Winter adressiert und nicht frankiert gewesen, was bedeutete, dass der Täter sie persönlich abgegeben hatte. Er besaß tatsächlich die Nerven, herumzuspazieren und seine tödliche Post zu verteilen. Wenigstens hatten sie Leila Winter retten können. Doch solange sie nicht wussten, wo sich Jan Hansen – oder wer immer ihr Spielfreund war – aufhielt, war niemand wirklich sicher.

19. Kapitel: Dino

Dino hatte noch nie zuvor in seinem Leben jemanden verfolgt. Aber er war ja auch kein Stalker. Er wollte nur das Geld. Das war das Einzige, das ihn an Justus Hansen interessierte. Er hatte ihn bereits den ganzen Tag beobachtet. Dank des Peilsenders in seinem Wagen war es kein Problem gewesen, an ihm dranzubleiben. Auch das Anbringen des Senders war vollkommen problemlos verlaufen. Justus hatte ihn, nach der gemeinsamen Putzarbeit in dem Club, nach Hause gefahren, und Dino hatte den GPS-Tracker unauffällig im Wagen *vergessen.* Er wusste, dass Justus heute noch Lizzi sehen würde, weshalb Dino äußerst vorsichtig vorgehen musste. Seine Freundin durfte ihn auf keinen Fall entdecken. Außerdem waren Dino schon mehrere Gestalten aufgefallen, die stark nach Polizeibeamten in Zivil ausgesehen hatten – dafür hatte Dino eine Art eingebauten Sensor, auch wenn es sich mehr um ein Bauchgefühl handelte. Er war also nicht der Einzige, der Justus verfolgte, nur dass die Polizei das Observierung nannte.

Dino stand auf der Straßenseite gegenüber einer Frittenbude und versteckte sich hinter einem Zeitungstand. Da kam Lizzi und begrüßte Justus. Sie stellten sich an einen der Außentische und unterhielten sich. Viel zu vertraut und intim für Dinos Geschmack. Justus brachte Lizzi zum Lachen. Das gefiel Dino gar nicht. Nicht, dass er seiner Freundin keinen Spaß bei der Arbeit gönnte. Aber Lizzi war eben eine Frau, um die man als Freund immer Angst haben musste, weil einfach fast jeder Kerl auf sie stand. Und Justus hatte selbst zugegeben, wie geil er seine Bewährungshelferin fand. Beim Verabschieden nahm Justus Lizzi lange in den Arm und drückte sie eng an sich. Dino wäre am liebsten sofort über die Straße gerannt, um dazwischen zu springen. Aber Lizzi würde ausrasten, wenn sie rausbekam, dass er hinter den gestohlenen Millionen her war und Justus deshalb an den Fersen klebte.

Dinos Handy klingelte. Die Personalchefin der Reinigungsfirma hatte jetzt schon mehrfach versucht, ihn zu erreichen. Dino fragte sich, warum er ihr überhaupt seine richtige Nummer gegeben hatte. Er drückte sie weg und blockierte die Nummer. Sollte er sich eines Tages doch einen rechtschaffenen Job suchen, dann bestimmt nicht bei einer Firma, bei der fast nur Ex-Knackis arbeiteten.

Justus stieg wieder in den roten Opel Corsa und fuhr davon. Dino hatte keinen Wagen. Er würde warten müssen, wohin Justus fuhr, und sich dann auf den Weg dorthin machen. Wenig später saß Dino in einem Taxi, das ihn zu der Adresse des letzten GPS-Signals brachte. Als er ausstieg, entdeckte er Justus' roten Wagen. Er stand auf einem großen Parkplatz vor einem Hochhauskomplex. Dino ging von Hauseingang zu Hauseingang und sah sich die Klingelschilder an. Am dritten Eingang entdeckte er den Nachnamen Hansen an der Klingel. Hier wohnte also Justus' Mutter, bei der er zurzeit untergekommen war. Würde Justus das Haus heute noch mal verlassen? Dino ärgerte sich, dass er mit dem GPS-Tracker nur das Auto und nicht Justus selbst ausfindig machen konnte. Knapp vierzig Euro hatte er für das Gerät hingeblättert – eine gute Investition, sollte sie ihn am Ende tatsächlich zu den fünf Millionen führen. Momentan spürte Dino, dass er davon meilenweit entfernt war.

Er unterdrückte den Gedanken, dass er eigentlich nur ein nichtsnutziger Tagträumer war, der Luftschlösser baute. Die Aussicht, auf diesem Wege an das Geld zu kommen, war wahrscheinlich genauso hoch wie die, im Lotto zu gewinnen. Aber es war der einzige Strohhalm, an den Dino sich jetzt noch klammern konnte. So wie sein Leben momentan lief, konnte es nicht ewig weitergehen. Vor allem nicht, wenn er demnächst Vater wurde. Dino hatte nie ein bürgerliches Leben geführt, zumindest konnte er sich nicht daran erinnern. Er hatte mit seinen Großeltern in einem Campingwagen gewohnt und ihr Zuhause war alle paar Wochen an einem anderen Ort gewesen. Seine Freunde, seine Familie, sein Leben – das alles war der Zirkus gewesen. Die Erinnerungen an seine Kindheit hatte Dino verloren. Lizzi sagte immer, er hätte sie nicht vergessen, sondern verdrängt und dass das einen Grund haben musste. Aber Dino war nicht der Typ, der darauf stand, in den Tiefen seines Unterbewusstseins rumzugraben. Ihm reichte das, an was er sich erinnerte. Er hatte nicht mal die Grundschule abgeschlossen. Irgendwie war er aus dem System geraten, nachdem seine Mutter mit ihm gemeinsam zu ihren Eltern geflüchtet war. Dino wusste nicht genau, warum, aber er hatte das Ganze schon damals als Flucht empfunden. Er konnte sich nicht daran erinnern, dass sein Vater jemals gewalttätig gegenüber ihm oder seiner Mutter gewesen war. Außerdem hatte sein Vater stets gewusst, wo sie sich aufhielten, auch wenn sie immer auf Reisen waren. Als seine Mutter noch am Leben war, hatte er sie sogar gelegentlich besucht. Doch nach ihrem Tod und der christlichen Beerdigung, auf die sein Vater bestanden hatte, war er endgültig aus Dinos Leben verschwunden.

Nachdem Dino noch eine Stunde vor dem Hochhaus gewartet hatte, beschloss er, wieder nach Hause zu fahren. Es brachte nichts, hier ewig auszuharren. Vielleicht würde Justus das Haus heute gar nicht mehr verlassen. Und sollte er doch mit dem Auto fortfahren, konnte er ihn mit der App orten. Außerdem hatte er noch eine Überraschung für Lizzi, die er ihr unbedingt geben wollte.

Auf dem Weg nach Hause überprüfte Dino regelmäßig, wo der rote Opel Corsa sich aktuell befand. Er wusste, dass er wahrscheinlich nur einem unerfüllbaren Traum hinterherjagte, einem Hirngespinst. Sein Vorhaben war alles andere als realistisch. Denn wer konnte schon sagen, ob Justus ihn tatsächlich zu den Millionen führte. Und selbst wenn – freiwillig würde er sie ihm garantiert nicht aushändigen. Aber er konnte dieses Gespinst einfach nicht loslassen. Dino glaubte nicht an Gott, aber ans Schicksal. Und irgendwie fühlte es sich so an, als würde dieses Geld auf ihn warten. Und irgendwo mussten die Millionen ja sein. Natürlich war es möglich, dass der Zwillingsbruder damit längst über alle Berge war. Aber nach dem, was Lizzi ihm erzählt hatte, war die Polizei seit Tagen auf der Suche nach dem Bruder. Und zwar hier. Und wenn der Bruder in der Stadt war, war das Geld es bestimmt auch.

Im gleichen Augenblick, als Dino die Wohnung betrat, kam Lizzi frisch geduscht und nackt aus dem Bad. Er riss sich sofort seine Klamotten vom Leib und presste seinen nackten Oberkörper an die noch leicht feuchten, perfekten Brüste seiner Freundin. Sie zog seinen Kopf heran und küsste ihn leidenschaftlich. Dino umschloss sie fest mit beiden Armen, hob sie hoch und trug sie zum Bett. Er kam schneller als gewollt und bescherte Lizzi auf anderem Wege ihr Glück. Nachdem sie gekommen war, ging sie wie immer pinkeln.

Als Lizzi zurück ins Bett kam, kuschelte sie sich in seinen Arm. »Ich hab noch eine Überraschung für dich.« Er küsste sie auf die Stirn, stand auf und holte seine Hose. Er kramte den Ausweis aus seinem Portemonnaie hervor und gab ihn Lizzi. Erst schaute sie sehr erfreut, als sie sich das Kärtchen genauer ansah, klappte ihre Kinnlade runter.

»Was ist das denn?«

»Dein neuer Ausweis«, verkündete Dino stolz. »Wenn wir durchbrennen, brauchst du einen.« Er hatte über vierhundert Euro dafür hingeblättert, genau wie für seinen eigenen. Dafür sahen die Dinger aber auch wirklich perfekt aus.

»Elisabeth Müller? Geht's noch? Sehe ich aus wie eine Elisabeth Müller?«

»Ich hab gedacht, dann kannst du dich trotzdem weiter Lizzi nennen und es fragt keiner.«

»Wo hast du den her?«

»Ich kenn da noch Leute … von früher.«

»Du hast mir versprochen, dass du dich von diesen Typen fernhältst! Dass du nichts mehr mit denen zu tun hast. Dino, die ziehen dich doch bloß wieder in die Scheiße! Du weißt doch, wie das läuft. Die tun dir einen Gefallen und dann fordern die einen von dir und schon bist du wieder kriminell!«

»So ist das nicht. Ich schulde denen nichts. Okay?«

Lizzi starrte auf das Kärtchen in ihrer Hand und suchte nach Worten. »Ist das dein Ernst? Du hast mir wirklich einen falschen Ausweis besorgt, damit wir durchbrennen? Dino, ich will hier nicht abhauen. Mal ganz abgesehen davon, dass das illegal ist und ich richtig Ärger bekomme, wenn man mich damit erwischt. Verdammt, muss ich dir meinen Job etwa noch mal erklären? Als Bewährungshelferin wird man für so etwas sofort gefeuert! Ich soll Leute wieder auf den rechten Weg bringen und mich nicht selbst auf den falschen begeben! Außerdem mag ich es hier. Ich mag die Stadt, mag meinen Job. Die Wohnung ist, na ja, vielleicht nicht der Hammer, aber okay und wir können sie uns leisten. Also, was soll das werden?«

»Du hast gesagt, wenn ich Millionär bin, dann haust du mit mir ab.«

»Bist du denn einer?«

»Noch nicht. Aber ich wollte eben schon mal vorsorgen.« Dino nahm Lizzi den Ausweis ab, setzte seine beleidigte Miene auf und steckte die Karte wieder in sein Portemonnaie. »Glaub mir, eines Tages wirst du dich noch über das Teil freuen.«

20. Kapitel: Leonard König

Leonard überflog noch mal die letzten Zeilen, die der Spielfreund ihm geschickt hatte. *Du hast dich auf das Spiel eingelassen. Jetzt musst du dich auch an die Regen halten.* Was sollte das bedeuten? Gab es kein Zurück mehr? Er hatte doch nur Spaß gemacht und selbst nicht gewusst, ob er es ernst meinte.

Er war nervös, auch wenn es hoffentlich keinen Anlass dafür gab. Dieser Spinner aus dem Internet wusste, wo er wohnte, ohne dass er es ihm gesagt hatte. Aber das hieß noch lange nicht, dass er deshalb noch mal hier auftauchte. Außerdem hatte Leonard ihm angeboten, ihm das Geld zurückzuzahlen. Selbst schuld, wenn er es nicht wollte. Er hatte es ihm mehrfach angeboten. Aber sein Chatpartner hatte einfach nicht mehr reagiert.

Leonards Mitbewohner hatten ihn sowieso schon für bekloppt erklärt. Sie hätten das Geld einfach verprasst. Nun saß der junge Student mit zehntausend Euro in bar auf seinem Bett und wusste nicht, was er damit anstellen sollte. Oder sollte er sich doch an die Regeln halten?

Es war ein Spiel und zehntausend Euro waren viel Geld. Allerdings nicht genug für das, was dieser Mann von ihm verlangte. Obwohl Leo es selbst vorgeschlagen hatte. Aber es war nur eine Idee gewesen, ein Hirngespinst. Manchmal hatte man verrückte Ideen und stellte am nächsten Tag fest, dass es völliger Schwachsinn war, was man sich da zusammengereimt hatte. Und so war es eben auch bei dieser Sache. Er warf einen kurzen Blick auf seinen Schreibtisch, auf dem die ganzen Medizinbücher, die er für sein Studium brauchte, an entsprechenden Stellen aufgeschlagen waren. Das scharfe Skalpell, das er sich bereits besorgt hatte, funkelte im Schein seiner Schreibtischlampe. Es blitze ihn an, als wolle es sagen: Trau dich!

Im Netz hatte er jede Menge Infos zu seinem Vorhaben bekommen, doch am Ende hing er an seiner Gesundheit – und an seinem Leben. Und da konnte er keinen Stress mit irgendwelchen Psychos gebrauchen, die sich im Netz rumtrieben.

Es klopfe und Leonard spürte sofort, wie sein Puls anstieg und Adrenalin durch seinen Körper schoss. *Lächerlich,* dachte er, *ist bestimmt nur ein Nachbar.* Er ging zur Tür und spähte durch den Spion. Hallo? Niemand war zu sehen, also nur ein dummer Streich. Kurz darauf klopfe es erneut. Wieder sah er durch das Guckloch in der Tür und wieder war niemand zu erkennen. Er beruhigte sich. Dieses Spielchen spielten er und seine Mitbewohner gerne. Klopfen und im Treppenhaus verstecken, bis derjenige, der in der Wohnung war, wahnsinnig wurde. Sie ärgerten sich eben gerne und Leo kannte dieses Spielchen. Es endete meist so, dass derjenige, der drinnen war, irgendwann wütend die Tür öffnete und die anderen in einer Ecke kauern sah, während sie sich kaputtlachten. Er hielt immer noch die zehntausend Euro in der Hand. Was war der richtige Platz für so viel Geld? Sollte er es zur Bank bringen? Als es das dritte Mal klopfte, riss Leonard die Tür schnell auf und brüllte los – in diesem Moment wurde ihm bewusst, dass er das wohl zum letzten Mal in seinem Leben getan hatte.

Ein maskierter Mann stürmte in die Wohnung und verpasste ihm einen harten Kinnhaken. Leonard taumelte, der Mann packte ihn und drückte ihm einen nassen Lappen aufs Gesicht. Den süßlich und trotzdem leicht stechenden Geruch kannte er aus dem Chemiekurs seines Studiums – Trichlormethan, chlorierter Kohlenwasserstoff, allgemein bekannt als Chloroform. Er spürte, wie er langsam wegdämmerte, auch wenn er versuchte, so hart wie möglich dagegen anzukämpfen. Bleib wach! Bleib wach! Intuitiv umklammerte er das Geld in seiner Hand, auch wenn ihm bewusst war, dass es ihm nichts mehr nutzte.

Er merkte noch, wie der Fremde ihn auf sein Bett legte, ihm die Scheine aus der Hand nahm und sein Shirt hochzog. Ab da spürte er nichts mehr.

Als er langsam wieder zu sich kam, empfand er einen lähmenden Schmerz, der sich ausgehend von seinem Kopf über seinen ganzen Körper ausbreitete. Wie viel Zeit war vergangen? Minuten? Stunden? Leonard tastete nach seinem Handy. Er hatte kein Gefühl dafür, wie lange er weggetreten gewesen war. Der Mann war verschwunden. Er wollte seinen Kopf heben, aber er fühlte sich zu schwer an. Er spürte, dass sein Bauch nass und klebrig war, und nahm alle Kraft, die noch in seinen Gliedern steckte, zusammen, um sein Kinn etwas nach unten zu bewegen. Und dann sah er es. Blut! Überall war Blut! Ihm dämmerte, dass seine Zeit abgelaufen war. Denn es war sein Blut und es war zu viel, um den Verlust zu überleben. Aber noch war er nicht tot. Und es gab Menschen, die unmögliche Situationen überlebt hatten und das nur aus dem reinen Lebenswillen heraus. Leonard bekam sein Handy zu fassen. Solange er atmete und solange sein Herz schlug, solange war er auch noch am Leben.

21. Kapitel: Emma

Zwei ermordete Frauen. Drei, zählte man Laura Schneider dazu, die vor einem Jahr online in den Suizid getrieben wurde. Ein seit fünf Jahren verschwundener Straftäter. Sein gerade erst aus der Haft entlassener Zwillingsbruder. Fünf Millionen Euro, die verschwunden waren. Ein Computer-Crack, der ein perverses Spiel mit ihr spielte. Wie gehörte das alles zusammen? Wo hatte sich Jan Hansen in den letzten Jahren versteckt? Hatte Justus seit dem Überfall wirklich nichts mehr von seinem Bruder gehört? Was war das für ein Spiel? Welchen Grund gab es dafür? Welches Motiv hatte der Täter? Und hatten sie überhaupt eine Chance, seine Schritte vorauszusehen? Unzählige Fragezeichen kreisten durch Emmas Kopf, doch die Lösung lag im Verborgenen, hinter einem dunklen Schleier, den es zu lüften galt. Sie hatten Leila Winter vor dem Giftanschlag retten können, nicht aber Franka von Linden. Und das Spiel war noch lange nicht vorbei.

Emmas Schädel brummte, trotz der zwei Ibuprofen, die sie mit knapp einem Liter stillem Wasser runtergespült hatte. Zu viele offene Fragen, zu wenige Antworten. Und das quälende Gefühl, etwas übersehen zu haben. Vielleicht nur etwas Kleines, aber etwas Wesentliches. Immer wieder ging sie alles von Anfang an durch. Es war wie ein Puzzle, bei dem sie zwar schon einige Teile zusammengesetzt hatte, sich aber dennoch kein klares Bild ergab.

Sie war auf dem Weg ins Büro. Florian war immer noch sauer auf sie. Er hatte nichts gesagt und war beim gemeinsamen morgendlichen Kaffee ruhig und freundlich gewesen. Aber sie hatte es spüren können. An seinem sachlichen Tonfall, seinen kühlen Blicken, den fehlenden Berührungen. Er brauchte mehr Aufmerksamkeit, als Emma ihm momentan schenken konnte. Und sie fragte sich, ob es nicht eigentlich immer so war. An erster Stelle in ihrem Leben standen Amelie und Nico, dicht gefolgt von ihrem Job. Sie wollte es nicht, aber es war so. Früher hatte sie immer darauf geachtet, dass sie als Kommissarin arbeitete und keine war. Sagte jemand zu ihr »Du bist Polizistin«, korrigierte sie ihn stets mit »Nein, ich arbeite als Polizistin«, wenn es jemand war, den sie mochte. Wenn es jemand war, den sie beeindrucken wollte oder dem ihr Rang besser bewusst sein sollte, sagte sie »als Kriminaloberkommissarin«. Doch das hatte sich geändert. Sie arbeite nicht mehr bloß als Ermittlerin, sie war zu einer geworden, und zwar durch und durch. Ob zu Hause beim Frühstück, bei Freunden beim Abendessen, beim Einkaufen, morgens in der Dusche, ja sogar im Schlaf – ihr Job ließ Emma niemals ruhen. Die wenigsten Menschen konnten das akzeptieren – schon gar nicht, wenn es den eigenen Partner betraf. Man musste offenbar dafür gemacht sein, um mit jemandem von der Polizei zusammen sein zu können. Oder man hatte denselben Job – wie Ben. Emmas Kinder hatten sich längst daran gewöhnt, dass Gespräche mit ihren Eltern immer wieder versehentlich wie ein Verhör abliefen. Sie erinnerte sich an ein Gespräch, das Nico und Ben vor einigen Jahren am Frühstückstisch geführt hatten:

»Wo warst du gestern?«

»Bei Ralf.«

»Von wann bis wann?«

»Nach der Schule bis acht.«

»Wie bist du nach Hause gekommen?«

»Zu Fuß. Ralf wohnt nebenan, das weißt du schon, Papa. Oder?«

»War noch jemand bei Ralf?«

»Ja, seine Mama und seine beiden Schwestern.«

»Was habt ihr gemacht?«

»Wir haben Hausaufgaben gemacht und danach eine Bank überfallen. Dann sind wir mit dem Geld ins Casino und haben alles verzockt. Danach haben wir uns mit der Mafia angelegt. Aber nachdem wir ihnen eure Kreditkarten gegeben haben, war alles wieder in Ordnung.«

So oder so ähnlich zeigten ihnen Nico und Amelie, wenn sie zu weit gingen. Berufskrankheit. Aber sie hatten gelernt, es mit Humor zu nehmen.

Auf der Wache entdeckte sie Ben und Theo in der Küche. Theo sah erschöpft aus. Tiefe, dunkle Ringe saßen unter seinen Augen. Dieser Fall ließ ihn offensichtlich nicht schlafen. Keinen von ihnen. Emma selbst hatte die vergangene Nacht wach gelegen und war alle Fakten durchgegangen, bis sie auf eine abstruse, aber vielleicht gute Idee gekommen war. Sie wussten nicht, wo der Täter sich aufhielt und welche Ziele er verfolgte. Aber sie wussten, was er wollte. Er wollte spielen. Und Emma hatte beschlossen, von nun an mitzuspielen. Aber nach ihren Regeln. Auf dem Weg zur Arbeit hatte sie ihren Computer-Experten Ruben angerufen, der sofort eine Idee entwickelt hatte, wie sie Emmas Plan umsetzen konnten. Doch dafür musste sie ihren Chef Theo überzeugen. Denn was Emma vorhatte, entsprach alles andere als der üblichen Vorgehensweise. Aber ein Fall wie dieser erforderte Maßnahmen, die über die gelernten Methoden hinausgingen – und eventuell sogar über die Vorschriften.

»Morgen Emma«, begrüßte Theo sie. Ben nickte ihr nur verschlafen zu. »Wir haben den Vater der Zwillinge gefunden – Friedrich Hansen.«

Emma war augenblicklich hellwach. »Und, was sagt er?«

Ben schaltete sich ein. »Leider gar nichts mehr. Die Kollegen haben ihn gestern unter der Goldenen Brücke entdeckt.«

Die Goldene Brücke. Mehr musste Ben nicht sagen, damit Emma verstand, was los war. Offiziell hatte die Brücke, die sich nahe der Partymeile der Stadt befand, einen anderen Namen. Aber seit Emma denken konnte, nannten die Bewohner sie bloß die Goldene Brücke. Sie war ein über die Landesgrenzen hinweg bekannter Drogenumschlagplatz und viele obdachlose Abhängige hausten dort. Regelmäßig wurde die Polizei alarmiert, weil wieder ein Leichnam unter der Brücke lag. In den allermeisten Fällen handelte es sich um einen Junkie, der sich einen Goldenen Schuss gesetzt hatte. Daher rührte der Name der Brücke. Und so war es auch bei Friedrich Hansen.

»Er hatte keine Papiere bei sich«, erklärte Theo, »aber die Abteilung der Forensischen Odontologie unserer Rechtsmedizin konnte ihn anhand seines Zahnstatus identifizieren. Er war vor einigen Jahren mal im Krankenhaus und hat sich dort einen Zahn ziehen lassen. Sie haben einen Abdruck seines Gebisses angefertigt, um ein Implantat herzustellen, das er aber nie in Anspruch genommen hat. Zumal er das vermutlich auch nicht hätte zahlen können.«

»Also eine Sackgasse«, sagte Emma und nahm sich einen Kaffee.

»Ja, leider. Die Kollegen haben Justus und seine Mutter bereits informiert. Es hat die beiden nicht sonderlich gejuckt. Sie haben es wohl einfach nur desinteressiert zur Kenntnis genommen.«

Ben zuckte wenig überrascht mit den Achseln. »Das wundert mich nicht, so wie Gabi Hansen über ihn gesprochen hat.«

Emma überdachte für eine Sekunde die Idee, die ihr mitten in der Nacht gekommen war. »Was ist, wenn wir dem Spielfreund eine Falle stellen?«

»Wie meinst du das?«, fragte Theo, sichtlich interessiert.

»Er will spielen. Warum spielen wir also nicht mit ihm? Es müsste doch möglich sein, ihm eine E-Mail zurückzuschicken. Vielleicht können wir ihn so aus der Reserve locken.«

»Das halte ich für keine gute Idee. Das ist doch genau das, was er will. Er will, dass wir uns auf seine Spielchen einlassen. Mit Erpressern verhandeln wir nicht«, sagte Theo.

»Aber wir geben ihnen das Gefühl, wir würden mit ihnen verhandeln. Mehr möchte ich gar nicht«, argumentierte Emma.

»Und wie willst du das anstellen? Du kannst ihm schreiben, vielleicht antwortet er sogar. Aber was bringt uns das? Er wird uns wohl kaum verraten, wo er sich gerade aufhält.«

Ben reichte Emma den Zuckerstreuer. Natürlich wusste er, wie sie ihren Kaffee am liebsten trank – *schwarz und ungesund süß* – und diese Geste geschah unbewusst, wie eine Selbstverständlichkeit. Erst als ihre Hände sich kurz berührten, als er ihr den Streuer überreichte, schien er zu realisieren, dass er sich gerade benommen hatte wie früher zu Hause. Emma bedankte sich mit einem herzlichen Lächeln, das auch Theo nicht entging.

»Ich weiß nicht. Aber er will ganz offensichtlich mit mir spielen«, fuhr Emma fort. »Also muss ich ihm irgendwie ein attraktives Angebot machen, das er nicht ausschlagen kann.« Emma biss sich auf die Zunge. Aber es war zu spät. In Bens funkelnden Augen tat sich Wut und Empörung auf, gefolgt von purer Enttäuschung. »Attraktiv ist das falsche Wort«, versuchte sie die Situation zu retten. »Aber ich könnte ihn vielleicht an irgendeinen Ort locken, wo wir zuschlagen können. Es gibt aber noch eine alternative und, wie ich finde, bessere Idee. Falls sie funktioniert. Aber dafür müssen wir erst mal zu den IT-Jungs. Die haben bereits was ausgetüftelt, sind sich aber noch nicht hundert Prozent sicher, ob es auch klappt.«

Ben sah sie vorwurfsvoll an. »Also willst du dich selbst in Gefahr bringen? Schon wieder.«

»Da bist du doch nicht anders, Ben. Du wolltest dem Kerl bereits die gleiche Falle stellen. Schon vergessen?«, funkte Theo dazwischen. Er schien auf etwas Bestimmtes anzuspielen. Und Bens Reaktion ließ erahnen, dass er wusste, wovon Theo sprach – im Gegensatz zu Emma.

»Wie meinst du das?« Emma wollte wissen, was es mit der Andeutung auf sich hatte.

»Ben hat doch schon mal den Lockvogel für den Spielfreund gespielt. Weißt du das gar nicht? Ich bin davon ausgegangen, dass Ben alles, was bei den damaligen Ermittlungen rausgekommen ist, mit dir teilt.« Theo sah Ben streng an, was einer Aufforderung, mit Emma reinen Tisch zu machen, gleichkam.

»Ben?« Sie starrte ihn an. Seit wann hatten sie Geheimnisse voreinander?

Ben wich ihrem Bick aus. »Ich hab es damals geschafft, mit dem Spielfreund zu chatten und mich mit ihm zu verabreden. Ich hab mich im Netz als fünfzehnjähriger Junge mit Suizidgedanken ausgegeben und war sicher, ich hätte ihn an der Angel. Also hab ich mich mit ihm verabredet, aber er ist nicht aufgetaucht. Das war auch schon alles.«

»Das hättest du mir erzählen müssen.« Emma fand es seltsam, dass Ben ihr nichts von den Chats mit dem Täter berichtet hatte. Worüber hatten die beiden sich unterhalten?

Es klopfte, obwohl die Tür offen stand. Susi machte einen Schritt in den Raum. »Guten Morgen, ihr Süßen.« Susi begrüßte Emma und Ben und wandte sich dann an ihren Chef. »Theo, kommst du bitte mal kurz? Deine Frau ist am Telefon und sie klingt richtig sauer.«

»Meine Güte. Was ist denn schon wieder … Bin gleich wieder da.« Theo stürmte so schnell aus dem Raum, dass er gegen den kleinen Küchentisch lief und sich den Oberschenkel stieß. Er blieb stehen und wandte sich noch einmal an Emma und Ben. »Das mit der Falle find ich übrigens gar nicht mal schlecht. Vielleicht fällt er ja diesmal drauf rein.« Theo polterte aus der Küche.

Emma war unwohl mit Ben in diesem engen Raum. Sie würde mit ihm nicht nur über das Vorgehen in ihrem aktuellen Fall sprechen müssen, sondern auf einer ganz anderen Ebene auch über ihre Art, Dinge allgemein anzugehen. Es war vor allem Emmas Risikobereitschaft zuzuschreiben, warum das feste Band, das zwischen ihr und Ben immer bestanden hatte, gerissen war. Ben hatte es immer schon gehasst, wenn Emma verdeckt ermittelt hatte. Sie wusste, dass er nicht wollte, dass sie sich erneut in Gefahr bringen würde.

Ben sah Emma intensiv an und sie versuchte seinem Blick standzuhalten. »Ich will nicht, dass du den Lockvogel spielst«, sagte er mit seiner beschützenden Ehemann-Stimme, die Emma einen Stich versetzte, weil sie sie Tag für Tag mehr vermisste.

Sie versuchte, das Gespräch zurück auf die professionelle Ebene zu bringen. »Wenn das überhaupt klappt. Mal ehrlich. Der Kerl ist ganz schön gerissen.«

»Also, noch schlimmer. Was, wenn er merkt, dass es sich um eine Falle handelt?«

»Wenn er es merkt, ist es hoffentlich schon zu spät. Im schlimmsten Fall entkommt er uns. Was soll schon passieren? Einen Versuch ist es jedenfalls wert.«

Ben zog missmutig seine Augenbraue hoch. »Wenn du meinst.«

Theo kam aufgeregt und kopfschüttelnd zurück in die Küche geeilt. »Ich muss mal schnell nach Hause. Bin gleich wieder da.«

Es war kaum zu übersehen, dass er schwitzte und sein Gesicht feuerrot angelaufen war. »Was ist denn los? Alles okay?«, erkundigte sich Emma.

Theo wirkte hektisch und panisch, so hatte sie ihren Chef selten erlebt. Wenn es um die Arbeit ging, blieb er cool. Aber wenn es um seine Familie ging, bekam er sofort Bluthochdruck. »Ich hab Helga aus Versehen eingeschlossen. Und ich hab ihren Haustürschlüssel mitgenommen, meinen hatte ich wohl noch in der Tasche. Tja, jetzt sitzt meine Frau in unserem Haus fest und kommt nicht raus.« Emma konnte nicht anders. Sie musste schmunzeln und steckte Ben augenblicklich damit an. Als Theo weg war, brachen sie in lautes Lachen aus.

Auch wenn Ben von der Idee immer noch nicht begeistert war, hatten sie dennoch gemeinsam beschlossen, dem Täter eine Falle zu stellen. Wenig später hatten Emma und Ben ihren Boss in Kenntnis gesetzt und sich mit Carlos und Ruben aus der Kriminaltechnik verabredet. Der Plan war simpel und prinzipiell genial.

»Carlos hat einen Virus entwickelt«, erklärte Ruben und übergab mit diesen Worten voller Stolz an seinen Kollegen. Offenbar waren alle Zweifel, die er gegenüber Carlos gehegt hatte, verflogen. Emma fragte sich, ob Ben recht hatte und Ruben in ihm tatsächlich sein verlorenes Kind sah. Sie erinnerte sich, dass Ruben bereits in sehr jungen Jahren seine Frau und sein Kind bei einem Autounfall verloren hatte. Würde sein Sohn noch leben, müsste er heute ungefähr in Carlos' Alter sein.

»Also«, begann der junge IT-Spezialist mit glänzenden Augen zu berichten. »Der Virus, den ich entwickelt habe, ermöglicht es uns, den Standort des Täters zu ermitteln. Wenn alles wie geplant funktioniert. Er hackt sich nämlich sofort in den Rechner des Empfängers, sobald dieser die Mail öffnet. Der Virus arbeitet schnell, was aber nicht heißt, dass er nicht gestoppt werden kann, wenn er bemerkt wird. Unser Täter ist schließlich ein echter Experte. Der Virus benötigt knapp eine Minute, um sich ins System zu hacken, den Standort rauszufinden und an uns zu übermitteln. Die Mail, die ihr ihm schreibt, sollte also so lang sein, dass er länger als eine Minute abgelenkt ist, wenn er sie liest. Dann haben wir eine echte Chance.«

»Außer er rechnet damit, dass wir ihm eine Falle stellen, was ja ziemlich wahrscheinlich ist«, ergänzte Ruben. »Also sollte die Mail möglichst unschuldig wirken.«

Das Wort unschuldig setzte er in Anführungszeichen und Emma wusste, was er damit meinte. »Ich werde ihm die Mail von meinem Rechner aus schicken und so tun, als würde ich ihm heimlich schreiben. Etwas in der Art wie, *mein Chef und meine Kollegen sind dagegen, aber ich will mich mit dir treffen. Unter vier Augen und unbewaffnet.* So oder so ähnlich zumindest. Vielleicht lässt er sich darauf ein.«

Carlos und Ruben hielten das für eine gute Idee, Ben wirkte nach wie vor skeptisch. »Ich glaube zwar nicht, dass er darauf reinfällt, aber einen Versuch ist es wohl wert.«

Sie bedankten sich bei Ruben und Carlos und machten sich auf den Weg ins Büro. Sie wollten die Mail an den Spielfreund gemeinsam verfassen.

Doch so weit kamen sie gar nicht. Als sie mit dem Brainstorming beginnen wollten und Emma ihren PC entsperrte, entdeckte sie eine neue Mail von Spielfreund. Sie las sie Ben vor.

Liebe Emma,
Nicht schlecht. Herzlichen Glückwunsch. Es steht 2:1. Aber immer noch für mich. Leila Winter konntest Du retten. Vielleicht war das zu einfach. Ich werde mir jetzt mehr Mühe geben und es Dir etwas schwerer machen. Ich freue mich schon auf die nächste Runde. Ich habe mir auch etwas ganz Besonderes für Dich ausgedacht. Frage: Kannst Du auch Leonard König retten?

MfG
Dein Spielfreund

»Was zum Teufel? Wer zur Hölle ist Leonard König?«, fluchte Ben. Aber Emma war bereits aus dem Büro gestürmt.

22. Kapitel: Dino

Dino vermisste den Applaus. Wahrscheinlich war das auch der Grund dafür, warum er auf Kindergeburtstagen auftrat. Dort gab es wenigstens ein bisschen davon und der Applaus war absolut ehrlich. Wenn Kinder lachten, dann nur, wenn sie wirklich amüsiert waren. Wenn sie seinen Auftritt kacke fanden, zeigten sie ihm das auch. Sie beschäftigten sich dann etwa mit anderen Dingen oder riefen ihm zu, wie langweilig und blöd er war. Im Gegenzug belohnten sie ihn aber mit wildem Klatschen und herrlich glucksenden Lachanfällen, wenn sie begeistert von seiner Aufführung waren.

Dino hatte die Bühne immer geliebt. Als er als Zirkuskind mit seinen Großeltern unterwegs gewesen war, hatte er fast jeden Abend tosenden Beifall geerntet. Je älter er wurde, umso weniger Applaus bekam er, aber das war normal beim Zirkus. Wenn der Zirkusdirektor einen siebenjährigen Jungen ankündigte, und Dino war bis zu seinem elften Lebensjahr so angekündigt worden, der in dreißig Metern Höhe – es waren nicht mal zwanzig gewesen – ohne Sicherung balancierte, tobte das Publikum. Handelte es sich hingegen um einen Sechzehnjährigen, waren die Reaktionen meist anerkennend, aber verhalten. Dino hatte immer davon geträumt, nach Las Vegas zu gehen und dort aufzutreten. Vielleicht hätte eine Show ihn angeheuert, erst mal nur für den Background. Und dann hätte er erste eigene Auftritte bekommen. Womöglich wäre er entdeckt worden und als Star groß rausgekommen. Ein Traum, der ihn bis heute nicht losließ. Las Vegas. Er war noch nie dort gewesen und fühlte sich trotzdem zu Hause, wenn er nur daran dachte. Etwas, das man sich mit fünf Millionen Euro erfüllen konnte. Aber war Las Vegas eine Stadt, in der man ein Kind großziehen konnte? Dino merkte, wie er langsam zurück in die Realität gezogen wurde. Der Weichzeichner verflog, keine Filter mehr, er war zurück aus seinem Tagtraum. Und fand sich als Clown auf dem siebten Geburtstag eines verwöhnten, blonden, kleinen Mädchens namens Tiffany wieder. Den Kindern wurde von Ponyreiten bis Bogenschießen viel geboten, und Dino saß als Ballontiermacher in der Ecke des Gartens. Er konnte aus den langen, dünnen Luftballons – bei denen es schon eine Kunst darstellte, sie überhaupt aufblasen zu können – ein Pferd, eine Giraffe oder einen Hund formen. Trotzdem war er am Ende Schuld am Heulkrampf der heiligen Geburtstagsprinzessin Tiffany, weil er nur ein Pferd und kein Einhorn formen konnte. Als er einen langen Ballon am Kopf des Tieres befestigte, schrie ein Junge: Das sieht aus wie ein Penis! Tiffany hat ein Penishorn! Tiffany fing sofort an, zu kreischen und zu flennen. Ihre Mutter kam angerannt und machte Dino in militärischem Tonfall klar, dass er auf keine weiteren Aufträge ihrerseits hoffen sollte und dass sie ihn unter Garantie nicht an die Nachbarn weiterempfehlen werde. Trotzdem zahlte der Vater ihm einige Stunden und etliche Ballontiere später seine volle Gage in bar aus, und Dino machte sich auf den Weg nach Hause.

23. Kapitel: Emma

Sie trafen kurz nach dem Rettungswagen ein. Die Tür zur Wohnung stand offen. Sie hatten sehr schnell herausgefunden, dass nur zwei Männer in der Stadt lebten, die unter dem Namen Leonard König gemeldet waren. Aber nur einer von beiden hatte vor drei Minuten die 112 angerufen. Ein sechsundzwanzigjähriger Medizinstudent. Emma und Ben hatten sich sofort auf den Weg zu ihm gemacht, sicherheitshalber aber auch eine Steife bei dem anderen König vorbeigeschickt.

Sie betraten die Wohnung. Es war eine WG. Auf den ersten Blick war niemand zu Hause. Der Flur war ein schmaler Gang, von dem rechts drei und links zwei Zimmer abgingen. Im mittleren Zimmer auf der rechten Seite entdeckten sie die Rettungskräfte. Eine junge, bildhübsche Frau und ein älterer, grauhaariger Mann mit Schnauzbart. Leonard König lag auf einem schmalen Bett, das links an der Wand stand. Er war blass, hatte dunkelbraunes, welliges Haar und die Figur eines drahtigen Fußballers. Das Zimmer war typisch für einen jungen Studenten. Wäscheberge türmten sich in jeder Ecke, ein billiger Kleiderschrank stand an der Wand und ein großer Schreibtisch vor dem Fenster. Zwei staubige, dunkelblaue Gardinen baumelten an einer wackeligen Gardinenstange. Die Sanitäterin saß halb auf dem Studenten und versuchte, eine heftige Blutung an seiner unteren Bauchregion zu stillen. Als die Sanitäterin die mit Blut vollgesogenen Tücher zur Seite nahm, um gleich danach frische Tücher auf die Wunde zu pressen, erkannte Emma eine offene Schnittwunde rechts unterhalb des Bauchnabels. Ihr wurde übel bei dem Anblick, denn sie meinte auch gesehen zu haben, dass ein Teil des Darms herausquoll. Die Sanitäterin presste mit aller Kraft die Tücher auf die Wunde und ersparte Emma somit den grauenhaften Anblick. Der Student war noch bei Bewusstsein, aber nicht ansprechbar. Er hatte sein Handy in der Hand und es wirkte, als hätte er es mit letzter Kraft geschafft, einen Rettungswagen zu rufen.

»Sieht mir nach einem Selbstversuch aus«, raunte ihnen der schnauzbärtige Sanitäter zu und deutete mit dem Kopf Richtung Schreibtisch. Emma ging auf den Tisch zu. Der aufgeklappte Laptop zeigte eine Webseite mit Anweisungen für eine Blinddarm-Operation. Auch passende Fachlektüre dazu lag auf dem Tisch und war an entsprechenden Stellen markiert. Wollte der Student sich selbst den Blinddarm entfernen?

»Hab ich schon öfter von gehört, dass Medizinstudenten anfangen, an sich selbst rumzuschnippeln, weil sie es nicht abwarten können«, sagte Ben, der plötzlich hinter ihr stand.

»Du meinst, das hat vielleicht nichts mit unserem Spielfreund zu tun und wir sind beim falschen Leonard König?«, fragte Emma.

Im selben Moment schrie die Sanitäterin laut auf. »Da ist irgendwas drin!«

Emma starrte auf die blutverschmierten Hände der Frau, die plötzlich erschrocken ihre Arme von dem Körper gerissen hatte. Einen Herzschlag später spürte Emma, wie Ben sie fest am Arm packte und wegriss. Er schrie aus voller Kehle »Raus hier! Schnell!« und schleuderte sie mit voller Wucht aus dem Raum, bevor er selbst mit einem großen Satz in die Diele sprang.

Emma verstand nicht, was los war. Sie wollte ihn gerade anschnauzen, was in ihn gefahren sei. Doch ein ohrenbetäubender Knall ließ sie erschrocken zusammenfahren. Ein Knall, ein Scheppern, Klirren von Glas. Emma ging intuitiv in Deckung und machte sich klein. Der Boden unter ihren Füßen bebte und die Fensterscheiben der Wohnung vibrierten für einen Moment. Schwallartig wurde es schlagartig heiß, als würde sie direkt vor einem riesigen Lagerfeuer stehen. Es roch verbrannt. Rauschen. Ein anhaltender hoher Pfeifton im Ohr. Emma schaffte es nicht, das Erlebte so schnell zusammenzusetzen. Hilflos sah sie zu Ben, der neben ihr auf dem Fußboden lag. »Eine Explosion. Fuck!«, schrie er. Aber die Worte kamen bei Emma wie durch Watte an. Der grauhaarige Sanitäter trat aus dem Raum und schrie. Er hatte deutliche Verbrennungen an den Armen und stolperte benommen aus der Wohnung. Emma warf einen Blick in den Raum. Die Sanitäterin lag mit starken Verbrennungen am Boden und bewegte sich nicht, von Leonard selbst war auf den ersten Blick nichts mehr zu sehen.

Emma wollte die junge Frau aus dem Raum retten, aber Ben hielt sie zurück. »Wir müssen hier raus!« Er hielt sie fest.

»Aber wir können sie doch nicht hierlassen!« Sie spürte, wie Tränen ihr in die Augen stiegen.

Ben hielt sich seinen Unterarm vor den Mund, betrat vorsichtig das Zimmer, in dem die Gardinen Feuer gefangen hatten, und zog die Sanitäterin an den Beinen aus dem Raum. Emma kam ihm zur Hilfe und sie schafften es, die bewusstlose Frau aus dem Gebäude zu tragen. Sie war völlig entstellt und kaum mehr wiederzuerkennen. Die gewaltige Wucht der Explosion hatte sie voll erwischt. Das sich ausbreitende Feuer hatte sein Übriges dazu beigetragen. Sollte sie das hier überleben, würde sie nie wieder so aussehen wie früher.

Sie legten die Sanitäterin langsam im Vorgarten ab. Ihr Kollege stand zitternd am Straßenrand und war völlig unter Schock. Er warf einen kurzen Blick auf seine Kollegin und es wirkte, als käme er binnen eines Lidschlags wieder zu sich. Schnell rannte er auf sie zu, bückte sich zu ihr herunter, checkte ihre Vitalzeichen und sprach sie an. Doch sie reagierte nicht. Er gab Ben ein Zeichen, der ihm sofort zu Hilfe kam. Schaulustige aus den umliegenden Häusern hatten sich im Vorgarten versammelt. Aus der Ferne waren Sirenen zu hören, die Feuerwehr und weitere Rettungskräfte waren unterwegs. Ben und der Sanitäter trugen die bewusstlose und schwer verletzte Frau in den Ambulanzwagen, mit dem sie selbst gekommen war, um Leonard König zu retten. Jetzt lag sie als Patientin darin und rang mit dem Tod.

Emma sah hoch zum Haus. Schwarzer Ruß stieg auf, aus dem Fenster schlugen Flammen und leckten an der Hauswand. Was sich ihnen darbot, erinnerte an einen Kriegsschauplatz aus den Nachrichten. Sie hörte, wie einige der Schaulustigen Worte sagten wie *Terror* und *Anschlag*. Aber das hier war kein Selbstmordattentäter gewesen. Emma hörte die Sirenen immer näher kommen. Sie fühlte sich elendig machtlos. Ben kam zurück und legte ihr vorsichtig den Arm um die Schulter. Auch er starrte fassungslos nach oben ins Feuer und fand keine Worte. Der Spielfreund hatte schon wieder gewonnen.

24. Kapitel: Ben

Ben vernahm immer noch ein leises Pfeifen in den Ohren. Wenn er darauf achtete, spürte er auch, wie sein Blut durch seine Venen pulsierte und die Ader vor seinem linken Ohrläppchen unruhig pochte. Auch wenn die Explosion schon einige Stunden her war, fühlte es sich so an, als sei es erst vor wenigen Sekunden passiert. Bens Körper stand immer noch unter Schock. Der Spielfreund hatte sich, wie in seiner Mail angekündigt, in der Tat etwas ganz Besonderes einfallen lassen.

Ben hatte den vorläufigen Bericht der Spurensicherung und des Rechtsmediziners, der mehr Leichenteile als ganze Körper untersucht hatte, kurz überflogen und war auf dem Weg zu Emma. Sie trafen sich in ihrem alten Zuhause, wo sie jetzt allein mit den Kindern wohnte. Doch Ben fühlte sich hier immer noch weitaus heimischer und geborgener als in seiner neuen Wohnung.

Er parkte vorm Haus und hoffte, dass Florian nicht da war. Soweit er wusste, hatte Emmas neuer Freund noch ein eigenes Appartement. Florian war in Ordnung. Als Fremder, als Bekannter, vielleicht sogar als Kumpel. Aber nicht als Emmas Freund. Nicht als potenzieller Ersatzvater seiner Kinder. Niemals. Außerdem traute er ihm nicht. Diesem Musiker, der wie aus dem Nichts aufgetaucht war und jetzt ein Teil von Emmas Leben war. Und damit ein Teil von Nicos und Amelies Leben – und unweigerlich auch von seinem.

Es war früher Abend und Ben hatte das Gefühl, dass es sich zuzog. Heute Nacht würde es wahrscheinlich noch ein Gewitter geben. Die Luft war schwül und schon die wenigen Schritte von seinem Auto zur Haustür brachten ihn zum Schwitzen. Obwohl er noch einen Haustürschlüssel besaß, klingelte Ben der Höflichkeit halber. Amelie öffnete ihm die Tür. »Hey, Papa! Wir essen gleich. Hast du Hunger?«

»Immer, das weißt du doch.«

Sie gingen Arm in Arm ins Esszimmer. »Nico hat gekocht«, begrüßte ihn Emma. »Es gibt gefüllte Pizza.«

»Gefüllte Pizza? Calzone, meint ihr?«

»Nein, gefüllte Pizza«, erklärte Nico, der mit einem Monstrum aus Teig und Käse, schwimmend in Tomatensoße, aus der Küche kam. »Das ist eine Salamipizza gefüllt mit Spagetti Bolognese.«

»Klingt lecker«, musste Ben ehrlich zugeben, auch wenn das Gericht optisch nicht besonders gut abschnitt. Amelie und Emma verzogen das Gesicht, ließen sich aber trotzdem auftischen. Ben ersparte sich die Frage nach Florian und wünschte allen einen guten Appetit. Tatsächlich schmeckte die mit Nudeln gefüllte Pizza ziemlich lecker, wenn auch gewöhnungsbedürftig.

Während des Essens verloren sie kein Wort über die Arbeit. Das hatten sie schon immer so gehandhabt. Dass sie keine heile Familie mehr waren, änderte nichts daran. All die Grausamkeiten, die sie tagtäglich erlebten, gehörten einfach nicht an einen Esstisch mit zwei Kindern, die nur ahnen konnten, wie schlimm die dunklen Abartigkeiten, die es in der Welt gab, wirklich waren. Ben und Emma hatten gelernt, die Erlebnisse, die ihr Job mit sich brachte, für gewisse Zeiten wegsperren zu können. Ansonsten würden sie daran zugrunde gehen. Sie besaßen jeder einen inneren Safe, den sie fest verschließen konnten, wenn es nötig war. Darin lag alles, was einen normalen Menschen kaputt machte. Blutige Bilder von verstümmelten Körpern auf der einen, das zerbrochene Herz einer Mutter, deren Kind gestorben war, auf der anderen Seite.

Nach dem Essen ging Amelie in ihr Zimmer, um – wie Emma sagte – heute schon zum dritten Mal ihre beste Freundin anzurufen und mit ihr hinter verschlossener Tür über Dinge zu kichern, die Ben nicht näher betiteln konnte. Über was unterhielten sich dreizehnjährige Mädchen? Und wann hatten sie gelernt, in Schallgeschwindigkeit zu reden? Wenn Amelie neben ihm telefonierte, verstand er meist kein Wort. Kurz darauf verzog sich auch Nico auf sein Zimmer und drehte Musik auf.

Ben half Emma beim Aufräumen der Küche. Als sie fertig waren, schenkte sie sich ein Glas Weißwein ein und gab ihm, ohne zu fragen, ein Bier. »Ich sehe schon die morgigen Schlagzeilen vor mir: Student explodiert und die Polizei steht blöd daneben.« Emmas makabres Mundwerk hatte Ben schon immer gefallen.

Sie setzten sich an den Küchentresen. Ben überreichte Emma den Bericht, den sie durchblätterte, während er ihn ihr kurz zusammenfasste. Es war genau wie früher und er merkte, wie sehr er die Zeiten vermisste, in denen Emma und er noch eine Einheit gebildet hatten. »Leonard König hatte Kontakt zum Spielfreund. Sie haben gechattet. Sie haben sich in einem Forum für, sagen wir mal, experimentierfreudige Mediziner kennengelernt. Im Darknet, hat mir Carlos erklärt. Dort wird auch mit Videos von Operationen gehandelt, hauptsächlich von solchen, die schiefgegangen sind.«

Emma las Teile des Chatverlaufs zwischen Leonard König und dem Spielfreund laut vor.

L.K.:
Hey Leute, ich überlege, mir den Blinddarm rauszunehmen. Wer braucht das Ding schon? ;-) Hat einer von euch da Erfahrung? Oder habt ihr euch selbst schon mal teilnarkotisiert? Am besten wäre ja, wenn alles ab unterhalb des Brustkorbs betäubt wäre, sodass ich die Arme noch bewegen kann. Was meint ihr?
Viele Grüße
Leo

Spielfreund:
Hallo Leo, deine Idee finde ich hervorragend. Wenn du das wirklich durchziehst, schick mir bitte ein Video davon.
MfG
Dein Spielfreund

L.K.:
Hey Spielfreund. Umsonst gibt's hier gar nichts. ;-)

Spielfreund:
Willst du ein Spiel spielen?

L.K.:
???

Spielfreund:
Wenn du dir selbst den Blinddarm entfernst und mir ein Video davon schickst, gebe ich dir hunderttausend Euro. Versprochen.

L.K.:
Woher weiß ich denn, dass ich das Geld auch kriege?

Spielfreund:
Morgen liegt eine Anzahlung in bar vor deiner Tür. Wie wäre es mit zehntausend und den Rest dann später?

L.K.:
Geht klar. ;-)

»Unser Spielfreund hält wohl nichts von Smileys. Was für König bloß ein Scherz war, war für ihn tödlicher Ernst. Obwohl ich ihn dafür für zu schlau halte. Dem ist es einfach egal, ob die Leute es ernst meinen oder nicht. So nach dem Motto: Wer die Klappe weit aufreißt, ist selbst schuld.« Emma blätterte weiter durch die Akte. Ben klärte sie auf, dass der Spielfreund Leonard König das Geld am nächsten Tag tatsächlich hatte zukommen lassen. Emma las weitere Auszüge des Chatprotokolls. Leonard schrieb den Spielfreund erneut an, freute sich über das Geld vor seiner Tür, wollte die Nummer aber nicht durchziehen, da er doch zu viel Schiss hatte. Er bot dem Spielfreund an, ihm die Anzahlung von zehntausend Euro zurückzugeben. Aber die einzige Reaktion, die er bekam war:

Du hast dich auf das Spiel eingelassen. Jetzt musst du dich auch an die Regeln halten.

»Wenn man sich einmal auf den Spielfreund einlässt, kommt man aus der Sache also nicht mehr raus. Und die Explosion?«, fragte Emma.

»Die Bombe war in Leonard Königs Körper versteckt«, sagte Ben. »In seinem Bauch. Das haben wir ja mehr oder weniger mitgekriegt. Laut Mühlfelder wäre König höchstwahrscheinlich verblutet, hätte die Explosion ihn vorher nicht in tausend Stücke zerfetzt.«

»Okay, also Leonard König will nicht mitspielen, hat aber schon die Anzahlung bekommen und sich somit auf das Spiel eingelassen. Er macht trotzdem nicht mit, unser Täter kommt vorbei, betäubt ihn vermutlich, schneidet seinen Unterbauch auf, dort, wo der Blinddarm sitzt, und steckt eine Bombe in den Körper. Und dann legt er die ganzen Unterlagen zu Blinddarmoperationen offen hin und haut ab?

»Vielleicht hat das Opfer das auch selbst schon vorher getan. Er hat ja schließlich darüber nachgedacht, sich selbst den Blinddarm zu entfernen. Am Ende hatte er aber anscheinend doch genug Verstand, es zu lassen.«

»Und ist trotzdem gestorben. Bomben in Menschen. Gab es das schon mal?«, fragte Emma.

Ben hatte sich das bereits selbst gefragt und einige Recherchen angestellt. »Ja, ein Fall ist mir bekannt. Ein Selbstmordattentat. Es war ein Anschlag auf einen saudischen Prinzen. Da hatte der Täter die Bombe auch im Körper versteckt. Er ist in der Nähe des Prinzen in die Luft gegangen. Es hat ihn innerlich zerfetzt, der Prinz hat aber überlebt.«

»Auch im Bauch? Im Magen? Geschluckt? Oder reinoperiert? Wie geht denn so was?«

»Nein, im Darm. Also, er hat sie sich von hinten … du weißt schon.«

»Schon gut, ich hab's verstanden.« Emma warf ihm einen herzlichen Blick zu und berührte für einen kurzen Moment sanft seine Hand. In der nächsten Sekunde wechselte sie wieder zu ihrer kühlen Ermittlermiene und machte weiter, als hätte es diesen kleinen Moment gerade nicht gegeben. »Ich habe mich im Krankenhaus nach den beiden Sanitätern erkundigt. Der Mann ist schon wieder auf den Beinen und seine Verbrennungen konnten gut behandelt werden.«

»Und die Frau?« Ben dachte an die junge Frau, die mit aller Kraft versucht hatte, die Blutung zu stillen. Als sie gemerkt hatte, dass König etwas im Bauch steckte, war es schon zu spät.

»Sie liegt im künstlichen Koma, kommt sehr wahrscheinlich durch, aber … na ja … selbst ihre eigene Mutter wird sie vermutlich nicht wiedererkennen. Sie hat schwere Verbrennungen am ganzen Körper.«

»Das ist doch echt zum Kotzen.«

Sie schwiegen einige Sekunden. Unbeteiligte wurden verletzt, die sich niemals auf das Spiel eingelassen hatten. »Der Spielfreund spielt alles andere als fair«, unterbrach Ben die Stille.

»Ich bin mir ziemlich sicher, dass er nicht alleine arbeitet. Und wenn die Zwillinge dahinterstecken, gibt es noch jemanden, der die Fäden in der Hand hat. Es gibt mindestens eine Person im Dunkeln, die wir noch nicht auf dem Schirm haben. Aber ich bin mir sicher, dass sie da ist.«

Ben teilte ihre Gedanken. »Da bin ich voll und ganz bei dir.«

»Und jetzt wissen wir auch, dass unser Täter sich nicht nur mit Computern, sondern auch mit Bomben auskennt.«

»Nicht unbedingt. Heutzutage finden sich Anleitungen für Bombenbau sogar im Internet, wenn man sich etwas Mühe macht. Gib Nico oder Amelie zehn Minuten und die drucken dir eine Anleitung aus, wie man so ein Ding zusammenzimmert. Der Spielfreund muss also kein Profi auf dem Gebiet sein.«

Emma nahm ihr Handy und fing an, diverse Fragen nach der Konstruktion einer Bombe in eine Suchmaschine einzugeben. Ben sah, dass sie schnell fündig wurde. »Stimmt. Wie unsere Jungs aus der IT gesagt haben, nicht nur im Darknet findet man erschreckende Dinge. Ich hab schon ganz vergessen, was man alles im normalen Internet findet.« Sie legte das Handy wieder beiseite. »Zeitzünder oder Fernzünder? Wissen wir das schon?«

»Zeitzünder. Die Bombe wäre so oder so hochgegangen. Es hätte also auch uns beide erwischen können. Vielleicht war das auch seine eigentliche Absicht und ...« Ben unterbrach abrupt den Satz, da Amelie plötzlich in der Küchentür stand.

»Keine Sorge, ich lausch schon nicht. Euer Kram interessiert mich eh nicht. Aber es ist schon irgendwie ganz cool, dass ihr wieder zusammenarbeitet. Ich wollte nur kurz Gute Nacht sagen.« Amelie gab erst Emma und dann ihm einen liebevollen Kuss auf die Wange und schlurfte die Treppe hoch zurück in ihr Zimmer.

Es war spät geworden und morgen früh hatten sie eine große Besprechung, um sich mit den Kollegen aller Abteilungen über den aktuellen Kenntnisstand auszutauschen. Ben verabschiedete sich, und Emma brachte ihn zur Tür. Sollte er sie umarmen oder einfach gehen? Unsicher stand er vorm Eingang, bereit, die Tür zu öffnen, doch etwas in ihm wollte noch nicht gehen. Zu gerne wäre er geblieben. »Also, dann bis morgen«, setzte er an, als Emma ihn unangekündigt umarmte.

»Schön, dass du hier warst.« Sie fühlte sich gut an, warm und weich. Sie roch nach dem Parfüm, das er so gut kannte. Er wollte sie küssen, sie an sich drücken, nie wieder loslassen. Sie hoch ins Bett tragen, sie langsam ausziehen, sie streicheln, sie verführen. All die Dinge mit ihr tun, die sie früher getan hatten. Emma löste sich aus der Umarmung und Ben ging seinem Drang einfach nach. Er umfasste sanft ihr Gesicht mit beiden Händen und küsste sie zärtlich. Emma erwiderte den Kuss. Aber nur kurz. Dann ging sie einen Schritt zurück und sah ihn irritiert und liebevoll zugleich an. »Also, dann bis morgen.« Es brauchte nicht mehr Worte. Ben erkannte in ihren Augen, dass sie wusste, dass er sie noch liebte. Und er hoffte, dass sie es auch noch tat. Dabei war Liebe nie das Problem zwischen ihnen gewesen.

Ben verließ das Haus. Draußen war es immer noch feuchtwarm und leicht nebelig. Er war kaum an seinem Wagen angekommen, als er hörte, wie Emma die Tür aufriss und seinen Namen rief. Doch sie wollte nicht, dass er zurückkam, um sie zu erobern und ins Bett zu tragen. In ihrer Stimme schwang etwas unheilvoll Ängstliches mit. Er rannte sofort zurück zur Haustür. Erst dachte er, Emma wolle ihm entgegenrennen. Stattdessen sprang sie aufgeregt in ihr Auto, bereit loszufahren.

»Was ist denn los?« Ben stellte sich an die Fahrertür, die Emma gerade zuschlagen wollte. Sie hatte schon die Zündung betätigt und der Wagen summte.

»Kannst du bitte hierbleiben? Nur, falls die Kinder wach werden. Mir wäre lieber, wenn jemand bei ihnen bleibt.«

»Was zur Hölle ist denn passiert?« Ben bemerkte, dass er fast schrie.

»Das ist die gleiche Stimme wie bei der Geiselnahme«, sagte sie, zeigte ihm ihr Handy und drückte auf Play. Ben hörte eine verzerrte, tiefe Stimme: »Weißt du eigentlich, was dein Freund Florian heute Abend macht? Ich kann dir sagen, der Vogel singt nicht mehr.«

Ben wusste, er musste jetzt vernünftig argumentieren. Er sah, dass ihre Emotionen Emma steuerten und sie im Blindflug agierte. Und das war in ihrem Job nie gut. »Hast du schon versucht, Florian anzurufen? Vielleicht blufft er nur. Jetzt beruhige dich erst mal. Panik bringt gar nichts, das weißt du.«

Doch es war sinnlos, sie hörte ihm nicht zu. Er warf einen Blick auf den Beifahrersitz und erkannte Emmas Waffe, die in ihrem Holster stecke. »Was hast du vor?«

»Ich fahr jetzt sofort zu Florians Wohnung. Das Tonstudio ist da gleich um die Ecke. Wenn er nicht zu Hause ist, guck ich dort nach.« Emma ließ ihn nicht mehr zu Wort kommen und knallte die Autotür zu. Sie raste los und hörte nicht, dass Ben ihr hinterherrief.

»Emma! Was, wenn das eine Falle ist?«

Aber er hatte keine Chance, sie aufzuhalten, und sah sie nur noch mit quietschenden Reifen um die Ecke biegen.

25. Kapitel: Dino

Dino konnte nicht schlafen. Er dachte an seine Kindheit, fragte sich, ob er ein guter Vater werden würde, obwohl er sich an seinen eigenen kaum erinnern konnte. Lizzis Handy vibrierte. Sie wurde wach, sah aufs Display, stöhnte genervt, pellte sich langsam aus dem Bett und schlich aus dem Raum. Dino hörte, wie sie sich im Wohnzimmer auf die Couch setzte und den Anruf im Flüsterton annahm.

Wer rief seine Freundin mitten in der Nacht an? Dino stand auf, ganz leise, und schlich in den Flur. Er wollte nicht, dass sie merkte, dass er sie heimlich belauschte. Lizzi flüsterte, vermutlich, weil sie Dino nicht wecken wollte. »Die Nummer ist nur für Notfälle, das hab ich doch erklärt. Ich hoffe, das ist ein Notfall.« Eine kurze Pause entstand, in der Dino sich selbst atmen hörte. Dann sprach sie weiter. »Jetzt? Es ist schon fast Mitternacht. Reicht das nicht morgen?« Dino wollte wissen, wer dran war. »Okay, es geht also um deinen Bruder. Na schön, scheint ja wirklich dringend zu sein. Also, ausnahmsweise! Ich komm zur Frittenbude am Bahnhof, die müsste noch aufhaben. Dann reden wir. Bis gleich.«

Sie legte auf. Bruder? Dabei konnte es sich doch nur um Justus und seinen Zwilling handeln. Er hörte, wie sie sich vom Sofa erhob. Dino hatte immer gedacht, Frauen würden bewegungsunfähig und langsam, sobald ihr Schwangerschaftsbauch sichtbar wurde, Dino sprang wieder ins Bett und stellte sich schlafend. Lizzi betrat das Schlafzimmer, gerade als er die Decke wieder über sich geschlagen hatte. Sie zog sich ihre Klamotten über, gab ihm einen Kuss und flüsterte ihm ins Ohr: »Ich muss noch mal dringend los wegen der Arbeit, aber ich bin gleich wieder da. Okay?«

Dino tat verschlafen und murmelte »Soll ich mitkommen?«

»Schlaf weiter. Alles gut.« Sie küsste ihn noch mal sanft auf die Stirn, strich ihm durchs Haar und ging. Kaum hatte sie die Wohnung verlassen, ortete er den roten Corsa, der tatsächlich Richtung Bahnhof unterwegs zu sein schien. Dino beschloss, dem Auto zu folgen, und zog sich schnell seine beige Cordhose, ein Shirt und seine abgetragene Jeansjacke an. Außerdem konnte es nicht schaden, in Lizzis Nähe zu bleiben. Die Frau, die er liebte und die sein Kind momentan noch überall hin mitnahm, traf sich mit einem verurteilten Verbrecher. Das bescherte ihm ein ziemlich ungutes Gefühl in der Magengegend. Draußen war es trotz der späten Stunde ziemlich warm, auch wenn er das Gefühl hatte, dass es gleich regnen würde.

Er fand den roten Kleinwagen geparkt in einer Seitenstraße in der Nähe des Bahnhofs. Jemand saß am Steuer. Es war Justus. Lizzi musste längst bei der Pommesbude angekommen sein. Wieso ließ er sie also warten? Dino ging ein paar Schritte, behielt den Wagen im Auge und rief Lizzi an. »Hey, wo bist du? Ich bin gerade wach geworden und du bist weg.« Er hasste sich für diese Lüge, aber er wollte keinen Streit mit ihr.

»Sorry, ich dachte, du hättest es mitbekommen. Ich wollte dich nicht wecken. Ich musste noch mal los, wegen der Arbeit … Bin aber gleich wieder zu Hause. Ist alles okay, ich sitze hier mit einem Kunden beim Bahnhof in der Frittenbude.«

»Also bist du nicht alleine?«

»Nein.« Dino erstarrte und wusste nicht, was er sagen sollte, während Lizzi völlig entspannt klang. »Schlaf einfach weiter, ich bin gleich wieder zu Hause.« Sie legte auf, während Dino immer noch nach Worten rang.

Verdammt. Wenn das stimmte, dann war es nicht Justus, der hier wenige Meter entfernt im Auto saß, sondern Jan. Dino wusste, dass er etwas unternehmen musste. Der Polizei Bescheid geben oder zumindest Lizzi sagen, dass er den Zwilling, den alle suchten, gefunden hatte. Und dass er nur ein paar Straßen von ihr entfernt in einem Auto saß. Aber er entschied sich, sein Geheimnis erst mal für sich zu behalten.

Dino wartete. Wie lange, konnte er selbst nicht sagen. Plötzlich sah er den roten Corsa an sich vorbeifahren. Auf seinem Handy konnte Dino erkennen, dass er vor dem Bahnhof kurz anhielt und dann weiterfuhr. Er hatte also seinen Bruder abgeholt. Dino wollte wissen, wohin die Brüder unterwegs waren. Aber Lizzi würde skeptisch werden, wenn er nicht mehr im Bett lag, wenn sie gleich nach Hause kam. Aber er konnte jetzt unmöglich umkehren. Dino hatte das Gefühl, ganz nah dran zu sein. Er musste sich irgendeine Ausrede einfallen lassen. Sollte er später mit fünf Millionen Euro nach Hause kommen, würde sie ihm sicherlich verzeihen. Er schrieb Lizzi eine kurze SMS, dass er sich noch auf ein Bier mit einem Kumpel traf. Dass er sie belog, war schon genug, da sollte sie sich nicht auch noch Sorgen machen. Dino wartete ab, bis der Punkt auf seinem Handy wieder zum Stehen kam. Der Wagen hatte draußen vor der Stadt, mitten im Wald angehalten. Dahin kam Dino nur mit dem Taxi und die Fahrt würde ihn sicherlich einige Euro kosten. Dino wägte ab, doch der Tagträumer in ihm hatte sich längst entschieden. Er musste zu diesem Waldstück, er musste den roten Opel Corsa finden, er musste wissen, wo die Zwillinge das Geld versteckten.

Der Taxifahrer hatte ihn mit fragenden Blicken auf einer einsamen Landstraße rausgelassen. Dino ging ein Stück die Straße entlang und bog nach wenigen Metern in einen kleinen Schotterweg ab, der zu einer dunklen Lichtung führte. Die Bäume standen immer dichter zusammen. Er konnte kaum etwas erkennen, nur das leuchtende Display seines Handys spendete etwas Licht. Kurz darauf entdeckte er dank der Ortungs-App den roten Corsa. Er stand mitten im Wald vor einer kleinen, robusten Hütte aus Stein. Dino hatte das Gefühl, schon einmal hier gewesen zu sein. Dieser Ort kam ihm seltsam bekannt vor.

26. Kapitel: Emma

Emma hatte mehrmals bei Florian geklingelt und gegen die Tür gehämmert. Nichts, keine Reaktion. Sie hatte sich gefragt, warum sie keinen eigenen Schlüssel zu der Wohnung ihres neuen Freundes besaß. Also war Emma zu Florians Studio gerast. Sein Wagen parkte vor dem Gebäude, doch im Studio brannte kein Licht, die Tür war verschlossen. Emma hämmerte dagegen und klingelte Sturm, niemand öffnete. Sie rief Florian permanent auf dem Handy an, aber es war immer noch ausgeschaltet. Sie sah zu Florians Wagen und erkannte etwas an der Frontscheibe. Emma rannte zu dem Auto und riss den Zettel, den jemand hinter die Fensterwischer geklemmt hatte, an sich. Als sie las, was darauf stand, zog sich augenblicklich alles in ihr zusammen. Die Nachricht war handschriftlich verfasst und an Emma gerichtet.

Hallo Emma,
suchst du deinen Freund? Dann komm dahin, wo ihr euch zum ersten Mal gesehen habt. Zu niemandem ein Wort (das bekomme ich raus). Und komm allein, sonst ist er tot.

MfG
Dein Spielfreund

Sie hatte Florian auf einem Open-Air-Konzert kennengelernt, bei dem er mit seiner Band als Vorgruppe aufgetreten war. Er hatte Emma schon von der Bühne aus fixiert, sie ständig lächelnd angesehen und ihr am Ende des Gigs seinen Hut zugeworfen, den sie auffing. Anschließend war er von der Bühne gestiegen und hatte seinen Hut von ihr zurückgefordert. Als Gegenleistung hatte er Emma mit in den Backstage-Bereich genommen und sie hatten rumgeknutscht wie hormongesteuerte Teenager. Das Konzert hatte an einem See im Wald stattgefunden. Jetzt alleine dorthin zu fahren, war eine bescheuerte Idee. Doch ihr blieb keine Wahl. Ihr Bauchgefühl besiegte ihre Vernunft. Sie hätte Ben und Theo alarmieren müssen, Verstärkung rufen, einen Plan ausarbeiten, bevor sie den Ort aufsuchte. Aber Emma wusste, dass der Spielfreund Ernst machen würde. Ihre einzige Chance, Florians Leben zu retten, war mitzuspielen. Und zwar nach seinen Regeln.

Emma fuhr raus zum See. Ben hatte sie geküsst. Er hatte mehr gewollt, dass konnte Emma spüren. Sie hätte sich bloß darauf einlassen müssen und sie wären im Bett gelandet. Ben wollte sie. Aber wollte er sie auch zurück? War er bereit, ihr zu verzeihen? War es überhaupt möglich, das zu verzeihen, was sie ihm und ihrer Familie angetan hatte? Sie hatte mit einem anderen Mann geschlafen, einem widerlichen Verbrecher. Aber sie hatte dadurch viele Menschenleben gerettet. War es das also nicht wert gewesen? Emma wollte glauben, dass es so war. Dass es okay war, dass sie ihre Ehe geopfert hatte. Dass es richtig war. Eine Seite von ihr bereute ihre Tat, die andere nicht. Und sie hatte keine Ahnung, ob sie es jemals schaffen würde, diesen Konflikt zu lösen. War am Ende vielleicht beides gleichermaßen falsch wie richtig? In diesem Moment kamen ihr wieder Bens Worte in den Sinn, der das Leben mit einem kaputten Videorekorder verglichen hatte. Emma hatte es schon getan, sie konnte die Zeit nicht zurückspulen. Es war, wie es war, und sie konnte nichts mehr daran ändern. Der Rekorder stand auf Play, das Leben ging einfach weiter. Wohin wusste niemand.

Emma fühlte sich unwohl und wünschte sich, Ben doch mitgenommen zu haben. Aber es war besser, dass er zu Hause bei den Kindern geblieben war. Außerdem waren die Regeln des Spielfreunds unmissverständlich: Komm allein. Und was passieren konnte, wenn man sich nicht an seine Regeln hielt, wusste Emma nur zu gut. Sie war froh, ihre Kinder bei Ben in Sicherheit zu wissen. Egal, wie diese Nacht ausgehen würde. Emma spürte auf ihren Lippen Bens Kuss nach. Er war schon immer ein verdammt guter Küsser gewesen. Sie erinnerte sich an ihren ersten Kuss und daran, dass ihre Knie tatsächlich weich geworden waren und sie in Bens Arme gestolpert war. Er hatte sie lächelnd aufgefangen und gemeint, dass er ja umwerfend küssen müsse. Sie hatten gelacht und sich wieder geküsst. Ganz zaghaft und vorsichtig. Emma wurde bewusst, wie lange sie Ben schon kannte. Länger als ihr halbes Leben. Als sie sich zum ersten Mal küssten, waren sie fünfzehn. Jetzt waren sie achtunddreißig. Sie hatten alles miteinander erlebt und waren nie wirklich mit jemand anderem zusammen gewesen. Sicher, während des Abis und kurz danach hatte jeder für eine kurze Zeit sein Ding machen wollen. Wobei Ben das mit Sicherheit mehr ausgekostet hatte als sie. Doch schon zu Beginn ihrer Polizeiausbildung waren sie wieder ein Paar geworden. Emma konnte sich ein Leben ohne ihn nicht vorstellen. Auch wenn das momentan ziemlich weit weg schien. Emma musste sich konzentrieren und den Kuss beiseiteschieben. Sie war auf der Suche nach Florian, ihrem jetzigen Freund. Kurz schämte sie sich dafür, in Gedanken mehr bei Ben zu sein als bei ihm. Sie rief sich die harte Realität wieder ins Bewusstsein. Der Mann, mit dem sie momentan ihr Bett teilte, war in Gefahr, der Spielfreund hatte ihn als Geisel genommen. Sie musste ihn unbedingt finden. Doch plötzlich stellte Emma sich eine Frage, die ihr beinah den Verstand raubte: Woher wusste der Spielfreund, wo sie und Florian sich kennengelernt hatten?

Sie bog in eine unbefestigte Straße ab und stellte den Wagen auf einem kleinen Schotterparkplatz ab, von dem aus ein Trampelpfad hinab zum See führte. Der See lag in einem kleinen Tal, umrandet von Tannen, Pinien und anderen Bäumen, die den Weg verdunkelten. Es war stockfinster. Emma fand im Kofferraum eine Taschenlampe, die aber nur wenig Licht spendete. Sie ärgerte sich, so überstürzt losgeeilt zu sein. Allein dass sie ihre Pistole dabei hatte, beruhigte sie ein wenig. Emma legte das Schulterholster mit ihrer Waffe um, das einen harten Kontrast zu ihrem restlichen Outfit – einem leichten, femininen Jumpsuit – darbot. Vorsichtig ging sie die ersten Schritte in Richtung des schmalen Weges, als sie plötzlich Motorengeräusche vernahm. Scheinwerfer blitzten auf und rasten auf sie zu. Kurz wurde sie geblendet, dann erkannte sie den grauen Volvo. Emma lief schnell den Pfad hinab, schaltete ihre Taschenlampe aus und versteckte sich hinter einem Baum. Es war Bens Auto. Er stieg aus dem Wagen und rief nach ihr.

»Emma, bist du hier? Hörst du mich?« Sie beobachtete aus ihrem Versteck heraus, wie Ben zu ihrem Auto ging und darum schlich. Auch er hatte eine Taschenlampe und sah damit kurz in Emmas Wagen nach. Dann ging er langsam zum Trampelpfad. »Emma?«, rief er immer wieder laut in den Wald hinein und seine dunkle Stimme hallte über den See. »Wo bist du?«

Aber sie blieb stumm. Was tat Ben hier? Warum passte er nicht auf die Kinder auf? Woher wusste er, dass sie hier am See war? Tausende Gedanken überschlugen sich in ihrem Kopf und sie wusste nicht mehr, was sie glauben sollte. Konnte Ben der Spielfreund sein? Hatte er sein Alter Ego übernommen, aus Frust, weil er ihn damals nicht gefasst hatte? War es möglich, dass die beiden sich kannten? Hatte Emma etwas übersehen – etwas so Entscheidendes? Nein! Da konnte und durfte es keinen Zusammenhang geben. Ben würde anderen Menschen niemals absichtlich Schaden zufügen. Davon abgesehen, kannte selbst sie sich besser mit Computern aus als er. War Ben bloß der Komplize? War der Spielfreund ihnen deshalb immer einen Schritt voraus? Hatte er es darum von Anfang an auf Emma abgesehen? Wollte Ben Rache für das, was sie ihm angetan hatte? Dafür, dass sie ihre Ehe zerstört hatte?

Sie hatten vor zwei Jahren gemeinsam undercover gearbeitet, um Gustaf Reutermann dingfest zu machen. Sie wussten, dass er kleine Mädchen als Sklaven an Perverse verkaufte. Aber sie brauchten stichhaltige Beweise, die vor Gericht standhielten. Ben hatte sich als interessierter Kunde ausgegeben, nachdem Emma sich in seine Organisation eingeschlichen hatte. Sie hatte als Sekretärin in einer seiner Firmen angefangen und sich an Reutermann herangemacht. Doch das Ganze ging viel zu weit. Am Ende hatte Emma zwar viele Informationen gesammelt, genug, um ihn für eine lange Zeit wegzusperren, aber sie hatte einen hohen Preis dafür bezahlt. Sie hatte mit ihm geschlafen. Nur einmal, aber dieses eine Mal genügte, um ihre Beziehung zu zerstören. Emma würde Bens erschüttertes Gesicht nie vergessen, als sie es ihm beichtete. Er hatte auf dem Bett gesessen und sich mit beiden Armen fest abgestützt. Sie war pausenlos im Schlafzimmer auf und ab gelaufen und hatte versucht, es ihm zu erklären. Sie erinnerte sich, dass Ben die Worte kaum über die Lippen brachte. Doch das Gespräch hatte sich in Emmas Hirn für immer eingebrannt.

»Musstest du wirklich mit ihm schlafen?«

»Es ging nicht anders. Dafür habe ich jetzt alles, was wir brauchen, um ihn anzuklagen.«

»Ich weiß nicht, was ich sagen soll, Emma. Wärst du nicht meine Frau, würde ich mich wahrscheinlich freuen.«

»Es tut mir leid.«

»Mir auch.«

Danach hatte Ben das Schlafzimmer verlassen und zum ersten Mal, seit sie zusammen waren, auf der Couch geschlafen. Er war nie wieder ins gemeinsame Schlafzimmer zurückgekehrt. Von da an gab es einen Bruch in ihrer Ehe, den sie nicht mehr reparieren konnten. Ben hatte sich komplett in die Arbeit gestürzt und sich vor allem in den Fall der vierzehnjährigen Laura Schneider verbissen, die der Spielfreund in den Selbstmord getrieben hatte. Sie lebten sich auseinander, vertrauten sich nicht mehr. Sie entschieden sich für eine Trennung, obwohl sie einander noch liebten. Doch sie hatten sich eingestehen müssen, dass sie einander aufgegeben hatten.

Trotzdem hatte Emma immer das Gefühl gehabt, dass Ben verstand, warum sie mit Reutermann geschlafen hatte, auch wenn er ihr nicht verzeihen konnte. Ben hatte es nicht mehr über sich bringen können, sie zu küssen oder zu berühren. Aber heute Nacht hatte er sie geküsst und sie hatte sich ihm so nah gefühlt wie schon lange nicht mehr. Was hatte das zu bedeuten?

Sie versuchte, den Gedanken zu verwerfen. Sie hatten sich geliebt und taten es womöglich immer noch. Oder war das vielleicht sogar der Grund für all das? Emma versuchte logisch zu denken und sich selbst davon zu überzeugen, dass der Vater ihrer Kinder zu so etwas niemals fähig war. Aber wie hatte Ben sie dann hier finden können?

Emma entsicherte ihre Waffe.

27. Kapitel: Dino

Dino versteckte sich hinter dem roten Corsa, der seitlich vom Haus im Wald parkte, und versuchte, sich zu erinnern. Er kannte diesen Ort. Oder war das auch wieder nur ein Tagtraum gewesen? Das kleine Haus aus Stein, die mit dunkelgrünen Gardinen verhangenen Fenster, die drei moosbewachsenen Stufen, die zum Eingang führten, und der überdimensionale Schornstein. Dieses Haus strahlte keine Wärme aus, alles hier wirkte kühl und verlassen.

Dino glaubte, dass das Schicksal ihn an die richtige Stelle geführt hatte. Hier war der ideale Platz, um fünf Millionen zu verstecken. Abgelegen, einsam, gut verborgen mitten im Wald. Er musste in dieses Haus kommen. Aber noch waren Jan und Justus darin zu Gange und er konnte nur hoffen, dass sie das Geld nicht mitnahmen, wenn sie wieder gingen.

Dino suchte Schutz hinter ein paar Bäumen im Wald, um zu verhindern, dass die Zwillinge ihn entdeckten. Nach einer knappen halben Stunde kamen Jan und Justus aus dem Haus. Sie stritten sich, er konnte aber nicht ausmachen, worüber. Sie verriegelten die Tür und fuhren mit dem Opel davon. Dino wartete noch ein paar Minuten ab und schlich dann zum Haus. Sollte er einfach die Tür aufbrechen oder ein Fenster einschlagen? Nein, er wollte lieber keine Spuren hinterlassen. Es musste noch einen anderen Weg ins Haus geben. Er ging um das Gebäude herum und suchte nach einem Hintereingang oder einem offenen Fenster. Fehlanzeige. Er ging einige Meter zurück und betrachtete das Steinhäuschen noch mal aus der Distanz. Manchmal musste man erst Abstand nehmen, um die Dinge klar zu sehen.

Und dann sah er es – den Schornstein. Dino war ein Zirkusartist, ein Schlangenmensch. Der Schornstein war ziemlich groß und breit. Er konnte versuchen, sich hindurchzuzwängen. Aber was, wenn er auf halber Strecke stecken blieb? Das würde seinen sicheren Tod bedeuten. Er musste sich den Kamin von Nahem ansehen. Auf das Dach zu kommen, stellte für Dino kein großes Problem dar. Wie eine Raupe zog er sich an der Regenrinne nach oben. Als er sich auf das Dach schwang und zum Schornstein balancierte, fielen ein paar Ziegel zu Boden. Er riskierte einen Blick in den Schlot. Ein tiefes, schwarzes Loch. Er konnte nicht sehen, ob es verstopft war. Er sah kein Licht von unten durchscheinen, was aber logisch war, da im Haus kein Licht brannte. Sollte er sein Leben für fünf Millionen Euro riskieren? Was, wenn er jetzt einfach wieder nach Hause ging? Lizzi liebte ihn mit oder ohne Geld. Sie erwarteten ein Kind. Er müsste jeden Tag aufs Neue versuchen, finanziell über die Runden zu kommen, aber es würde klappen. Er würde ein einfaches, aber glückliches Leben führen. Glücklich ja, aber ohne Applaus.

Jetzt wirst du doch noch zum Einbrecher, dachte Dino, als er auf den Sims kletterte und sich selbst, mit den Füßen voran, in den Schornstein schob. Es kam der Moment, wo er die Mauer loslassen musste. Wenn seine Finger sich jetzt lösten, konnte er sich nicht mehr mit der Kraft seiner Arme hochziehen. Dann konnte er nur noch mit schlängelnden Bewegungen nach unten oder oben robben, indem er seinen Körper leicht nach vorn und hinten bewegte. Er atmete einmal tief ein und löste seine Finger von der Kante des Schornsteins, einen nach dem anderen, bis zum letzten. Sein rechter Mittelfinger hielt nun sein ganzes Gewicht. Dann atmete er alle Luft, die noch in seinen Lungenflügeln saß, aus. Er machte sich ganz dünn, ganz weich, ganz locker – so wie sein Großvater es ihm einst beigebracht hatte. Sein Finger glitt langsam von der Kante. Der Moment war gekommen. Dino ließ los und rutschte in die Tiefe.

28. Kapitel: Ben

Ben stand auf dem Schotterparkplatz am See und hielt mit seiner Taschenlampe Ausschau nach Emma. Hoffentlich steckte sie hier irgendwo, war unverletzt und noch nicht in die Falle getappt. »Emma?«, rief er. Aber die einzige Antwort war sein eigenes Echo. Ben hatte Emmas Wagen gefunden. Außerdem war er sich sicher, den Lichtkegel einer Taschenlampe gesehen zu haben, als er auf den Parkplatz gefahren war. Doch dann war er von jetzt auf gleich verloschen.

Ben hätte seinen Chef informieren müssen, Alleingänge waren nie eine schlaue Idee. Aber in diesem Fall war ihm das zu heikel. Der Spielfreund hatte ihm eine SMS geschickt und darin unmissverständlich erklärt, dass Emma in Gefahr war.

Lieber Ben, mein alter Freund, erinnerst du dich noch an mich?

Der Spielfreund wusste also, dass Ben schon vor einem Jahr jagt auf ihn gemacht hatte.

Wenn du deine Geliebte retten willst, dann komm schnell. Und komm allein. Sonst ist Emma tot.

Darunter standen Koordinaten. Als Ben sie in sein Navi eingegeben hatte, hatte es ihn zu diesem Parkplatz mitten im Wald unweit des Sees geführt. Er hatte seine Schwester gebeten, sofort zu kommen, damit jemand da war, falls Nico und Amelie aufwachten. Kaum war Miri angekommen, war Ben losgerast. Jetzt stand er ratlos mit verschwitzten Händen im Dunkeln und spürte sein Herz pochen. Er ging zu dem Trampelpfad, der hinab zum

See führte. »Emma?« Er lief den Pfad einige Meter entlang und leuchtete in den Wald hinein. Es knackte links von ihm und er meinte, einen Schatten hinter einem Baum zu erkennen. »Ist da jemand?« Der Lichtstrahl seiner Taschenlampe suchte den Wald ab. Plötzlich stand sie da, knipste eine Taschenlampe an und starrte ihn an. Er hatte sich also nicht vertan und eben richtig gesehen. Emma machte den Eindruck, als würde sie sich vor ihm fürchten. Sie hatte sich vor ihm versteckt. Aber warum? »Was machst du hier?«

»Das sollte ich wohl besser dich fragen!« Sie richtete ihre Waffe auf ihn.

»Was soll das. Bist du verrückt?«

29. Kapitel: Emma

Ben hatte sie entdeckt. Was machte er hier auf diesem abgelegen Parkplatz am See? Woher wusste er, dass sie hier war? Sie hatte niemandem Bescheid gegeben und den Zettel mit dem Hinweis, der an Florians Windschutzscheibe hinterlassen worden war, mitgenommen. Davon abgesehen, wusste Ben gar nicht, wo die beiden sich kennengelernt hatten. War er es also, der Spielchen mit ihr spielte?

»Emma?« Er kam auf sie zu. »Bitte, nimm die Waffe runter.«

Sie hielt die Pistole weiter stur auf ihn gerichtet. »Bleib stehen! Was machst du hier?«, schrie sie ihn feindselig an und erschrak dabei über den schrillen Ton ihrer Stimme.

»Keine Sorge, die Kinder sind in Sicherheit. Ich hab meine Schwester angerufen. Miri ist bei ihnen.«

»Lenk nicht ab! Was machst du hier?« Emma ging immer weiter zurück in den Wald hinein, bereit, ihre Taschenlampe auszuschalten und in die Dunkelheit zu flüchten, wenn nötig. Denn auch wenn sie ihre Waffe auf Ben gerichtet hatte, wollte sie nur im absoluten Notfall auf ihn schießen.

»Ich erkläre dir, warum ich hier bin, aber bitte nimm endlich die Waffe runter.« Sie schwieg und starrte ihn an. »Ich hab eine SMS von unserem Spielfreund erhalten. Dass ich hierherkommen soll, wenn ich dich retten will. Und zwar alleine«, sagte Ben. »Ich bin hier, um dir zu helfen.«

»Und das soll ich dir glauben?«

»Ja! Emma, bitte. Was ist los? Wirst du jetzt paranoid?«

Emmas Hände zitterten, genau wie ihre Stimme. »Ich verstehe überhaupt gar nicht, was hier los ist. Der Spielfreund hat dir geschrieben, dass du hierherkommen sollst?«

»Bleib ruhig, es ist alles okay.« Er kam noch näher und stand jetzt unmittelbar vor ihr. Ben griff vorsichtig in seine Tasche und zog sein Handy heraus.

»Was ist hier los? Wo ist Flo? Woher wusstest du, wo ich bin?«, dachte Emma laut. »Ich verstehe gar nichts mehr.«

»Hier.« Ben drehte ihr das Display seines Handys zu. »Ich zeig es dir.« Emma las die SMS. Es war eine Nachricht vom Spielfreund. Ben hatte tatsächlich ihren Standort und die Androhung, Emma könnte sterben, als SMS von einem anonymen Absender auf seinem Handy.

»Verstehe.« Emma beruhigte sich langsam und nahm die Waffe runter. »Was machen wir jetzt?«

»Verstehe? Moment mal, Emma.« Ben klang verärgert. »Wieso hast du dich hier vor mir versteckt? Und warum ...« Er musste die nächste Frage nicht ausformulieren, sein Blick auf ihre Hand reichte. *Warum um alles in der Welt bedrohst du mich mit einer Waffe?*

»Ich wusste nicht, dass du es bist.« Emmas Versuche, Ben anzulügen, waren nie von Erfolg gekrönt gewesen. Auch jetzt nicht.

»Blödsinn! Du wirst ja wohl meine Stimme erkannt haben.« Ben wartete auf eine Erklärung. Emma tat es leid, ihn verdächtigt zu haben. Jetzt, wo er so fassungslos vor ihr stand, erkannte sie, dass er unmöglich der Spielfreund sein konnte. Und auch nicht sein Komplize. Trotzdem hatte sie für einen kurzen Moment diese Angst verspürt.

»Tut mir leid. Ich bin gerade ziemlich verwirrt. Ich mach mir verdammt Sorgen um Florian. Was, wenn er ihn längst getötet hat? Was, wenn er ihn foltert?« Emma sah in Bens Augen die Enttäuschung über ihr Verhalten. »Wissen die Kollegen Bescheid, dass wir hier sind?«, fragte sie ihn.

»Noch nicht. Ich wollte nicht riskieren, auf der Wache anzurufen, bevor ich dich gefunden habe. Was weiß ich, nachher hat der Kerl mein Handy angezapft, hört mit und überwacht jeden meiner Schritte. Aber wir sollten unbedingt sofort Theodor darüber informieren, was hier los ist. Alleingänge sind viel zu gefährlich und das weißt du auch. Das war sehr dumm. Von uns beiden. Was ist los, hörst du mir noch zu?«

Emma wollte Ben warnen, doch sie spürte plötzlich selbst den Lauf einer Waffe im Genick. Sie wollte mit der Pistole, die sie immer noch umklammerte, herumschnellen, doch eine kräftige Hand packte von hinten ihren Unterarm. »Mach jetzt keine Dummheiten. Du lässt jetzt sofort die Knarre fallen, verstanden?« An der Stimme erkannte sie ihn – Justus. Einer der Zwillinge stand hinter ihr, der andere hinter Ben. Beide hatten ihre Waffen auf sie gerichtet und drückten ihnen jetzt ein Tuch aufs Gesicht, das mit einer süßlich riechenden Flüssigkeit getränkt war. Sie hielt den Atem an, doch ihre Reflexe zwangen sie schließlich, wieder Luft zu holen. In ein paar Sekunden würden sie das Bewusstsein verlieren. *Chloroform*, war das Letzte, was Emma dachte.

30. Kapitel: Dino

Dino landete auf dem Boden des Schornsteins und federte den Sturz mit den Armen ab, die er sich so trotz seiner Jeansjacke leicht aufschürfte. Er war verstaubt und verrußt, aber er hatte es geschafft. Er war im Haus. Er stand in einem kleinen Wohnzimmer und klopfte sich die Klamotten ab. Der Dreck, den er dadurch verteilte, fiel kaum auf. Alles hier war umgeben von dem grauen Schleier einer Staubschicht. Hier lebte niemand. Zumindest nicht dauerhaft. Oder derjenige hatte sich an die Zustände gewöhnt. Die Einrichtung des Wohnzimmers erinnerte an eine Jagdhütte. Vor dem Kamin standen zwei große Ledersessel. An den Wänden hingen mehrere Trophäen; der Kopf eines Wildschweins, das Geweih eines Hirsches, der ausgestopfte Körper eines Rehkitzes, der auf einer Holztafel fixiert war.

Dino ging weiter. Die angrenzende Küche wirkte fast schon steril. Nichts stand auf den Arbeitsplatten. In den Schubladen fanden sich ein paar Teller und Tassen, außerdem eine Schachtel Cornflakes, eine halb volle Flasche Whiskey und eine angenagte Salami. Dino öffnete die Flasche, roch daran und nahm einen großen Schluck, der seinen ganzen Körper für einen kurzen Augenblick erschaudern ließ. Er mochte diesen hochprozentigen Kram eigentlich nicht, aber er liebte das wärmende, brennende Gefühl, das einen kurz nach dem Schlucken von der Kehle abwärts durchströmte.

Neben der Küche führte eine schmale Treppe nach oben. Dort befanden sich ein Badezimmer mit Wanne und ein Schlafzimmer. Es gab ein Bett, allerdings keine Bettwäsche, sondern nur einen ranzigen Schlafsack. Ein paar Pullover, T-Shirts und Hosen lagen quer verteilt auf dem Boden. Hier oben wirkte das Haus bewohnter, aber egal, wer sich in diesen Räumen aufhielt, Dino fiel es schwer, sich vorzustellen, dass jemand sich hier wohlfühlen konnte. Er durchsuchte gründlich jedes Zimmer, jede Schublade, jedes Regal. Nichts. Wenn hier Geld versteckt war, dann verdammt gut.

Er stieg die Treppe wieder hinab, ging zurück ins Wohnzimmer und wollte schon im kleinen Garten hinter dem Haus nachsehen, als er bemerkte, dass zwischen den beiden Sesseln ein grau melierter Teppich lag. Etwas stimmte damit nicht. Wenn er seinen Fuß darauf setzte, gab der Boden leicht nach. Er trampelte ein wenig darauf herum. Es klang hohl, als befände sich darunter ein Leerraum. Er stemmte die beiden massiven Sessel zur Seite und rollte den Teppich ein. Darunter kam eine Falltür zum Vorschein, die sich mit einem rostigen Metallgriff öffnen ließ. *Das perfekte Versteck,* dachte Dino. Er öffnete die Tür im Boden und kletterte eine Holzleiter hinunter, die kaum knarzte und viel zu neu aussah. Er fand sich in einem Gang wieder, von dem zwei Kellerräume abgingen. Dino tastete vorsichtig an der Wand entlang, betätigte den Lichtschalter und trat vorsichtig in den ersten Raum. Auf zwei Tischen standen Computer, Laptops und jede Menge anderer Technikkram, von dem er nicht wusste, was es war. Die Geräte blinkten und surrten. Es roch nach billigem Junkfood. Olek und Bolek hätten sich gefreut. Die Geräte sahen hochwertig und neu aus. Vielleicht würde er seinen polnischen Gaunerkollegen Bescheid geben, dass es hier etwas zu holen gab.

Dino durchsuchte den Raum, fand aber nicht, wonach er suchte. Vielleicht war das Geld in einem der Geräte versteckt? Er würde sie aufbrechen müssen. Schade für Olek und Bolek. Aber zuerst würde er in dem anderen Raum nachsehen. Dino betrat das zweite Zimmer im Keller und hoffte, endlich seine Beute zu finden. Doch was er tatsächlich fand, raubte ihm den Atem – aber nicht vor Freude, sondern vor blankem Entsetzen.

Lizzi. Seine Lizzi. Geknebelt und an einen Stuhl gefesselt. Ihr Kopf war ihr auf die Brust gesackt. Schlief sie? War sie ohnmächtig? Oder Schlimmeres? Dino stürmte zu ihr und versuchte, sie aufzuwecken. Sie wirkte betäubt, atmete aber gleichmäßig. Zum Glück konnte er keine sichtbaren Verletzungen an ihr entdecken. Sachte streichelte er über ihren gewölbten Bauch und betete, dass dem Baby nichts passiert war. Die Frau, die er über alles liebte und die sein Kind in sich trug, in diesem dunklen, feuchten, modrigen Loch zu sehen, versetzte Dino einen Stich in der Brust. Wer auch immer ihr das angetan hatte, würde dafür büßen. Hatten die Hansen-Zwillinge Lizzi entführt? Aber warum? Erst jetzt entdeckte Dino den Mann. Er saß auf einem Stuhl gegenüber von Lizzi und starrte sie an. Dino erschrak. Aber dann erkannte er, dass der Mann ihn nicht anstarrte. Er war ebenfalls betäubt und an seinen Stuhl gefesselt. Seine Augen standen offen, aber auch er atmete. Sein Kopf war zur Seite gekippt, und es sah so aus, als könnte der schwarze Hut, den er trug, jeden Moment herabfallen. Was zum Teufel war hier los?

Dino wandte sich wieder Lizzi zu, löste den Knebel aus ihrem Mund. »Lizzi? Hörst du mich?«

Sie kam langsam zu sich, wirkte aber völlig benebelt. »Dino, hast du meine Haarbürste gesehen?«, murmelte sie leise. Wenigstens erkannte sie ihn, dachte Dino. Auch wenn sie offenbar noch in einem Traum feststeckte. Lizzi träumte ständig davon, dass sie ihre Haarbürste nicht fand. Wenn Lizzi träumte, dann suchte sie eigentlich immer irgendetwas. Was Dino sehr niedlich fand. Denn wenn er träumte, kam das oft einem Horrorfilm gleich. Genau wie das Bild, das sich ihm gegenwärtig bot. Er griff nach seinem Handy und wollte den Notruf wählen. Aber das Handy zeigte ihm keinen Empfang an. Kein Wunder, in einem Keller mitten im Wald.

»Lizzi! Hey, wach auf! Was ist passiert?«

Doch sie dämmerte wieder weg. Dino wollte sie losbinden, da hörte er Schritte und Stimmen von oben. Er schlich leise zur Tür, steckte seinen Kopf in den Gang und lauschte.

»Hast du die hier offen gelassen?«, hörte er eine tiefe, raue Männerstimme.

»Du bist als Letzter raus. Wenn, dann du!«, zischte eine Stimme zurück, die kaum von der vorherigen zu unterscheiden war.

»Bestimmt nicht. Ich hab dich doch noch gefragt, ob du die Luke wieder zugemacht hast.«

»Nein, hast du nicht.«

»Doch, ganz sicher.«

»Nein! Ganz sicher nicht!«

Die beiden Männer hatten eine Art, miteinander zu streiten, die verriet, dass sie sich eigentlich sehr gern mochten und schon sehr lange kannten. Auch wenn der Tonfall bockig und angriffslustig erschien. Typisch für gute Freunde oder Verwandte. Die Hansen-Brüder, schoss es Dino durch den Kopf. Sie waren also zurück und er war fatalerweise noch hier.

»Verdammt, Justus. Das nervt. Immer soll ich an allem schuld sein.«

»Ja, Mann, weil du es auch immer bist. Oder etwa nicht? Vergiss mal nicht, wer uns diese ganze Scheiße hier eingebrockt hat.«

»Ich hatte doch gar keine Wahl. Verstehst du das nicht?«

»Besser, sie hätten damals dich eingebuchtet. Wärst du statt mir in den Bau gewandert, hätte ich das Geld sicher für uns angelegt und würde am Strand von Mexiko auf dich warten. Aber du musstest ja alles versauen. Und jetzt kann ich dir hier wieder irgendwie raushelfen. Wie immer.«

»Helfen nennst du das? Deine beschissene Bewährungshelferin einzuweihen, nur weil sie mal kräftig mit dem Arsch gewackelt hat, nennst du Hilfe? Mann Justus, ich hab 'ne Frau gekillt.«

»Das hätte ich schon irgendwie geregelt.«

»Dafür gehe ich länger in den Bau als du. Lebenslang. Wie sollte sie mir da helfen? Es wäre besser gewesen, ihr nichts zu erzählen.«

»Hab ich auch nicht. Ich hab ihr nur gesteckt, wo sie den kranken Kerl finden können, der für das alles hier verantwortlich ist. Heute Nacht wären wir zwei einfach abgehauen. Die hätten uns schon nicht gekriegt. Und wenn doch: Du hast die Frau ja nicht freiwillig getötet. Er hat dich gezwungen. Außerdem hab ich Lizzi gebeten, erst morgen den Bullen Bescheid zu sagen. Sie hat es versprochen. Sie hätte uns abhauen lassen und wäre erst morgen zur Polizei.«

»Ja, klar! Und das glaubst du wirklich? Niemals. Die wäre doch direkt zur nächsten Polizeistation gerannt. Wach auf, Alter! Wir hatten noch nie Freunde, keiner hat uns jemals einen Gefallen getan. Also warum jetzt?«

»Wir hätten sie trotzdem nicht entführen müssen. Das ist ihr Todesurteil.«

»Na und? Wen juckt's? Sonst wäre es meins gewesen. Der Kerl hat uns an den Eiern.«

»Dich. Mich nur wegen dir.«

»Kommt doch aufs Gleiche raus. Und du willst die Kohle doch auch wieder, oder? Außerdem, wer weiß. Vielleicht lässt er sie ja leben. Das ist jetzt nicht mehr unser Problem.«

»Doch Jan, das ist es. Scheiße Mann, hat der Kerl dir 'ne Gehirnwäsche verpasst?«

Dino lauschte weiter dem Streit von Jan und Justus. Wenn Justus recht hatte, war Jan manipuliert worden. Aber von wem? Lizzi hatten sie entführt, weil Justus ihr zu viel erzählt hatte. Aber hatte er ihr auch gesagt, wo das Geld war? Die Zwillinge kamen die Leiter herunter. Dino blieb nur wenig Zeit. Er gab Lizzi einen Kuss auf die Stirn, flüsterte ihr ins Ohr, dass alles gut werden würde, und schob den Knebel wieder in ihren Mund. Er sah sich nach einem Versteck um. Gegen die beiden zu kämpfen, würde keinen Sinn machen. Er war kein großer Kämpfer und sie mit Sicherheit bewaffnet. In der Ecke hinter Lizzi entdeckte er einen mit einem Drehknopf verschließbaren, weißen Spind. Das Metallschränkchen reichte ihm beinahe bis zum Kinn, war gut zehn Zentimeter breiter als er, allerdings maximal fünfzig Zentimeter tief. Auch wenn er nicht mehr so trainiert war wie zu seiner Zeit beim Zirkus, bot der Schrank für Dino genug Platz, um sich darin zu verstecken. Er zwängte sich in den leeren Spind und drehte den Knopf von innen zu, sodass er in dem kleinen Schrank eingeschlossen war. Durch schmale Schlitze in der Tür des Spinds konnte er Lizzis Rücken und einen kleinen Teil des Raumes erkennen, den die beiden Männer in diesem Augenblick betraten. Die Brüder waren optisch kaum zu unterscheiden, aber Justus hatte längere Haare als sein Zwilling und er trug einen kurzen, stoppeligen Bart. Er schritt auf Lizzi zu, berührte sie, sah sie besorgt an und streichelte ihren Kopf. *Fass sie nicht an!* Dino musste sich bemühen, ruhig zu bleiben. Er durfte nicht entdeckt werden.

Justus entfernte sich von Lizzi und begann, ein paar Klappstühle in dem Raum aufzustellen, während Jan den bewusstlosen Körper eines Mannes hereinzog. Der Mann war nicht besonders groß, sah aber trotzdem stark und muskulös aus. Sein Haar war dunkelbraun, und er trug ein graues Hemd und eine helle Jeans. Gemeinsam fesselten die Brüder ihn an einen der Stühle und knebelten ihn, genau wie sie es mit Lizzi und dem Mann mit dem Hut getan hatten. Jetzt zogen sie einen weiteren Körper in den Raum. Es war eine Frau mit dunkelblonden, mittellangen Haaren, die einen blau gemusterten Jumpsuit trug. Dino hatte das Wort erst vor Kurzem von Lizzi gelernt. Er hatte keine Ahnung gehabt, wie er seiner Freundin das Teil hatte ausziehen sollen. Lizzi hatte sich schlapp gelacht und ihn den halben Abend lang geärgert. »Wie ein Kleid«, hatte sie dann gesagt und das Teil einfach von den Schultern gestreift und runtergezogen.

Während Dino an diesen unbeschwerten Abend zurückdachte, hatten die Zwillinge auch die Frau an einen Stuhl gefesselt und geknebelt. Der dunkelhaarige Mann saß rechts neben Lizzi, die Frau saß links von ihr. Ihr gegenüber saß immer noch der Mann mit dem Hut. »Wir müssen was machen. Verstehst du? Jetzt«, sagte Justus zu seinem Bruder und stellte weitere Stühle in dem Raum auf. *Wie viele Leute wollten sie denn noch hier runterbringen,* überlegte Dino. »Wir müssen handeln. Okay? Wir warten gleich einen günstigen Moment ab, knocken ihn aus und hauen ab.«

»Und das Geld?«

»Scheiß auf das Geld«, fluchte Justus. In seiner Stimme lagen Wut und Frust. *Klar,* dachte Dino. *Wer lässt schon gern fünf Millionen zurück?* Er selbst war ja auch nur hier hingekommen, um das Geld zu finden. Aber jetzt hatte er eine andere, wichtigere Aufgabe. Er musste Lizzi retten.

Dino konnte in diesem Moment nicht erkennen, welcher der Zwillinge langsam auf den Spind zukam und etwas darauf abstellte. Es klang, als würde ein Glas auf den kleinen Metallschrank gestellt. »Die ist fast leer, wir haben aber noch eine im Auto.« Die beiden Brüder verzogen sich, aber Dino konnte nicht ausmachen, ob sie noch im Haus waren oder nur den Keller verlassen hatten. Es sah aus, als würde es hier unten noch voller werden. Er hätte sofort aus dem Schrank klettern, Lizzi befreien und mit ihr fliehen müssen. Aber irgendetwas hielt ihn zurück. Das hier war nicht das Ende der Geschichte. Außerdem spürte er, dass es etwas gab, das ihn mit diesem Ort verband, und er musste herausbekommen, warum ihn dieses Gefühl nicht mehr losließ.

31. Kapitel: Ben

Ben kam langsam zu sich. Er befand sich in einem Keller, an einen Stuhl gefesselt und hatte ein Tuch um den Mund gebunden. Das Tuch saß locker und er konnte es mit der Zunge und grimassenartigen Mundbewegungen runterziehen. Ihm gegenüber erkannte er drei weitere Personen, die ebenfalls gefesselt und geknebelt waren. Er war noch leicht benommen und sein Blick brauchte etwas Zeit, bis er klar wurde. Sein Herz setzte für einen Schlag aus, als er Emma erkannte. Er dachte an den Schotterparkplatz am See, daran, dass sie Angst vor ihm gehabt hatte. Und dann? Er konnte sich nicht erinnern, wie er in diesen Keller gekommen war, wohl aber, den Lauf einer Waffe im Nacken gespürt zu haben. Zwischen ihm und Emma saß eine Frau, die Ben bekannt vorkam. Ihr gegenüber saß ein Kerl mit Hut. Als Ben genauer hinsah, erkannte er Florian, Emmas neuen Freund. Sein Verstand wurde immer klarer und nun konnte er auch die Frau zuordnen. Lizzi Baumann, Justus Hansens wunderschöne Bewährungshelferin. Auch sie kam langsam zu sich. Emma und Florian regten sich immer noch nicht und hatten die Augen geschlossen. Lizzi orientierte sich und sah Ben in die Augen. Er konnte ihr ansehen, dass auch sie überlegen musste, woher sie ihn kannte, und es ihr dann einfiel. Ben meinte einen kurzen Anflug von Erleichterung in ihrem Gesicht wahrzunehmen – *hier war ein Polizist* –, gefolgt von Enttäuschung – *auch er war gefesselt, geknebelt, machtlos.*

»Wir kommen hier raus«, sagte Ben und Lizzi warf ihm einen ungläubigen Blick zu. Sie hatte längst erkannt, dass sie in einer ausweglosen Situation steckten, Ben wollte das noch nicht wahrhaben. »Emma! Emma!« Er rief immer wieder ihren Namen, bis sie sich endlich regte.

»Ben?«, stöhnte sie leise durch das Tuch um ihren Mund.

»Ja, ich bin hier, Emma, mach die Augen auf. Bitte! Wach auf, los!« Aber sie rührte sich nicht und hielt die Augen geschlossen. In dem Moment erlangte Florian das Bewusstsein – aber nicht wie die anderen langsam und benommen. Er war von einer zur anderen Sekunde völlig wach, als hätte er eine Pille eingeschmissen. Ben konnte förmlich sehen, wie das Adrenalin durch seinen Körper schoss. Florian schrie trotz des Knebels sofort los und fing an, an den Fesseln zu zerren. Er versuchte, aufzustehen, was ihm, trotz der aneinandergefesselten Knöchel, auch beinahe gelang. Doch er geriet ins Taumeln, kurz sah es aus, als würde er sich fangen, dann verlor er seinen Hut und anschießend das Gleichgewicht und krachte mit dem Stuhl auf den Boden. Mitten im Raum auf der Seite liegend, suchte er mit den Augen die Umgebung ab und entdeckte Ben, sah ihn kurz fragend an, bevor er seinen Blick langsam weiterschweifen ließ. Als er Emma entdeckte, schrie er wieder gegen den Knebel in seinem Mund an, riss die Augen weit auf und robbte mit dem Stuhl näher an Emma heran. Gleichzeitig gelang es ihm, den Knebel von seinem Mund zu lösen.

»Was zur Hölle ist hier los?«, schrie er und drehte Ben seinen Kopf zu. »Wo sind wir?«

»In Schwierigkeiten. Jetzt beruhige dich erst mal.«

»Beruhigen, spinnst du? Ich wurde entführt, wie soll ich da bitte ruhig bleiben?«

Aufhören zu schreien, wäre ein Anfang, dachte Ben, behielt das aber für sich. »Versuch bitte, tief ein- und wieder auszuatmen.« Ben überlegte, wie er es schaffen konnte, sich von den Fesseln zu befreien, und ob er Florian trauen konnte. Womöglich steckte Emmas neuer Freund mit dem Täter unter einer Decke? Vielleicht war Florian selbst der Spielfreund und hatte sich sukzessive in ihr Leben eingeschlichen? Auch wenn Ben es dem Musiker nicht zutraute, wollte er erst seine Version der Geschichte hören. »Was ist das Letzte, an das du dich erinnern kannst? Weißt du, wie du hierhergekommen bist?«, fragte Ben.

Florian hyperventilierte eher, als dass er ruhig atmete, aber wenigstens senkte er seine Stimme etwas. »So ein Spinner hat mich entführt und mit 'ner Waffe bedroht!«

»Erzähl bitte von vorne.«

Florian atmete schwer, bei dem Sturz hatte er sich sicherlich einige Prellungen zugezogen. »Okay. Ich bin aus dem Studio gekommen und wollte gerade mein Auto aufschließen, da überfällt mich auf einmal ein Typ von hinten und hält mir eine Knarre an den Kopf. Er wollte wissen, wo ich Emma kennengelernt habe. Ich wollte es ihm nicht sagen, aber er hatte ein ziemlich gutes Argument auf mich gerichtet. Also habe ich es ihm erzählt. Der Kerl hat mir einen Lappen aufs Gesicht gedrückt. Danach kann ich mich an nichts mehr erinnern, bis ich hier in diesem Keller aufgewacht bin.« Er machte eine kurze Pause und holte Luft, mit jedem Atemzug kam die Aufregung zurück. »Gefesselt! Was ist los, Ben? Bin ich da in irgendeine Arbeitsscheiße von dir und Emma reingeraten?«

Ben war sicher, dass Florians Angst echt war und nicht gespielt. Sie saßen also im selben Boot. »Sieht ganz so aus.« Er spürte, wie Florians Panik ihn selbst innerlich immer gelassener werden ließ. Es reichte vollkommen, wenn einer von ihnen beiden durchdrehte.

Ben sah hinüber zu Lizzi, sein Blick streifte ihren Bauch. Die junge Frau verhielt sich vorbildlich. Sie war ruhig, wirkte konzentriert und so, als ob ihr unzählige Gedanken durch den Kopf ratterten. Ihr entschiedener Blick verriet Ben, dass sie überleben wollte. Sie war eine werdende Mutter und er sah ihr an, dass sie alles tun würde, um ihr ungeborenes Kind zu schützen. Sie mussten versuchen, einen klaren Kopf zu kriegen. Nachdenken, einen Plan schmieden, und vor allem ruhig bleiben, um die Energiereserven nicht zu verschwenden. Keiner konnte ahnen, wie lange das hier noch dauern würde. Der Keller hatte kein Fenster. War es draußen schon hell oder noch mitten in der Nacht? Ben hatte kein Gefühl dafür, wie lange er weggetreten war.

»Kannst du versuchen, dich wieder aufzurichten?«, fragte er Florian. Er bemühte sich, bekam den Stuhl aber nicht mehr aufrecht hingestellt. In diesem Augenblick kam Emma zu sich. Es dauerte nur wenige Sekunden, bis sie bei vollem Bewusstsein war. Ben erkannte, dass sie sofort die Lage sondierte. Sie sah ihn intensiv an und er wusste, was sie ihm mit diesem Gesichtsausdruck und den zusammengepressten Augen sagen wollte. Die Situation erschien auf den ersten Blick aussichtslos. Und vielleicht nicht nur auf den ersten Blick.

Ben zerrte an seinen Fesseln, aber seine Hände waren mit Kabelbindern fest an den Stuhl fixiert. Das Plastik schnitt schmerzhaft in seine Handgelenke. Plötzlich hörte er Schritte, Schleifgeräusche, gefolgt von wütenden Schreien und Beleidigungen aller Art. »Du Hurenbock! Wichser! Lass mich los, du Pisser!« Ben starrte entsetzt zu Emma, die beim Klang der Stimme einen verzweifelten, quiekenden Laut ausgestoßen hatte. Auch sie hatte die Stimme also sofort erkannt. Das Mädchen, das sich im Flur vor dem Kellerraum mit aller Kraft wehrte und laut fluchte, war ihre Tochter.

32. Kapitel: Emma

Emma schrak zusammen, als sie Amelies Stimme hörte. Die Tür flog auf und Justus zog Nico an den Armen in den Raum. Ihr Sohn war bewusstlos. Vermutlich hatten sie ihn ebenfalls mit Chloroform betäubt. Justus hievte den regungslosen Körper auf einen der Stühle und fesselte ihn. Dann rannte er zurück in den Gang und half seinem Bruder, Amelie in den Raum zu zerren, die sich mit Händen und Füßen gegen die Zwillinge zu Wehr setzte. Jans Gesicht war zerkratzt, seine Hand blutete und an seiner Schläfe zeichnete sich eine geschwollene Rötung ab, die sich bald schon zu einem Hämatom auswachsen würde. Amelie hatte sich mit aller Kraft verteidigt und sie kämpfte immer noch. *Braves Mädchen,* dachte Emma. Aber gegen zwei erwachsene Männer hatte sie trotz ihres Kampfsporttrainings keine Chance. Jan und Justus hatten Amelie dennoch entführen können, hatten es anscheinend aber nicht geschafft, sie zu betäuben. Amelie schrie um Hilfe. Jan verpasste ihr mit der flachen Hand eine heftige Ohrfeige. Für einen kurzen Augenblick war Amelie wie erstarrt, dann spuckte sie ihm trotzig ins Gesicht. Er schlug sie erneut ins Gesicht, diesmal mit der Faust.

»Fass meine Tochter nicht an!« Ben schrie aus voller Kehle, sodass Emma das Gefühl hatte, als ob der Stuhl unter ihr vibrierte und der ganze Raum bebte.

Warum war sie selbst so machtlos? In Emma krochen Wut, Angst und Schuld empor. Gab es nicht Mütter, die adrenalingetrieben ganze Autos hochstemmten, um ihre

Kinder zu retten? Wieso schaffte sie es dann nicht einmal, sich von den Fesseln loszureißen, um Amelie zu helfen?

»Halts Maul, Alter!«, schrie Jan und verpasste auch Ben einen Faustschlag ins Gesicht. Bens Lippe platzte auf und Blut rann ihm das Kinn herab. »Die Kleine hier ist ein mieses, gemeines Drecksstück. Siehst du das?« Er zeigte ihm seine blutige Hand. »Ihr alle hier habt euch so problemlos mit dem Chloroform betäuben lassen, aber die kleine Schlampe hat die Luft angehalten, sich ohnmächtig gestellt und als ich den Lappen wieder wegnehmen wollte, hat sie mir meine halbe Hand abgebissen. Und dann hat sie auf mich eingeprügelt und mein Gesicht zerkratzt! Krankes Gör!« Er wollte Amelie ins Gesicht rotzen, aber sie drehte angeekelt ihren Kopf weg, weshalb er nur ihre langen, offenen Haare traf.

Justus belächelte die Situation. Im Gegensatz zu seinem Bruder schien er weniger erbost, sondern eher amüsiert zu sein. »Hat zugeschnappt wie ein Hai, die Kleine. Immer wieder. Das Mädel kriegst du nicht so schnell klein. Gute Erziehung, würde ich sagen.« Er sah zu Ben und Emma. »Euer Junge hingegen hat kaum was gemerkt. Der war so auf seine Playstation konzentriert, dass er überhaupt nicht mitbekommen hat, als ich plötzlich hinter ihm stand. Drei Atemzüge und schon war er ohnmächtig.«

Was war mit Miri, schoss es Emma durch den Kopf. Sie hatte doch auf die Kinder aufgepasst. Lebte sie noch? Wo war sie?

»Holen wir noch die Alte aus dem Auto«, sagte Justus in diesem Moment. Da hatte sie ihre Antwort. Auch Miri hatte den Hansen-Zwillingen nicht entkommen können. Jan nickte. Er verband Amelies Mund und Emma war sicher, dass er den Knebel fester zuzog, als nötig war. Dann verschwanden die Zwillinge ohne dem am Boden liegenden Florian auch nur eine Sekunde Beachtung zu schenken. Wenig später kamen sie zurück. Justus hielt einen Verbandskasten in der Hand, Jan trug eine schlanke Frau in einem schicken Kostüm über den Schultern. Emma erkannte ihre Schwägerin sofort, die Jan nun auf einen der Stühle absetzte, ihre Handgelenke mit Kabelbindern am Stuhl festband und ihr ein altes, rot kariertes Geschirrhandtuch um den Mund band.

Wieso meine Familie, fragte sich Emma. Ihr Noch-Ehemann war hier, ihre Kinder, ihre Schwägerin und ihr neuer Lebensgefährte. Emmas ganzes Leben befand sich in diesem Raum und war gefesselt, geknebelt, betäubt.

»Fehlt nur noch einer«, stellte Justus fest. »Er meinte doch, es sollten insgesamt acht sein, oder?«

»Ja. Aber den achten bringt er direkt von der Arbeit mit, hat er gesagt.«

Von wem sprachen die beiden? Emma vermutete schon eine ganze Weile, dass es einen Drahtzieher geben musste. Sie hatte während den Ermittlungen stets den Eindruck gehabt, dass die Taten zu raffiniert für die Zwillinge waren. Justus war vielleicht schlau, aber kein Genie. Außerdem war er zwar gierig, aber kein gewiefter Verbrecher. Und Jan wirkte eher wie ein unbeholfenes Kind, das dringend jemanden brauchte, der ihm zeigte, wo es langging. Er war jemand, der alleine nicht im Stande war, Entscheidungen zu treffen. Hinter all dem steckte jemand, der einen Plan bis ins kleinste Detail geschmiedet hatte und der die Geduld besaß, zu warten, um diesen in Perfektion umzusetzen. Ein Puppenspieler, der die beiden Zwillinge für seine eigenen Zwecke missbrauchte. Würde der wahre Spielfreund ihnen gleich sein Gesicht zeigen?

»Hat er gesagt, wann er hier ist?«

»Nein.« Jan zählte noch einmal durch. »Also wir haben die beiden Bullen, die Kinder, den neuen Freund, die Schwester, und eine Fremde. So wie er es haben wollte. Gut, fremd ist relativ, es ist jetzt eben zufällig deine Bewährungshelferin geworden. Wird schon passen. Er hat jedenfalls alles, was er für sein Spiel braucht.«

»Dass du Lizzi hier mit reingezogen hast, find ich echt kacke.« Justus sah seinen Bruder enttäuscht an. »Ich erkenn dich ohnehin kaum wieder. Fünf Jahre sind 'ne lange Zeit, ich weiß. Da verändert man sich. Aber du bist kaum noch du selbst. Ich hab das Gefühl, als würdest du das hier gerne tun.«

»Nein, bestimmt nicht. Du hast doch keine Ahnung, wie es für mich in den letzten Jahren gelaufen ist, kapiert?«

»Und wenn schon. Ich saß im Knast, Alter! Glaubst du, mir ging es da drin gut? Du hättest einfach abhauen können, statt für den Deckskerl zu arbeiten!«

Jan wirkte nervös. Er bemühte sich, seinem Bruder die Ausweglosigkeit zu verdeutlichen, geriet aber ins Stottern. »Und dann? Das ganze Leben lang auf der Flucht? Irgendwo weit weg? Ohne dich? Wie hätte ich das schaffen sollen? Ich musste auf dich warten. Wir haben doch immer alles zu zweit gemacht.«

Justus schüttelte genervt den Kopf. »Du kannst auch gar nichts alleine, oder?«

Emma lag also richtig mit ihrer Vermutung. Jan war nicht in der Lage, sein Leben selbst zu gestalten. Er war gewohnt, einem Anführer zu folgen. Erst seinem Vater, dann seinem Bruder und jetzt diesem Spielfreund.

Jan sah beschämt zu Boden. »Tut mir leid.«

Justus legte ihm liebevoll seine Hand an die unversehrte Wange. »Du warst schon immer … anhänglich. Darum lieb ich dich ja auch so sehr, du kleiner Scheißer. Aber diesmal hast du uns so was von in die Scheiße geritten.«

Jan sah seinen großen Bruder unsicher an. »Sorry.«

»Komm, ich verbinde dir jetzt erst mal deine Hand.« Justus wühlte in dem Verbandskasten herum und verarztete seinen Bruder. Die beiden sprachen kein Wort. Doch Emma konnte ihre enge Verbundenheit spüren. Sie malte sich aus, wie die zwei als Kinder gewesen waren, bevor ihr inzwischen verstorbener Vater sie auf die falsche Bahn geführt hatte. War es bislang nur eine Vermutung, war Emma nun vollkommen davon überzeugt, dass es hier gar nicht um die beiden Zwillinge ging. Auch sie wurden erpresst und manipuliert. Auch sie waren nur Figuren in einem blutigen Spiel, das sie nicht beherrschten. Als Jans Hand notdürftig verbunden war, zerrten sie Florian vom Boden auf und stellten ihn samt Stuhl wieder in den makabren Kreis der Entführten. Sie zurrten seinen und Bens Knebel fest und Jan kickte Florians Hut, der auf dem staubigen Boden lag, mit dem Fuß in eine Ecke.

»Jan? Justus? Helft ihr mir mal? Kommt mal hoch!« Es war eine rauchige Männerstimme, die von oben hinunterrief. Auf unerklärliche Weise kam Emma der Klang der Stimme seltsam vertraut vor. Sie suchte Bens Blick und sah in seinem Gesicht, dass ihm gerade klar geworden war, wer mit ihnen spielte. Er hatte die Stimme erkannt.

Einen Augenblick später betraten Jan und Justus erneut den Raum und zerrten wieder einen leblosen Körper hinter sich her. Es war Carlos aus der IT, wie Emma erschrocken feststellte. Und langsam ahnte auch sie, wer hier wirklich die Fäden zog. Wer der perfide Spielfreund war. Justus fixierte Carlos, der langsam zu sich kam, an den letzten Klappstuhl im Stuhlkreis. Dann stellten sich die beiden Zwillingsbrüder nebeneinander vor die Kellertür.

Mit einem breiten, zufriedenen Grinsen trat der selbst ernannte Spielleiter zwischen ihnen hindurch in den Raum. Der Mann war Emma sehr vertraut. Schon seit Jahren. Niemals hätte sie ihm derartige Gräueltaten zugetraut. Aber jetzt, wo sie wusste, wer der Spielfreund war, wusste sie auch, wie er an all die internen Informationen gekommen war, an ihre private Handynummer. Woher er wusste, wo sie wohnte. Und warum er ihnen immer einen Schritt voraus war. Warum es unmöglich war, seine Spuren im Internet nachzuvollziehen, denn er war ein unschlagbares Genie. Ruben, der beste Computerexperte, den die Kriminaltechnik vorzuweisen hatte. Ausgerechnet Ruben, der bei allen wegen seiner freundlichen Art und Hilfsbereitschaft so beliebt war. Emma erinnerte sich, dass sie ihn erst vor einigen Monaten darum gebeten hatte, das Display ihres Smartphones auszutauschen, nachdem es ihr die Treppe runtergefallen war. So musste er an ihre privaten Daten und Kontakte gekommen sein.

Ruben kam auf sie zu und zog ihren Knebel runter. »Hallo Emma.« Er drehte sich im Kreis und sah sich alle Anwesenden an. »Da staunt ihr, was? Ich bin euch wohl noch eine Erklärung schuldig, bevor wir anfangen.« Er grinste Emma und Ben an.

»Wirklich schön, euch hier zu sehen. Und wie groß Nico und Amelie geworden sind. Und was für eine schöne Kindheit sie hatten!«

»Was weißt du schon!«, zischte Emma ihn an.

»Alles, Emma! Wirklich alles! Äußerst unvorsichtig von dir, mir dein Handy zu geben, damit ich es repariere, wo du doch dein ganzes Familienleben darauf mit unzähligen Fotos abgespeichert hast! Wie oft habe ich euch gesagt, dass ihr vorsichtiger mit euren Daten umgehen sollt. Tststs. Wer nicht hören will, muss fühlen …

Aber mal was anderes. Wie kommen die zwei eigentlich mit eurer Trennung klar?« Er deutete auf Amelie und Nico.

Ruben sah Emma an, als erwartete er ernsthaft, dass sie auf die Frage antwortete. Doch das tat sie nicht. Zum einen ging ihn das absolut nichts an, und zum anderen hatte sie selbst einige Fragen. »Was soll das hier werden? Warum machst du das?«

Ruben reagierte nicht auf sie und führte seinen Monolog weiter fort. Er wühlte dabei in der Tasche, die er mitgebracht hatte. »Das ist so schade, alle hielten euch immer für das Traumpaar schlechthin. Hält wohl doch nichts ewig, wie man sieht.« Er beförderte eine Rolle schwarzes Panzertape zutage und riss einen Streifen ab. Anschließend ging er auf Lizzi Baumann zu, nahm ihr den Knebel ab und verschloss ihren Mund gleich darauf mit dem Stück Panzertape. »Das hält besser, aber auch nicht ewig«, kommentierte er scherzhaft und setzte sein Werk nach und nach fort. Nur Emma verschonte er. Sie überlegte, warum er das tat.

»Lass die Leute gehen. Wenn du etwas mit mir oder Ben ausmachen musst, in Ordnung. Aber lass unsere Kinder und die anderen da raus.«

»Wirklich Emma? Glaubst du, du kommst hier mit deinem Mutter-Teresa-Gelaber irgendwie weiter? Ich hab keine Rechnung mit euch offen. Darum geht es nicht. Aber das wirst du gleich noch verstehen.«

»Was willst du?«

»Was alle wollen. Spaß. Es ist nichts weiter als ein Spiel, Emma. Ein Spiel, das ich erfunden habe. Und zwar aus lauter Langeweile.«

»Das ist doch krank.«

»Ja, ja. Ich weiß. So habt ihr mich schon die ganze Zeit genannt. Wie habt ihr mich in den Dienstbesprechungen noch genannt? Ach ja. Einen geisteskranken Psychopathen. Nun, nicht alle Mörder sind Psychopathen und nicht alle Psychopathen werden zu Mördern. Außerdem weiß ich gar nicht, ob das wirklich auf mich zutrifft. Habe ich ein Verlangen nach Macht, Geld und Anerkennung? Ja, sicherlich. Das hat doch jeder insgeheim, oder? Trotzdem, ehrlich gesagt, mit einem Haufen Geld kann ich nicht besonders viel anfangen, wie ich gelernt habe. Von den fünf Millionen, die die zwei da ergaunert haben«, er machte mit dem Kopf eine Bewegung in Richtung der Zwillinge, »hab ich zwar fast eine Million verpulvert, nur: Glücklich hat mich das nicht gemacht. Aber was mich wirklich glücklich macht, ist Beeinflussung. Das gefällt mir. Ich hab klein angefangen. Ich hab Menschen dazu gebracht, mir peinliche Geschichten von sich zu erzählen, mir intime Bilder zu schicken und so was. Die wunderbare Welt des anonymen Internets! Aber das wurde schnell langweilig. Ich wollte, dass sie Dinge für mich tun. Und zwar, weil ich es ihnen sage. Ich wollte sie lenken, steuern, so wie ein Dirigent sein Orchester. Und dann fand ich Laura Schneider. Das arme Mädchen hätte sich wahrscheinlich ohnehin früher oder später selbst umgebracht. Ich hab nur etwas nachgeholfen. Aber sie ist so gestorben, wie ich es wollte. Hat sich langsam vergiftet und mich daran teilhaben lassen. Es war mein Werk. Ein Meisterwerk, wenn ihr mich fragt. Und zum Finale hat sie eine Überdosis Rizin gekillt. Genau wie ich es gewollt habe.«

Das war es also. Der Spielfreund sah sich als Dirigent über das Leben anderer Menschen. Als Entscheider über das Leben und den Tod.

»Was hast du davon? Warum machst du das?« fragte Emma, obwohl sie die Antwort längst kannte. Das hier hatte nichts mehr mit Logik zu tun. Trotzdem hat jeder

Mensch das Bedürfnis, die Dinge um sich herum begreifen zu wollen. Erzählt uns ein Straftäter seine tragische Lebensgeschichte, dann glauben wir, ihn besser verstehen zu können. Ein Mann, der früher vom Vater misshandelt wurde, schlägt jetzt seine Frau. Es war wie eine Erklärung, obwohl es eigentlich keine sein durfte. Der Vergangenheit die Schuld zu geben, war einfach nur eine billige Ausrede, ein einfacher Ausweg aus dem Hier und Jetzt, dem man sich sonst stellen musste. Doch Ruben brauchte keine traurige Geschichte. Sein verdrehtes Hirn empfand durch die Kontrolle, die er über seine Opfer hatte, eine gewisse Befriedigung. Er geriet dadurch in absolute Ekstase. Macht war seine Droge.

Ruben fasste sich an die Stirn und verzog sein Gesicht, als würde er plötzlich von stechenden Kopfschmerzen geplagt. »Ich wünschte, du könntest mal für einen Tag in meinem Körper leben, mit meinen erdrückenden Gedanken und dem immer vollen Schädel. Da ist es anders als in deinem, oder in Bens, oder in jedem der Köpfe von euch hier. Mein Gehirn funktionierte schon immer anders, schon als ich klein war. Die Welt langweilt mich, Emma. Dich nicht auch manchmal? Findest du hier wirklich noch irgendetwas spannend? Ich nicht. Man selbst hat doch so gut wie keinen Einfluss, nicht mal auf sein eigenes Leben.«

»Das stimmt nicht«, protestierte Emma. »Ja, es gibt Dinge, mit denen man einfach leben muss, die passieren und die man nicht in der Hand hat. Krankheit und Tod zum Beispiel. Aber davon abgesehen, hat jeder von uns die absolute Kontrolle über sein eigenes Leben und Handeln. Jeder entscheidet selbst, was er tut, und ist damit verantwortlich für die Konsequenzen.«

Ruben machte eine abfällige Geste. »Rede dir das ruhig ein. Entscheidungen, richtig, darum geht es. Die bestimmen unser Leben. Aber es gibt genug Menschen da draußen, die dankbar sind, wenn jemand ihnen einen Weg aufzeigt. Weshalb sonst lassen sich so viele Menschen von Populisten, Despoten oder irgendwelchen Sekten-Gurus einlullen?«

Emma erinnerte sich, dass sie bei der Geiselnahme mit dem Spielfreund – mit Ruben, wie ihr nun bewusst war – telefoniert hatte. Er hatte Charlie Chaplin zitiert und nun wusste sie auch, was er damit hatte sagen wollen. *»An den Scheidewegen des Lebens stehen keine Wegweiser.«* Es gab Menschen, die sich vor wichtigen Entscheidungen drückten, denen es schwerfiel, sie alleine zu treffen. Ruben verkürzte das Ganze, indem er sie dazu zwang, eine Entscheidung zu treffen. Doch er wollte ihnen keinen Gefallen tun. Er wollte etwas demonstrieren. Macht. Er nutzte ihre Unsicherheit aus, um sie in ihr Unglück und bis in den Tod zu lenken.

Ruben sprach weiter. »Egal ob Franka, die von ihrem langweiligen Bürojob genervt war und einfach nur mal Druck ablassen wollte, oder dieser durchgeknallte Student, der ernsthaft überlegt hat, sich selbst zu operieren! Und nicht zu vergessen Leila Winter, die sich gegen ihre Mutter auflehnen wollte. Sie alle haben nach einem Ausweg aus der unerträglichen Einöde ihres Daseins verlangt. Nach etwas Neuem, einem Abenteuer. Aber waren sie in der Lage, selbst etwas zu verändern? Nein! Also habe ich ihre Welt etwas aufregender gestaltet. Mit einem Spiel. Und heute, liebe Emma, heute spielen wir das große Finale. Zehn Kandidaten. Das ist doch eine perfekte Zahl, oder?« Er grinste hämisch.

Emma verstand zuerst nicht. Mit ihr saßen weitere sieben Personen gefesselt in dem Raum. Also waren sie zu acht. Wer waren die anderen beiden? In dem Moment zog Ruben eine Waffe aus der Innentasche seiner abgewetzten Lederjacke, drehte sich um und zielte damit auf die beiden Zwillinge. »Ich wollte gerade erklären, welche Rolle ihr bei dem Spiel einnehmt. Ihr seid quasi meine Joker.«

Jan und Justus hatten schnell reagiert und zielten nun ebenfalls mit ihren Waffen auf Ruben. »Du Penner!«, zischte Justus durch die Zähne. Jan sah immer wieder nervös zwischen seinem Bruder und Ruben hin und her. Es klickte zweimal, aber kein Schuss erschütterte den Raum.

Ruben lachte hüstelnd auf. »Habt ihr echt gedacht, die wären geladen?« Wütend warf Justus seine Waffe nach Ruben, der entspannt zur Seite wich. Jan hielt seine Pistole weiter auf Ruben gerichtet, ungeachtet dessen, dass das nichts brachte. »Wenn ihr euch jetzt bitte auch hinsetzen würdet.« Ruben deutete mit der Waffe auf zwei Klappstühle, die noch angelehnt an der Wand standen. Justus und Jan warfen sich einen kurzen Blick zu. Es war eine schnelle Absprache, die sie trafen und in einer Art, wie es nur Geschwister konnten. Gleichzeitig gingen sie auf Ruben los. Zwei Schüsse fielen. Die Zwillinge schrien vor Schmerzen auf. Ohne zu zögern hatte Ruben ihnen in den Bauch geschossen, bevor sie die Chance hatten, auf ihn einzuprügeln. Die Zwillinge sackten auf den Boden, rangen nach Luft und pressten sich die Hände auf die Wunden, aus denen immer schneller mehr und mehr Blut austrat. Eine Schusswunde im Bauch war übel. Wenn die Zwillinge nicht sofort medizinisch versorgt würden, würden sie kläglich ausbluten. Der Tod wäre langsam und mit höllischen Schmerzen verbunden.

Ruben schüttelte enttäuscht den Kopf und setzte eine vorwurfsvolle Miene auf. »Jetzt habt ihr es versaut. Aber was hab ich bei euch beiden auch schon groß erwartet?

Ich hoffe, ihr haltet wenigstens noch ein bisschen durch. Sonst bekommt ihr ja gar nichts vom Spiel mit. Das wäre doch schade. Schließlich habt ihr mir so gut bei den Vorbereitungen geholfen.«

»Was haben die beiden mit der Sache zu tun?«, wollte Emma wissen.

»Oh, das ist eine schöne Geschichte. Am Tag, an dem die beiden Schlauberger hier den Geldtransporter ausgeraubt haben, war ich zufällig ganz in der Nähe. Und der liebe Jan ist mir mit der Beute direkt vors Auto gerannt. Ich hab ihn angefahren. Er konnte kaum aufstehen, hat aber mit einer Waffe rumgefuchtelt und mich bedroht. Er wirkte absolut verzweifelt und hat es gerade noch geschafft, in meinen Wagen zu steigen. Ich hab ihm meine Hilfe angeboten, ihm vorgeschlagen, ihn in meiner Waldhütte zu verstecken. Natürlich nur gegen eine Gegenleistung. Der Trottel hat mir gleich das ganze Geld gezeigt und mir alles von dem Überfall erzählt. Ist eben nicht gerade ein Intelligenzbolzen der Junge. Kurz nachdem wir hier in der Hütte angekommen sind, ist er auch schon eingeschlafen. Also hab ich mir seine Waffe geschnappt und sein Geld versteckt. Von da an hatte ich ihn in der Hand. Ich hab ihm versprochen, dass er sein Geld zurückbekommen würde, wenn er zuvor ein paar Aufgaben für mich erledigt. Und ich war immer fair. Er durfte würfeln, wie viele Jahre er mir zur Verfügung stehen muss. Der Glückspilz hat eine Sechs gewürfelt. Ich denke, er hat bis heute geglaubt, ich würde ihm das Geld noch geben. Und dann wurde Justus aus dem Gefängnis entlassen und wollte seinen Bruder retten. Das war zu niedlich. Von da an, hatte ich gleich zwei Helfer für mein Spiel!«

»Du Arschloch!«, krächzte Justus, der geistig noch anwesender war als sein Bruder. Jan hatte es schlimmer erwischt. Er hatte viel mehr Blut verloren, driftete merklich immer weiter weg und war nah der Bewusstlosigkeit.

Ruben warf den Zwillingen einen hämischen Blick zu und fuhr fort. »Justus hatte keine Wahl. Er musste mitspielen, wenn er seinen Bruder retten wollte. Schließlich hatte ich Jan dazu gebracht, einen Menschen zu töten. Das war zwar viel Arbeit, bis ich ihn so weit hatte. Aber am Ende hat er auf mich gehört wie ein gut dressierter Affe.«

»Ich hätte dir nie geholfen, wenn Jan nicht wäre«, stöhnte Justus leise.

»Auch nicht für ein paar Millionen Euro?«

Justus schüttelte angestrengt den Kopf. Ruben steckte die Waffe wieder ein und ließ seinen Blick durch die Runde streifen. »Bist du bereit, Emma? Wollen wir anfangen?«

»Habe ich denn eine Wahl?«

»Nun, laut deiner Theorie hat man immer eine Wahl. Hast du nicht eben noch gesagt, man entscheidet selbst, was man tut? Tja, diese Chance werde ich dir jetzt geben. Euch allen! Allerdings gibt es ein paar Regeln. So wie im wahren Leben auch. Womit wir endlich zum Spiel kommen. Du hast dich doch bestimmt schon gefragt, wie das Spiel heißt, oder Emma? Wir spielen Flaschendrehen!«

Mit diesen Worten ging er in die Ecke des Raumes, wo in einer Kiste Altglas gelagert war. Er nahm eine leere Glasflasche heraus und stellte sich in die Mitte des Stuhlkreises. »Flaschendrehen! Die Regel dürfte hier ja hoffentlich jedem bekannt sein, oder? Aber natürlich habe ich sie ein klein wenig modifiziert. Wo bliebe denn sonst der ganze Spaß? Also, ich drehe die Flasche und derjenige, auf den sie zeigt, der ist dran.«

Emma schwante Böses. »Dran womit?«

»Zu entscheiden! Den Teil des Spiels kennst du doch schon, Emma! Also, mal angenommen, die Flasche zeigt auf dich. Dann wähle ich zwei Personen aus dieser exklusiven Runde aus. Und du musst nichts weiter tun, als zu entscheiden, wer überleben und wer sterben soll. Wenn du dich nicht entscheidest, sterben beide. Kommt dir bekannt vor, oder? Bei der Geiselnahme hat das ja nicht so gut geklappt. Ich hoffe, du schlägst dich diesmal besser. Also, fangen wir an?«

Ruben legte die leere Weinflasche auf den Boden und gab dem Flaschenhals mit dem Zeigefinger einen festen Stoß. Unheilbringend begann die Flasche sich um die eigene Achse zu drehen.

33. Kapitel: Dino

Dino hörte, wie die Flasche sich drehte. Das Geräusch des kreisenden Glases auf dem Betonboden löste in seinem Magen eine Übelkeit aus, die er sonst nur nach einer Sauftour verspürte. Er hatte den richtigen Moment, um wieder aus seinem Versteck zu kommen, eindeutig verstreichen lassen. Er saß noch immer zusammengefaltet in dem Spind und überlegte, warum ihm die Stimme des Mannes, der hier die Regeln vorgab, so unheimlich bekannt vorkam. Er kannte diesen perfiden Mistkerl. Aber sein Gehirn wollte die Erinnerung nicht zulassen. Sie war wie weggesperrt. Als läge sie in einer abgeschlossenen Schublade.

Die Flasche drehte sich immer langsamer und kam schließlich zum Stehen. Dino konnte nicht erkennen, auf wen der Flaschenhals zeigte, aber er sah, wie Lizzi schlagartig zusammenzuckte.

»Ach, unsere Fremde.« Das Wort Fremde betonte der Mann wie in Anführungszeichen, sodass Dino sich die Geste genau vorstellen konnte, die er dabei mit den Fingern in der Luft machte. »Obwohl du ja gar keine richtige Fremde bist. Leider. Noch was, was die Jungs vergeigt haben. Aber das ist jetzt auch egal. Ich weiß nicht, ob ihr euch einander bereits vorgestellt habt? Ach, wie dumm von mir. Ihr seid zurzeit ja etwas verhindert, was das Reden betrifft. Dann will ich das mal für euch übernehmen. Wenn ich bekannt machen darf: Lizzi Baumann. Justus Bewährungshelferin. Und wenn ich es mir recht überlege, passt du eigentlich ganz wundervoll ins Spiel.«

Dino stockte der Atem. Geleichzeitig war er beruhigt, weil Lizzi an der Reihe war. Das bedeutete, sie musste entscheiden, wer getötet wurde. Sie selbst würde mit dem Leben davonkommen! Soweit hatte er das düstere Spiel, das hier gespielt werden sollte, verstanden.

Lizzi war also an der Reihe. Bestimmt ging sie gerade durch die Hölle. Aber das war Dino allemal lieber, als wenn sie eins der zur Wahl stehenden Opfer gewesen wäre. Das wäre der Moment gewesen, in dem er aus dem Schrank hätte springen und sie retten müssen. Aber wäre er wirklich bereit, sein Leben für das eines anderen Menschen zu opfern? Für Lizzi und sein noch ungeborenes Kind ganz sicher. Aber auch für einen Fremden? Würde er für einen Menschen, den er nicht mal kannte, sterben? Oder würde er lieber mit der quälenden Schuld leben, das Leben eines anderen auf dem Gewissen zu haben? Aber das stand hier gar nicht zur Debatte. Die Kandidaten dieses tödlichen Spiels hatten nicht die Wahl, zwischen ihrem und dem Leben einer anderen Person zu entscheiden. Sie mussten zwischen zwei Menschen wählen, zwischen zwei Leben. Wer sollte leben und wer nicht? Natürlich hätte Dino immer Lizzi überleben lassen. Aber unter den Kandidaten in diesem tödlichen Stuhlkreis war Lizzi die Fremde. Die, die keiner kannte. Oder kaum kannte. Kinder saßen hier gemeinsam mit ihren Eltern vor der Entscheidung, wer aus der Familie sterben würde. Das war mehr als grausam, dafür gab es keine Worte.

Der Mann riss Lizzi das Klebeband vom Mund. Sofort schrie sie ihn an. »Monster! Wer bist du eigentlich? Ich mach deinen perversen Scheiß nicht mit! Leck mich!«

»Oh, so bissig die junge Dame. Nun, nicht weiter schlimm. Du spielst trotzdem mit. Also, Lizzi. Du hast die Wahl. Wen möchtest du von seinen Qualen erlösen?«

Er zielte auf die beiden am Boden liegenden, verblutenden Zwillingsbrüder. »Jan oder Justus? Wen rettest du, wen schickst du von uns? Den, der seine Strafe brav abgesessen hat? Oder den, der noch mehr Straftaten begangen hat? Komm schon, Herzchen. Das dürfte für dich als Bewährungshelferin doch nicht so schwer sein.«

Lizzi sagte nichts und die blonde Frau mischte sich ein. »Sie soll zwischen zwei Halbtoten wählen?«

»Du kommst auch noch dran, keine Sorge, Emma.«

Dino hatte diesen Namen vor Kurzem schon mal gehört. Lizzi hatte ihm von zwei Polizisten erzählt, die sie zu Justus befragt hatten. Emma und Ben Mendel. Kurz keimte in ihm ein Hoffnungsschimmer auf. Hatten die Kommissare es vielleicht geschafft, Verstärkung zu rufen? Waren ihre Kollegen bereits im Anmarsch, um sie zu retten?

»Sie sollen selbst entscheiden«, sagte Lizzi und überraschte damit vermutlich jeden im Raum. »Lass sie selbst wählen. Sie sind Brüder.«

»Da gibt es nur zwei Probleme. Erstens ist einer von ihnen nicht mehr wirklich ansprechbar. UND ZWEITENS VERSTÖSST DAS GEGEN DIE REGELN!« Lizzi zuckte erneut zusammen. Der Wutausbruch hatte sie vollkommen überrascht. Bisher hatte der Spielleiter auch immer sehr ruhig gesprochen. Dino sah, dass der Zwilling, der noch bei Bewusstsein war, dem Mann seinen Mittelfinger entgegenstreckte.

»Du hast noch zehn Sekunden. Zehn. Neun. Acht. Sieben«, sagte der Mann nun wieder sanft.

»Ich mach das nicht mit.« Lizzi klang so verzweifelt, wie Dino es noch nie zuvor gehört hatte. Und trotzdem lag immer noch ungestümes Temperament in ihrer Stimme.

»Sechs. Fünf. Vier.«

»Und wenn ich nichts sage?«

»Sterben beide. Drei. Zwei. Oh warte. Eine Sache habe ich noch nicht erklärt. Tut mir leid. Mein Fehler. Es gibt Punkte. Wenn du dich entscheidest, bekommst du einen Punkt, wenn nicht, bekomme ich den Punkt. Und damit du auch voll im Bilde bist: Du spielst wie alle hier – außer mir versteht sich – im Team Emma. Und zwischen Emma und mir steht es aktuell drei zu eins für mich. Alles verstanden Lizzi?«

»Und was bringen die Punkte?«, fragte Lizzi und Dino erkannte einen Anflug von Hoffnung in ihrer Stimme. Brachten diese Punkte eventuell einen Ausweg?

»Wie in jedem Spiel. Wer am meisten Punkte hat, gewinnt. Um zu gewinnen, braucht ihr mindestens einen Punkt mehr als ich. Verstanden?«

»Nein. Das ist ein vollkommen krankes Spiel. Das will ich gar nicht verstehen.«

»Du bist trotzdem dran, Lizzi. Und ich brauche jetzt eine Entscheidung. Wo waren wir? Ach ja, richtig. Eins! Wie sieht's aus, Herzchen?«

»Ich kann das nicht.«

»Null. Bekomme ich einen Namen?«

Stille. Dino kam sein eigener Atem plötzlich unglaublich laut vor. Sein Herzschlag hörte sich an wie ein Presslufthammer. »Schade. Kein Punkt für Team Emma in dieser Runde.« Lizzi schluchzte leise und Dinos ganzer Körper verkrampfte sich. Er spürte, wie eine Träne aus seinem Auge über die Wange floss und an seinem Kinn hängen blieb. »Vergiss nicht. Das war deine Entscheidung«, hörte er den Spielleiter sagen. Es klang wie von ganz weit weg.

Ein leiser Klick, gefolgt von einem lauten Knall. »Neeeeiiiiin!«, schrie Lizzi aus voller Brust. Ein zweiter Schuss übertönte ihren Schrei. Der Spielleiter benutze keinen Schalldämpfer, wie Verbrecher und Agenten es oft in Filmen taten. Aber hier draußen, in dieser völligen Einöde, hörte einen sowieso kein Mensch. Egal, wie laut sie um Hilfe schrien, niemand würde zu ihrer Rettung herbeieilen. Dino erkannte, dass er der Einzige war, der das Blatt noch wenden konnte. Aber wie? Er hatte keine Waffe. Wie sollte er diesen Kerl aufhalten? Die kranke Sau hatte beide Zwillinge abgeknallt. Jan und Justus waren tot. Lizzis Weinen wurde lauter, sie schluchzte und schrie. Der Mann klebte ihr wieder den Mund zu. *Was für ein Mistkerl.* Diese boshafte Stimme, die Hütte mit den ausgestopften Tieren, der Wald. Dino war sich nun ganz sicher, diesen Ort und diesen Mann zu kennen.

34. Kapitel: Ben

Ruben steckte die Waffe wieder ein und klatschte in die Hände. »So, nächste Runde. Macht doch Spaß, oder? Damit steht es vier zu eins für mich. Ihr müsst also jetzt echt mal aufholen, Leute.«

Deshalb also die E-Mails mit dem Punktestand. Claudia Winter – erschossen: eins zu null. Franka von Linden – vergiftet: zwei zu null. Leila Winter – gerettet: zwei zu eins. Leonard König – explodiert: drei zu eins. Die Zwillinge – ausgenutzt und abgeknallt: vier zu eins.

Das war nicht mehr der Ruben, den Ben seit Jahren kannte. Was er hier in diesem Kellerloch erlebte, war eine Bestie in Aktion. Ein Monster, das angeturnt davon war, zu töten. Jan und Justus zu erschießen, bereitete ihm sichtlich Freude. Er hatte Spaß an dem blutigen Spiel, das er hier veranstaltete. Ruben ließ sie alle durch die Hölle gehen und ergötzte sich daran. Ben hatte das Gefühl, sich in seinem schlimmsten Albtraum zu befinden. Aber dieser Traum war grausame Wirklichkeit. Die Frau, die er liebte, seine Kinder, seine Schwester – sie waren machtlos einem geisteskranken Killer ausgeliefert, und er konnte nichts dagegen tun. Doch er war der Mann, der Vater, der Bruder. Er musste auch der Retter in der Not sein. Aber so sehr er auch an den Kabelbindern zerrte, sie schnitten nur immer tiefer in seine Haut.

Ruben drehte die Flasche erneut, sie kam schon nach wenigen Umdrehungen zum Stehen. Genau zwischen Nico und Amelie. Das Bein seiner Tochter fing sofort unkontrolliert an zu zittern. Nico zuckte zusammen und hob die Beine in die Luft, als würde es etwas ändern, wenn seine Füße nicht den Boden berührten, auf dem die Flasche lag, die dieses unheilvolle Spiel bestimmte. Ruben ging zu seiner Tasche, holte ein paar Tabletten und eine kleine Plastikflasche Wasser heraus und schluckte zwei der Pillen. Dann baute er sich zwischen Nico und Amelie auf und stemmte die Hände in die Hüften. »Was machen wir denn jetzt? Was meint ihr, auf wen zeigt die Flasche? Echt schwer zu sagen, oder? Sieht aus, als wäre sie genau in der Mitte von euch beiden stehen geblieben. Ich würde sagen, weil ihr Geschwister seid, machen wir eine Ausnahme und ihr dürft eure Entscheidung gemeinsam treffen. Na, was haltet ihr davon? Wie ihr seht, bin ich kein Unmensch. Denn das ist doch wohl wirklich äußerst großzügig und ehrenhaft von mir, oder? Aber wenn ich euch schon so weit entgegenkomme, kann ich euch die Wahl nicht auch noch allzu leicht machen. Vielleicht lasse ich euch zwischen Mama und Papa entscheiden?« Er wartete auf eine Reaktion und stierte die beiden mit funkelnden Augen an.

Ben hatte aufgehört, an den Kabelbindern zu zerren. Vorsichtig tastete er den morschen Stuhl, auf dem er saß, mit den Fingern ab. Gleichzeitig ließ er seine Kinder nicht aus den Augen. Nico blieb ruhig und legte einen kühlen, starren Blick auf. Amelie aber standen Tränen in den Augen und liefen ihre Wangen hinunter.

»Da kommt mir eine Idee.« Ruben ging wieder zu seiner Tasche zurück und fingerte einen transparenten Plastiksack, dessen Öffnung wattiert war, hervor. »Ich hatte gerade eine Epiphanie. Wisst ihr, was das ist, Kinder? Nein? Was lernt ihr eigentlich heute noch in der Schule? Also, eine Epiphanie ist ein plötzlicher, grandioser Einfall. So wie dieser hier: Ich hab nämlich die perfekte Auswahl für euch getroffen. Also, Amelie, Nico.

Ihr dürft wählen, wer weiterspielen und weiteratmen darf. Der andere bekommt diesen Exit-Bag über den Kopf. Das Ding heißt wirklich so, hab ich mir nicht ausgedacht. Schön, oder? Und so bequem mit der Watte. Wenn man sich schon umbringt, dann soll es doch wenigstens nicht am Hals kratzen. Hatte ich eigentlich mal für mich bestellt. Vor Jahren. Mehr aus Interesse, ob das Teil wirklich ankommt. Obwohl ich schon dachte, es könnte Sinn machen, mir selbst das Leben zu nehmen. Ich habe intensiv darüber nachgedacht. Mehrmals. Aber dann wollte ich mein Leben lieber nutzen, um das Leben anderer zu verändern.«

Oder besser gesagt, zu beenden, dachte Ben. Er hatte schon mal von diesen Selbstmord-Tüten gehört, aber noch nie eine gesehen. Ruben riss erst Nico und dann Amelie ruckartig das Klebeband vom Mund. »Also, wem darf ich die Tüte überziehen? Florian, dem neuen Freund eurer Mutter, oder doch lieber eurem Vater Benedikt?«

Ben zuckte unweigerlich zusammen, als er seinen Namen hörte. Florian schüttelte wie wild den Kopf und fing an, laut zu schreien. Obwohl auch sein Mund mit Panzertape verschlossen war, konnte Ben ihn genau verstehen: »Nein! Nein! Nein!« Florian musste klar sein, für wen Nico und Amelie sich entscheiden würden. Sie würden niemals ihren eigenen Vater opfern. Amelie starrte ihren Bruder an, Nico sah erst zu Ben und dann zu Emma. Sein Blick sagte Entschuldigung. Emma stiegen Tränen in die Augen. Ben sah, dass auch sie versuchte, ihre Hände von den Fesseln zu befreien. Ruben stellte sich jetzt hinter Florian und grinste. »Soll ich ihm die Tüte überziehen?«

Amelie sah verzweifelt zu ihrer Mutter. »Mama? Es tut mir so leid. Was sollen wir machen?« Was sollte

Emma darauf antworten? Aber selbst in dieser ausweglosen Situation fand sie die richtigen Worte. Ben war stolz auf seine Frau – und zu Tode gerührt. Emma würde für ihn immer die Frau bleiben, die er an seiner Seite sah, selbst nach der Scheidung

»Es ist nicht eure Schuld, Schatz. Versteht ihr? Es ist okay. Ihr könnt nichts dafür.« Bei dem Wort okay warf Florian Emma einen verstörten und völlig entsetzten Blick zu.

»Wir müssen Papa retten«, sagte Nico, der beschämt auf den Boden sah. Doch dann wandte er seinen Blick Ruben zu, der wie ein Aasgeier mit der Tüte über Florians Kopf kreiste.

»Ihr müsst euch jetzt festlegen, Kinder. Also, wer darf es sein?«

Amelie schluchzte und weinte. Ben hätte fast mitgeheult. Aber er musste wenigstens versuchen, stark zu wirken. Dass seine Kinder in dieser Situation steckten, war allein seine Schuld. Wäre er bei ihnen geblieben, hätten Jan und Justus sie niemals entführen können. Er hätte alles dafür gegeben, diesen Fehler rückgängig zu machen. Es war mehr, als dass sein Herz daran zerriss. Sein ganzes Inneres, er selbst zerriss daran. Wie sollte das enden? Selbst wenn sie dieses perverse Spiel überlebten – wie sollten sie das jemals verarbeiten? Und was, wenn Ruben sie alle auslöschen würde – seine ganze Familie? Vor Bens Augen! Und er nichts tun konnte?!

Nico sah zu seiner Schwester. »Florian«, sagte er und blickte wieder zu Boden. Sofort stülpte Ruben dem immer noch panisch schreienden Florian die Tüte über den Kopf, zog sie an den dafür vorgesehenen Schnüren fest zu. »Oh, das sitzt etwas locker. Das befestigen wir besser noch.« Florian brüllte, atmete hastig ein, brüllte und röchelte. Ruben band die Tüte an seiner Kehle zusätzlich mit Klebeband zu. Der Sauerstoff im Innern der Tüte wurde immer knapper.

»Mama, es tut mir so leid!« Amelie weinte und verfiel in einen Heulkrampf, der sie jegliche Kontrolle verlieren ließ. Auch die über ihren Körper. Ben sah, wie sich die helle Jeans seiner dreizehnjährigen Tochter zwischen den Beinen dunkel färbte. Sein Blick wanderte zu Nico, der still war und wie paralysiert wirkte. Er wippe immer wieder langsam mit dem Oberkörper ein kleines Stück vor und zurück.

Mit zunehmender Befriedigung sah Ruben dabei zu, wie Florian langsam erstickte. »Angeblich dauert es ungefähr eine halbe Stunde. Eigentlich soll man davor Beruhigungsmittel oder Schlaftabletten nehmen. So steht es in der Broschüre, die sie einem mitschicken. Aber die Pillen schicken sie dir nicht mit. Bescheuert, oder? Wenn sie einem schon die Tüte schicken, warum dann nicht gleich das komplette Suizid-Set?

Ben wünschte sich, Ruben hätte den Exit-Bag selbst benutzt. »Also, ich glaube, ich habe gar keine Lust, mir das so lange anzusehen. Das ist ja schrecklich.« Ruben zog seine Waffe wieder aus der Innentasche seiner Lederjacke hervor, zielte auf Florians Kopf und drückte ab. Der Beutel füllte sich sofort mit Blut. Emma drehte ihren Oberkörper weg, biss sich auf die Unterlippe. Ben wusste, dass sie gerade versuchte, ihre Emotionen zu unterdrücken und wegzusperren, um nicht laut loszuschreien und zu heulen. Ruben verklebte ihren Kindern wieder den Mund. Nico wehrte sich nicht. Amelie schluchzte und atmete so heftig, dass sie beinahe hyperventilierte. Zum Glück beruhigte sich wieder, als das Panzertape ihren Mund verschloss, und atmete tiefe Züge durch die Nase.

»Glückwunsch! Das bedeutet, Team Emma hat einen Punkt erspielt. Gut gemacht. Damit steht es vier zu zwei. War doch gar nicht so schwer, oder?« Ruben nahm die

Flasche vom Boden und drehte sie in der Hand. »Neue Runde! Ist es nicht schön, wenn man einfach mal etwas dem Zufall überlassen kann? Dem Schicksal? Ich kann mich schließlich nicht um alles kümmern.«

Er war eindeutig geistesgestört, aber das brachte Ben kein Stück weiter. Was konnte er Ruben sagen, damit er sein Spiel abbrach? Gab es einen wunden Punkt? Ein Thema, eine Phrase, ein Wort, das ihn dazu brachte, aufzugeben? Irgendeinen Trigger, der ihn einknicken und schwach werden ließ? Der Unfall, bei dem seine Frau und sein Kind ums Leben gekommen waren, war eventuell die Ursache für sein gestörtes Verhalten. Auch wenn diese Tragödie fast zwanzig Jahre zurückliegen musste. Wie lange lebte Ruben schon sein Alter Ego namens Spielfreund aus? Mit wie vielen Menschen hatte er schon *gespielt?*

Die Luft in dem kleinen Kellerraum wurde immer dünner und roch nach Furcht. Sie war mit der süßlichen Note von Angstschweiß und dem metallischen Geruch von Blut durchzogen. Jeder Atemzug fiel schwerer. Ruben legte die Glasflasche erneut auf den Boden und gab ihr Schwung.

Die Flasche drehte sich, kam langsam zum Stehen. Ruben klatschte freudig in die Hände, als er sah, auf wen sie zeigte. »Ben! Wie schön! Für dich habe ich natürlich auch eine ganz besondere Auswahl.« Ben spürte sein Herz hart und stolpernd pochen. Wen würde Ruben bestimmen? Zwischen welchen zwei Leben würde er sich entscheiden müssen? Zwischen seinen beiden Kindern? Ein unmöglicher Gedanke! Zwischen seiner Frau und seiner Schwester Miri, die er genauso bedingungslos liebte? Sein Blick ging zu Carlos und Lizzi. Ben wollte nicht denken, was er gerade dachte, aber er tat es trotzdem. Er hoffte, dass Lizzi oder Carlos in Rubens

Auswahl fielen. Einer von ihnen genügte. Ben hoffte auf Carlos und hasste sich dafür. Aber er wollte nicht am Tod einer schwangeren Frau schuld sein. Doch so oder so, keiner von beiden hatte eine Chance gegen Emma, Miri, Amelie oder Nico. Ben musste um jeden Preis seine Familie beschützen. Er musste es wenigstens versuchen. Aber so sehr er auch hoffte, wusste er zugleich, dass Ruben es ihm nicht so einfach machen würde.

Ruben trat vor ihn und knibbelte eine Ecke von dem Panzertape ab, um den Rest mit einem langsamen Zug so weit zu entfernen, dass Bens Mund frei lag. »Wir wollen ja nicht, dass es langweilig wird. Nicht wahr?« Er zwinkerte Ben zu und ging einen Schritt zurück. »Also, Ben. Du hast zehn Sekunden Zeit, dich zu entscheiden.« Er drehte Ben den Rücken zu und zeigte mit der rechten Hand auf Emma und mit der linken Hand auf Miri. »Deine Frau oder deine Schwester? Die Mutter oder die Tante. Was würde deine Kinder wohl mehr erschüttern? Überleg mal. Nicht schwer, oder?« Er drehte sich wieder Ben zu. »Andererseits wollt ihr euch ja scheiden lassen. Da ist die Liebe wohl doch nicht mehr so groß. Eine Schwester hält ein Leben lang. Und ihr seid verwandt. Heißt es nicht, Blut ist dicker als Wasser?« Er zeigte Ben seine Armbanduhr und deutete auf den tickenden Sekundenzeiger. »Zehn … neun … acht …« Ben hörte, wie die Sekunden runterrannten, und trotzdem kam ihm der Moment elendig lang vor. Alles lief wie in Zeitlupe ab. Er wollte Ruben keinen Namen nennen, aber dann würden beide sterben. Er liebte seine Schwester über alles, doch für Emma hatte er noch stärkere Gefühle. »Fünf … vier … drei … Ben?«

Ben sah zu Miri und erkannte in ihrem Blick Verständnis. Seine Schwester war eine starke Frau und sie kannte ihn besser als sonst irgendwer. Sie wusste längst, dass er sich entschieden hatte. Und wie. Mit ihren Augen sagte sie ihm »Ich verstehe dich. Und ich verzeihe dir. Du tust das Richtige.«

»Es tut mir leid, ich liebe dich.« Die Worte kamen ihm unendlich schwer über die Lippen. Er blickte ihr in die Augen. Miriam nickte, atmete tief ein und schloss die Augen. Ben sah zu Ruben, der ihn verstanden hatte, ohne dass Ben einen Namen aussprach.

»Miriam Mendel. Die Tante und Schwester darf es also sein. Hab ich mir doch gleich gedacht.« Ben spürte, wie seine Augen sich mit Tränen füllten, die langsam seine Wangen hinunterkrochen. Amelie kniff die Augen zu, Nico sah immer noch verstört zu Boden. Emmas Augen waren feucht, doch sie bemühte sich um eine gefasste Miene. Ruben ging auf Miri zu, die kerzengerade und mit erhobenem Haupt auf dem Stuhl saß. Die Augen fest geschlossen, bereit, zu sterben. Er ging zu einem kleinen, weißen Metallschrank in der Ecke des Zimmers und nahm ein Fläschchen, das darauf stand. Als er es öffnete, erkannte Ben sofort den süßlichen und zugleich beißenden Duft. Chloroform.

Ruben schwenkte das Glasfläschchen. »Nicht mehr viel drin, aber wird schon reichen.« Er riss Miri das Klebeband ab, hob das rot kariertes Küchentuch, mit dem zuvor Miris Mund verbunden war, vom Boden auf, tränkte es mit dem Chloroform und presste es Miri solange auf Mund und Nase, bis sie bewusstlos wurde. Ben überkam für einen kurzen Moment Zuversicht. Würde Ruben es dabei belassen? Würde seine Schwester dieses mörderische Spiel überleben? Doch alle Hoffnung war vergebens. Ruben stellte sich hinter Miri, umschloss ihren Kopf fest mit beiden Händen und ließ ihn mit einem festen Ruck zur Seite wandern. Es knackte laut. Er hatte Miriam das Genick gebrochen.

»Kurz und schmerzlos. So hast du es dir doch bestimmt für deine Schwester gewünscht, oder?«

Er wollte Ben provozieren. Ben durfte sich nicht darauf einlassen. Das hätte diesem kranken Psychopathen womöglich noch mehr Freude bereitet. Außerdem musste er seine Gedanken endlich in eine andere Richtung lenken. Wie konnten sie diesem Spiel entkommen?

Ruben klatschte wieder in die Hände. »Damit steht es jetzt vier zu drei. Gratuliere, ihr holt auf. Noch ein Punkt und wir haben einen Gleichstand.«

Was sollte ein Gleichstand ihnen bringen? Wie sollten sie ein Spiel gewinnen, bei dem der Gegner nicht fair spielte? Von Anfang an gegen seine eigenen Regeln verstieß. Ruben würde sie niemals gehen lassen. Oder funktionierte sein verdrehtes Hirn vielleicht doch genauso? War es möglich, dass Nico und Amelie überlebten? Konnten er und Emma sich für ihre Kinder opfern? Würde das ihr Überleben sichern? Ein traumatisiertes kaputtes Leben mit ermordeten Eltern, aber immerhin ein Leben. Oder gab es einen anderen Weg, zu entkommen?

Ben streckte seine Arme so weit er konnte nach unten. Da war sie. Eine mögliche Chance. Er fühlte, dass an der Verbindung zwischen dem Stuhlbein und der Lehne des alten Holzstuhles eine Schraube ein Stück weit herausragte. Sie war scharf. Er konnte vorsichtig versuchen, den Kabelbinder mit ihrer Hilfe durchzuschneiden. Aber die Schraube saß nicht besonders fest und er spürte, dass sie bei einer einzigen falschen Bewegung zu Boden fallen würde. Ruben sah ihn an, bemerkte aber nicht, was Ben hinter seinem Rücken zu bewerkstelligen versuchte. Er brauchte mehr Zeit.

»Du dreckiges, mieses Arschloch!«, schrie er Ruben an. Der Mörder grinste ihn schamlos an.

»Aber, aber … Wir wollen doch jetzt nicht ausfallend werden. Schon gar nicht vor den Kindern.« Ben sah zu

Amelie und Nico, die beide in ihrem Leben schon weitaus schlimmere Schimpfworte benutzt hatten. Amelie hielt die Augen noch immer geschlossen, trotzdem liefen Tränen ihre Wangen hinunter. Sein Sohn saß völlig regungslos da, Nico war starr wie eine Puppe. Er ließ den Kopf hängen, sein Kinn lag fast auf seiner Brust, wodurch seine langen, dichten Haare sein Gesicht verdeckten. Ben fragte sich, ob es Zufall war, dass sie beinahe die gleiche Frisur trugen oder ob er die Haare bewusst oder unbewusst so trug wie sein Vater. Oder tat sein Sohn das, um einem Mädchen zu gefallen? Ben wurde bewusst, dass er das vielleicht nie erfahren würde. Dass er nicht mehr dazu kommen würde, seinem Sohn all die väterlichen Ratschläge zu geben, die er noch auf Lager hatte, dass er niemals sehen würde, was für ein Mann aus Nico wurde. Er musste seine Familie hier rausbringen. Er starrte Ruben an, zog so dessen Aufmerksamkeit auf sich. Er musste Ruben aus der Reserve locken. »Eine Frage. Hat das hier was mit deiner Frau zu tun? Oder deinem Kind?«

»Was meinst du?« Ruben gab sich ahnungslos, aber Ben spürte, dass er einen wunden Punkt getroffen hatte.

»Sind die beiden nicht bei einem Autounfall ums Leben gekommen? Vor ungefähr zwanzig Jahren?« Ben meinte im Augenwinkel zu erkennen, dass Emma ihm bestätigend zunickte.

Ruben biss sich auf die Unterlippe und überlegte für einen kurzen Moment. »Das glaubst du, ja? Ach Ben, da bist du so was von auf dem Holzweg. Das hier ist keine späte Rache. An wem auch? Der Welt? Dem Leben? Der Gesellschaft? Obwohl, na ja, seien wir mal ehrlich. Ein Psychiater würde bestimmt genug Gründe in meiner Vergangenheit finden, um all das hier zu erklären.« Ruben ging zu seiner Tasche und schmiss sich, ohne dabei etwas zu trinken, noch mal zwei Tabletten ein. Menschen, die Pillen ohne einen Schluck Wasser schluckten, waren Ben schon immer suspekt gewesen. Ruben kehrte zurück in den makabren Stuhlkreis. »Wo soll man da anfangen? Gewalttätige, suchtkranke Eltern, und das als hochbegabtes Kind! Dann später der Verlust von Frau und Sohn. Natürlich, das hat Spuren hinterlassen.«

»Was du hier tust, wird aber nichts an dem Geschehenen ändern. Die Vergangenheit kann man nicht rückgängig machen.«

»Wer sagt denn, dass ich das will? Ich will spielen, mein Lieber. Mehr nicht.«

Ruben kam auf Ben zu und befestigte wieder das Panzertape. »Und jetzt halt die Klappe! Weiter geht's. Neue Runde, neues Glück. Wer ist dabei? Oh, ihr alle. Stimmt, hätte ich fast vergessen.« Er stieß einen kurzen Lacher aus. Das Sprichwort, dass bei jemandem eine Sicherung durchgebrannt war, passte wortwörtlich. Ben ging davon aus, dass in Rubens Kopf einiges absolut fehlgeschaltet war – oder bereits komplett abgefackelt.

35. Kapitel: Emma

Ruhe bewahren. Emma wusste, dass diese oberste Regel für Ausnahmesituationen auch jetzt galt. Sie musste bedacht handeln, durfte die Sache nicht überstürzt angehen. Aber was brachte es Emma, wenn sie in ihrer momentanen Lage Ruhe bewahrte? Würde das nicht bedeuten, sich mit dem Gedanken anzufreunden, dass sie und ihre Familie heute in diesem Drecksloch sterben würden? Aber der Tod war für Emma absolut keine Option, auch wenn sie ihm gerade förmlich ins Auge sah. Sie konnte sich unmöglich damit abfinden. Sie musste ihre Kinder retten! Emma bemühte sich, stark und ruhig zu wirken. Doch in ihrem Inneren brodelte es. Sie war geübt darin, den Vulkan am Ausbrechen zu hindern. Sie war schon immer gut darin gewesen, ihre Emotionen unter Kontrolle zu behalten und nicht zu zeigen, wie sie sich fühlte. Ben war einer der wenigen Menschen, vor dem sie nicht verbergen konnte, was in ihr vorging. Eine von vielen Sachen, die sie seit ihrer Trennung vermisste. Emma war es schon vorher bewusst gewesen, aber in diesem Moment erkannte sie, wie sehr sie an Ben und ihrer Familie hing. Sie wusste es jetzt nicht nur, sie spürte es auch wieder. Emma versuchte, die Fesseln an ihrem Handgelenk zu lösen, und überlegte, ob es etwas brachte, wenn sie sich ihren Daumen auskugelte. Doch die Kabelbinder waren dermaßen festgezurrt, dass selbst das keinen Sinn ergab. Sie konnte ihre Hände nicht aus der Schlinge befreien.

Ruben bemerkte Emmas verzweifelte Befreiungsversuche nicht und setzte sein grausames Spiel fort. Die Flasche drehte sich am Kellerboden, kam langsam zum Stehen und zeigte erneut auf Lizzi Baumann. Die Ärmste musst nun zum zweiten Mal einen Todeskandidaten bestimmen. Ruben ging lächelnd auf sie zu und streichelte über ihren gewölbten Bauch. Dann presste er seine Finger immer fester dagegen, seine dreckigen Nägel bohrten sich förmlich in sie hinein. Lizzi kniff die Augen zusammen und Emma konnte die Angst, die sie haben musste, nachspüren. Nicht um sich selbst, aber um ihr Kind. Ruben nahm die Hand weg und Emma sah die Erleichterung in den Augen der jungen Frau. Dann riss er ihr mit einem rabiaten Ruck das Panzertape vom Mund. »Herzlichen Glückwunsch, meine Liebe. Du hast ja einen richtigen Lauf. Also, ich möchte dir gerne jemanden vorstellen.« Er ging zu Carlos und riss auch ihm das Panzerband von den Lippen. »Das ist mein werter Kollege Carlos Meurer. Wir kennen uns noch nicht so lange, aber eins kann ich mit Bestimmtheit über diesen Kerl sagen: Er ist verdammt schlau. Erst hatte er diese nette Idee, sich im Netz als Spielfreund auszugeben, um mich herauszufordern. Wäre ich nicht mit dabei gewesen, als er diese Idee vorgetragen hatte; wer weiß, vielleicht wäre ich darauf hereingefallen. Carlos war mir wirklich immer wieder dicht auf den Fersen. Aber sobald er eine interessante Spur verfolgte, habe ich sie übernommen. Ich bin ja schließlich sein Vorgesetzter, da stellt man keine Fragen. Aber Carlos wurde skeptisch.« Ruben stupste Carlos Schulter mit der Hüfte an. »Nicht wahr?«

Carlos nickte zornig, sagte aber kein Wort. »Er hat immer mehr Fragen gestellt und angefangen, Alleingänge zu unternehmen. Fast ist es ihm sogar gelungen, eine Mail von mir zurückzuverfolgen, die ich vor langer Zeit an Laura Schneider geschickt habe. Erinnerst du dich, Ben? Der Selbstmord dieses jungen Mädchens verfolgt dich bestimmt noch heute in deinen Albträumen, oder?«

Carlos Augen blitzen sein Gegenüber wütend an, während Ruben gelassen weiter berichtete, wie er seinen Kollegen ausgetrickst hatte. »Am Anfang ist es Carlos nicht aufgefallen, dass sich seine Spuren schnell in Rauch auflösten, sobald ich sie übernommen hatte. Aber dann wurde er doch misstrauisch. Da musste ich natürlich was unternehmen.«

»Und schon war er im Spiel«, unterbrach ihn Emma. Sie wollte die Aufmerksamkeit auf sich ziehen, um Zeit zu gewinnen. Obwohl sie noch nicht wusste, was sie mit diesem Mehr an Zeit anfangen würde. »Wer dir zu nah kommt, dir auf die Füße tritt, wird sofort zum Spielball in deinem Todes-Roulette. Verstehe. Aber was, Ruben, hab ich dir getan? Was haben meine Kinder dir getan? Oder Miriam?« Sie deutete mit dem Kopf auf ihre tote Schwägerin.

»Hörst du mir denn gar nicht zu, Emma? Nichts habt ihr getan. Das hier ist kein Rachefeldzug. Hast du das immer noch nicht verstanden? Das ist Spaß. Und dass ihr hier in dieser Konstellation zusammengekommen seid, ist reiner Zufall. Oder nenn es Schicksal, wenn dir das lieber ist. Du warst es eben, die bei der Geiselnahme aufgetaucht ist, und ich hatte einfach mehr Lust mit dir zu spielen als mit den anderen. Ihr seid mir in die Hände gefallen. Ich habe vor langer Zeit mit etwas begonnen, verstehst du? Und ich werde nicht damit aufhören. Du würdest es bestimmt als krankhaft oder eine Sucht bezeichnen. Ich glaube, es ist meine Aufgabe. Meine Berufung. Schlichtweg, weil ich es kann und weil ich es tun will. Was also ist falsch daran?«

»Was falsch daran ist? Hörst du dir eigentlich selber zu?! Du tötest Menschen, Ruben! Du bist bei der Polizei! Du solltest Menschenleben retten, statt sie auszulöschen!«

Ruben zuckte unbeteiligt mit den Schultern.

»Früher oder später kommt der Tod sowieso.«

»Das sollte aber nicht deine Entscheidung sein.«

»Sondern wessen?« Ruben breitete seine Arme aus. »Die von Gott? Von einem selbst? Vom Staat? Darf ich dich daran erinnern, Emma, dass es Orte auf unserem schönen Planeten gibt, an denen einfach per Gesetz beschlossen wird, für welche Verbrechen man getötet wird? Ganz biblisch, Auge um Auge, Zahn um Zahn. Klingt erst mal fair, nicht wahr? Nur leider werden immer wieder auch Unschuldige auf dem elektrischen Stuhl gegrillt. Und trotzdem wird die Todesstrafe munter weiter ausgesprochen. Also, ist das richtig? Wer darf über Leben und Tod entscheiden, Emma? Sag es mir.«

»Jedenfalls nicht du«, sagte Emma, obwohl sie wusste, dass es auf diese Frage keine richtige Antwort gab. Wie sollte sie jemanden aufhalten, der kein Motiv hatte? Der einfach nur krank war und in seinem verdrehten Kopf Freude daran fand, anderen Menschen unvorstellbar grausame Dinge anzutun.

Ganz unvermittelt räusperte sich Carlos auffällig laut und zog so Rubens Aufmerksamkeit auf sich. »Möchtest du etwas dazu sagen, Kollege?« Rubens Augen funkelten boshaft.

»Allerdings. Was hab ich schon zu verlieren. Meine Überlebenschancen hier sind ohnehin gleich null.« Carlos sah Ruben kampflustig an. »Da das hier also die letzten Minuten meines Lebens sind, und ich absolut keinen Bock habe, mir dein Geschwafel weiter anzuhören, beantworte ich dir deine Frage sehr gerne. Du willst wissen, wer bestimmen sollte, wann du stirbst und wie? Ganz einfach: dein verdammter Körper. Der entscheidet das ganz von alleine. Irgendwann kann er eben nicht mehr und dann ist Schluss. Oder aber, du hast einen tödlichen Unfall oder sonst was. In dem Fall nenn es von mir aus eben Schicksal. Drauf geschissen. Aber du bist bestimmt kein Teil des großen Plans, wenn es denn überhaupt einen gibt, du asoziale Missgeburt!«

Ruben schien amüsiert. »Ich glaub, ich habe dich bisher noch nie richtig fluchen gehört.«

»*Bisher* hatte ich ja auch noch keinen Grund dazu. Nur ist meine momentane Lage mehr als beschissen. Die Frau, die entscheiden soll, ob ich weiterlebe oder nicht, kennt mich nicht mal. Genauso wenig wie ich sie.« Carlos sah sich um. »So, und wen haben wir hier noch zur Auswahl? Zwei Teenager, na großartig! Die killt man nicht. Und ihre Eltern. Wäre auch nicht besonders nett, die vor den beiden plattzumachen. Da bleibe wohl nur noch ich übrig. Nicht besonders spannend, dein beschissenes Spiel, wenn du mich fragst.«

Ruben schmunzelte belustigt. »Meinst du? Du glaubst also, wenn ich Lizzi jetzt frage, ob sie dich oder … Lass mal überlegen …« Ruben schritt den Stuhlkreis ab und blickte jedem kurz ins Gesicht, bis er zu Nico kam, der immer noch starr zu Boden blickte. Emmas Herz raste, als sie sah, dass Ruben sich hinter Nicos Stuhl stellte und mit einem diabolischen Grinsen dessen Kopf an den Haaren nach hinten riss. Nicos Blick war glasig. »… diesen hübschen Jungen hier töten würde. Dann nimmt sie dich?«

»Da bin ich mir ziemlich sicher.« Emma fragte sich, ob er das hatte kommen sehen. Oder ob er genau das provoziert hatte. Tat Ruben gerade genau das, was Carlos wollte? Hatte Carlos sich selbst ins Spiel gebracht, um zu vermeiden, dass Ruben Nico und Amelie nominierte? Opferte er sich gerade für ihre Kinder?

Ruben wandte sich an Lizzi Baumann. »Ist das so, meine Schöne?«

Lizzi zitterte am ganzen Leib und starrte Carlos an. Emma hatte Respekt vor Carlos Entscheidung, sich selbst zu opfern. Dessen war sie sich nun ganz sicher. Er zeigte keine Angst oder Panik. Er war in Rage, seine Augen glühten, sein Körper war angespannt, wie bei einem wilden Tier, das man angebunden hatte.

»Lizzi?«, forderte Ruben sie auf. »Muss ich etwa wieder runterzählen? Wenn du willst, dass ich meinen heldenhaften Kollegen erschieße und den Jungen verschone, musst du nur Ja sagen. Du weißt doch, sonst werde ich beide töten.«

Lizzi kniff die Augen zu und presste ein leises, abgehacktes »Ja« hervor.

»Es war mir eine Freude, mit dir zu arbeiten«, sagte Ruben und schritt auf sein nächstes Opfer zu.

»Fick dich!«, waren Carlos letzte Worte. Dann hielt Ruben ihm die Waffe an die Stirn und schoss ihm ein Loch in den Kopf. Carlos sackte augenblicklich in sich zusammen. »Dabei hätte er echt mein Nachfolger werden können. Schade um das Talent.« Ruben steckte die Waffe wieder ein, sah sich zufrieden sein Werk an und rieb sich die Hände. Dann wandte er sich wieder dem Rest der ihm ausgelieferten Gruppe zu. »Wieder ein Punkt für Team Emma. Damit steht es jetzt vier zu vier! Gleichstand, wie aufregend! Wollen wir mal schauen, wer als Nächster dran ist? Der Nächste könnte das Spiel entscheiden.« Er nahm die Flasche vom Boden auf. »Ehrlich gesagt, hab ich ja einen Wunschkandidaten.« Er visierte Emma mit dem Flaschenhals an, und sie wusste, dass sie gemeint war.

»Wozu dann das Flaschendrehen?«, zischte sie ihn an.

»Du verstehst es einfach nicht, Emma, oder? Wo bliebe denn dann der Spaß? Und außerdem sind das nun mal die Spielregeln.« Ruben legte die Flasche auf den Boden und ließ sie kreisen. Als sie zum Stehen kam, zeigte sie auf Florian, dessen Kopf noch immer in dem Plastiksack steckte und in seinem eigenen Blut schwamm. Ruben schüttelte den Kopf. »Tja, leider schon ausgeschieden.« Er sah Emma an. »War das jetzt zu taktlos?« Mit diesen Worten versetzte er der Flasche erneut einen Schwung.

Emma starrte stumm auf die sich drehende Flasche. Sie hatte sich vollkommen in ihre Gedankenwelt zurückgezogen. Wie sollte das hier enden? Was konnte sie tun, um den Ausgang, der jedem in diesem Raum bewusst war, doch noch zu verhindern? Der Tod wartete auf sie alle. Wozu sollten sie überhaupt mitspielen und eine Wahl treffen? Würde Rubens finsteres Spiel nicht ohnehin immer denselben Ausgang nehmen? »Am Ende wirst du uns sowieso alle töten, oder?«, fragte sie ihren Peiniger und sah ihm direkt ins Gesicht. »Wo bleibt der Spaß, wie du es nennst. Das Ganze hier ist doch nichts als eine Farce.«

»Na, hör mal, Emma! Dass ihr entscheidet, wer stirbt, das ist doch der Spaß. Und wer sagt denn, dass ich am Ende nicht ein paar von euch laufen lasse? Kommt ganz darauf an, wie ihr euch schlagt. Wir spielen um Punkte, schon vergessen? Und immerhin haben wir gerade einen Gleichstand.«

Emma zerrte an ihren Fesseln. Sie wollte aufstehen, auf ihn einschlagen, sein Gesicht zerkratzen, ihn würgen, bis er nicht mehr atmete. Aber sie kam nicht von ihrem Stuhl los, verlor das Gleichgewicht und kippte nach vorne um. Schmerzhaft landete sie mit dem Gesicht auf dem harten Fußboden. »Als ob hier irgendwer eine faire Chance hätte«, schrie sie Ruben in ihrer Verzweiflung an.

Er beugte sich bedrohlich über sie, kam ihrem Gesicht unangenehm nah, als wollte er sie küssen. Sein Mundgeruch stank nach Fast Food. Er riss sie samt Stuhl vom Boden auf und platzierte sie wieder im Kreis seiner Opfer. »Das Leben ist nicht fair, nichts ist fair. Wer hat schon eine gerechte Chance? Angeblich sind alle Menschen von Geburt an gleich, so heißt es doch. Aber das stimmt nicht. Unser Leben ist vorgezeichnet, und viele haben von Anfang an kaum eine Chance. Und selbst wenn wir mal etwas Glück haben und denken, dass alles gut läuft, wird uns das ganz schnell wieder genommen. Ich hatte eine wunderschöne Frau, einen Sohn, eine Familie. Und jetzt? Jetzt ist alles weg.«

Emma wollte ihm sagen, dass er das nicht tun musste. Dass es keinen Weg gab, sich am Leben zu rächen oder die Vergangenheit rückgängig zu machen. Aber Ruben würden solche Floskeln nicht berühren. In seinen Augen blitzten Freude und Genuss auf. Er war in seinem Element. Er verfolgte einen Plan und nichts und niemand konnte ihn davon abbringen. Er grinste sie breit an. Erschrocken stellte Emma fest, dass sie das Geräusch der sich drehenden Glasflasche nicht mehr hörte. Ihr war nicht aufgefallen, dass sie inzwischen wieder zum Stehen gekommen war. Und auf sie zeigte.

Emma war also an der Reihe. Ruben war anzusehen, dass sein sehnlichster Wunsch in Erfüllung ging. Endlich konnte er mit der Person spielen, auf die er es von Anfang an abgesehen hatte. Ihr kam der Punktestand in den Sinn. Gleichstand. Konnte sie dieses infame Spiel irgendwie gewinnen? »Was passiert, wenn ich diesen fünften Punkt mache? Lässt du die anderen dann gehen?«

»Ja, zum Beispiel. Entweder das oder wir spielen ein anderes Spiel.«

Jetzt hatte sie ihre Antwort. Sie hatte die ganze Zeit gewusst, dass der Spielfreund nicht ehrlich spielte. Aber es so deutlich vor Augen geführt zu bekommen, raubte ihr jegliche Hoffnung. Egal was sie tun würde, es gab keine Chance, keinen Ausweg, keine Rettung. Sie schrie ihn an.

»Das soll ein Spiel sein? Bei dem sich der Spielleiter nicht an seine eigenen Regeln hält?! Du bist kein Mensch, der das Leben anderer beeinflussen kann. Du bist ein Niemand! Ein Versager, der sich daran aufgeilt, Menschen zu töten. Du denkst, du hast Macht? Nichts hast du!«

Ruben sah sie schweigend an. Er schien tatsächlich über ihre Worte nachzusinnen. Emma kam es wie eine Ewigkeit vor, bis er wieder das Wort ergriff. »Also gut, Emma. In Ordnung. Dann machen wir es so: Alles oder nichts. Ich werde dich jetzt vor die Wahl stellen. Wenn du innerhalb von zehn Sekunden eine Entscheidung triffst, lasse ich euch alle gehen. Alle, außer der Person, die du ausgewählt hast, versteht sich. Er oder sie muss trotzdem sterben. Aber du überlebst auf jeden Fall. Schön, nicht wahr? Ein Happy End für Frau Kommissarin Mendel. Einverstanden?«

»Warum sollte ich dir trauen?«

»Nun, vielleicht weil ich bisher alle meine Versprechen wahr gemacht habe, oder etwa nicht? Und außerdem: Hast du denn überhaupt eine Wahl? Also, noch diese eine Runde, dann seid ihr frei.«

Emma sah in die Gesichter der Menschen, die mit ihr hier saßen. Emma schämte sich augenblicklich für ihren Gedanken, aber er entsprach der Wahrheit. In diesem Kreis saß ihre Familie – und Lizzi Baumann. Die Frau hatte es nicht verdient, hier und heute zu sterben – keiner von ihnen hatte das. Trotzdem wusste Emma, wen sie wählen würde, wenn sie frei entscheiden könnte. Aber diese Wahl würde Ruben ihr niemals lassen.

Ruben schritt im Kreis hinter ihren Stühlen herum und summte dabei die Melodie von *Es geht ein Bi-babutzemann in unserm Haus herum, fi-de-bum.* Nachdem er den Kreis dreimal summend abgeschritten war, sagte er: »Tja, Emma, ehrlich gesagt, warst du ja auch nicht ohne Grund meine Wunschkandidatin. Es gibt da eine Angelegenheit, bei der ich zu gerne wüsste, wie du dich entscheiden wirst. Nämlich, weil ich es nicht konnte und daran zerbrochen bin.« Emma rätselte, was Ruben damit meinte, als er plötzlich stehen blieb. Genau hinter Nico und Amelie. Emmas schlimmste Ängste wurden in diesem Moment wahr. »Deine beiden Kinder. Okay, Mami. Wer soll sterben, wer darf weiterleben? Dein Sohn oder deine Tochter? Wen soll ich töten? Komm schon, man hat doch immer ein Lieblingskind, auch wenn das keiner zugibt. Wen willst du behalten? Wen magst du lieber? Vergiss nicht, dass beide eben deinen neuen Freund abgeknallt haben.«

»Weil du sonst ihren Vater getötet hättest.«

»Ja, es war ein verständliches und gutes Urteil. Da sagt ja auch keiner was. Aber vielleicht hegst du dennoch einen kleinen Groll gegen sie? Deiner Tochter fiel das Ganze sichtlich schwerer als deinem Sohn. Ist er so kaltherzig oder konnte er Florian schlichtweg nicht ausstehen? Man weiß es nicht. Aber ich weiß, dass du angezählt bist, Emma. Also, zehn, neun …«

Emma hörte ein Geräusch aus Bens Richtung. Es hörte sich an, als ob etwas Kleines, Metallisches zu Boden gefallen war. Hilfesuchend blickte sie zu Ben, doch was sie sah, war ein mit Tränen überströmtes Gesicht, aus dem pure Verzweiflung sprach.

36. Kapitel: Ben

Nie zuvor hatte Ben in Emmas Augen diesen Ausdruck von Panik gesehen. Sie sah ihn angsterfüllt an und er wusste nicht, wie er sich verhalten sollte. Er traute sich nicht mal zu blinzeln. Emma sollte keine seiner Gesten missverstehen. Er fühlte sich so machtlos wie noch nie in seinem Leben. Es war entsetzlich. Er war hier, konnte aber nichts tun, als tatenlos mitanzusehen, wie die Frau, die er liebte, zwischen dem Leben ihrer Tochter und dem ihres Sohnes wählen sollte. Ben fragte sich, wie er in Emmas Situation handeln würde. Er fand keine Antwort. Wie konnte ein menschliches Wesen, das selbst ein Kind verloren hatte, einen Vater oder eine Mutter dazu zwingen, eines ihrer Kinder umzubringen? Doch in Rubens Gesicht las er, dass dieser die ganze Zeit auf genau diesen Moment gewartet hatte. Ben zerrte an seinem Stuhl, versuchte, die Kabelbinder abzureißen, die sich mittlerweile blutig in seine Handgelenke eingeschnitten hatten. Aber es gelang ihm nicht. »Fünf.«

Amelie und Nico sahen stumm zu Boden. Emmas weit aufgerissene Augen wanderten panisch zwischen den beiden hin und her, dann wieder zu ihm, Ben.

»Drei.«

Stopp! Hör auf damit!«, schrie Emma. »Töte mich doch einfach. Das willst du doch schon die ganze Zeit, oder? Dann gibt es kein Team Emma mehr. Dann hast du gewonnen.«

Doch Ruben schüttelte nur den Kopf, blickte auf seine Armbanduhr und zählte weiter. Ben sah sich panisch um. Was war das? Hatte sich das weiße Metallschränkchen in der Ecke gerade bewegt? Welche grausame Überraschung hatte Ruben da noch für sie vorbereitet? In dem Moment öffnete sich die Tür des Spinds einen kleinen Spalt. Und danach brach die Hölle los.

37. Kapitel: Dino

Dino schob die Tür des Schranks ein kleines Stück weit auf und spähte vorsichtig aus seinem Versteck. Er musste etwas unternehmen. Er hatte schon viel zu lange gewartet. Auch wenn Lizzi in dieser Runde dieses grausamen Spiels nicht bedroht war, konnte er das nicht mehr länger tatenlos mitansehen. Er musste handeln. Es waren nur noch die Mutter, ihr Mann Ben, die beiden Kinder und Lizzi übrig. Emma sollte sich für eins ihrer beiden Kinder entscheiden. Angeblich würde der Killer die anderen daraufhin laufen lassen. Aber das war eine Lüge. Dieser Mann würde kein Risiko eingehen. Das wusste Dino ganz sicher, denn er kannte ihn. Ihn und seine dunkle Seele.

Die beiden Jugendlichen hatten ihr ganzes Leben noch vor sich. Womöglich hatten sie bisher kaum etwas erlebt. Vielleicht waren sie noch nie verliebt gewesen, waren noch nie auf einer Party, noch nie betrunken oder berauscht. Und ganz sicher waren sie noch Jungfrau. So jung durfte man einfach nicht sterben. Er würde selbst bald Vater sein und wünschte sich, dass sein Kind viele unglaubliche Dinge erlebte. Er konnte einfach nicht zulassen, dass zwei so junge Leben sinnlos ausgelöscht wurden.

In dem Moment, als Dino die Schranktür geöffnet hatte, war etwas passiert. Ruben. Der Name donnerte plötzlich durch seinen Kopf und Dino glaubte, dass es die Stimme seiner verstorbenen Mutter war, die ihn gerufen hatte. Sein Gehirn schenkte ihm endlich Zugang zu einer lang verschollenen Erinnerung. Und die würde das Blatt vielleicht noch wenden. Er wusste mit einem Mal ganz genau, woher er diesen Keller kannte, diese Waldhütte. Und warum ihm die Stimme dieses Mannes so vertraut war. Er kannte diesen Mann, auch wenn sie sich schon lange nicht mehr gesehen hatten. Sehr lange. Zu lange.

Dino atmete tief ein, öffnete langsam die Tür des Schranks noch ein Stück weiter und streckte vorsichtig sein Bein heraus. Er kletterte mit einem großen Schritt aus dem Schrank und blickte in Gesichter, deren Ausdruck zwischen purer Angst in Ungläubigkeit schwankte. Lizzi konnte nicht sehen, was sich hinter ihrem Rücken abspielte. Aber sie erkannte seine Stimme, denn ihr Kopf schnellte sofort herum, als er zu sprechen begann.

»Hallo, Papa.«

Dino ließ diese Worte im Raum stehen und wartete ab, ob sein Vater ihn erkannte. Lizzi verrenkte ihren Kopf, um ihn ansehen zu können. Ihre Augen schrien Dino förmlich an: *Was machst du hier? Was soll das heißen: Papa?*

»Erik?«

Ruben hatte ihn also erkannt. Dino nickte und wieder warf Lizzis ihm einen durchdringenden fragenden, verwirrten Blick zu: *Erik?*

Seit seine Großeltern tot waren, hatte ihn niemand mehr mit seinem bürgerlichen Namen angesprochen. Auch Lizzi hörte ihn zum ersten Mal. »Was zur Hölle … Wie bist du … Was machst du … Erik? Du? Wirklich?« Ruben stand ein großes Fragezeichen ins Gesicht geschrieben. Er rang mit sich und suchte verzweifelt nach Worten. Dino hatte ihn komplett aus der Fassung gebracht. »Was machst du hier?«

Was hatte Dino schon zu verlieren. Er konnte ehrlich sein. »Ich hab das Geld gesucht.«

»Das Geld!«, schrie Ruben ihn erschüttert an und fing spöttisch an zu lachen.

»Ja, aber die Lage hat sich drastisch geändert. Das da ist meine Freundin, und ich werde sie jetzt mitnehmen.« Dino versuchte, Lizzi zu befreien. Er brauchte etwas, womit er die Kabelbinder durchschneiden konnte, und sah sich nach einer Schere oder einem Messer um. Auf der Werkbank an der Wand erkannte er eine große Zange, das würde ausreichen. Er bewegte sich langsam zur Wand und streckte den Arm aus.

»Deine Freundin? Wie schön. Das freut mich für dich, Erik. Ganz ehrlich. Aber leider kann Lizzi jetzt nicht gehen. Das Spiel ist noch nicht vorbei.«

»Doch ist es, ich habe die Bullen gerufen. Die sind schon auf dem Weg. Müssten jeden Moment hier sein.« Dino wurde nervös. Das war eine Lüge, aber er hoffte, dass sein Vater sie ihm abnahm.

»Ach, echt? Und was ist mit dem Geld? Wenn du das willst, hast du bestimmt nicht die Polizei alarmiert.«

»Was du hier tust, ist vollkommen geistesgestört. Das ist Mord! Glaubst du, da interessiere ich mich für das Geld? Lass die Leute laufen.« Dinos Hand hatte die Zange fast erreicht.

»Wie lange hockst du schon in dem Schrank? Warum bist du nicht schon längst aus deinem Versteck gekrochen und hast *Papa, nein, bitte, stopp* gesagt? Warum erst jetzt? Hat es dir gefallen?«

Dino deutete auf Nico und Amelie. »Das sind noch Kinder, du kranker Arsch!« Er war bei der Werkbank angekommen und griff zu der Zange. Im gleichen Moment griff Ruben in die Innentasche seiner Jacke.

»Und? Auch Kinder sterben.« Er zielte mit seiner Waffe auf Dino und signalisierte ihm mit einem Kopfnicken, dass er die Zange wieder hinzulegen hatte. »Ich bin hier noch lang nicht fertig.« Er drehte sich zu Emma. »Mami, ich glaube, die zehn Sekunden sind längst vorbei. Ich brauche jetzt einen Namen. Du weißt ja, was sonst passiert. Zack und zack.« Er zielte mit der Waffe erst auf das Mädchen und dann auf den Jungen, tat dabei so, als würde er beide erschießen. »Ein Name, Emma. Nico oder Amelie? Jetzt!«

Plötzlich sah Dino im Augenwinkel einen Schatten, der hochschnellte und auf Ruben zusprang. Der Polizist! Ben. Noch immer an seinen Stuhl gefesselt, warf er sein ganzes Körpergewicht gegen Ruben und schlug ihn um. Beide Männer gingen zu Boden, wobei der Stuhl zerbrach, an den Ben gefesselt war. Seine Hände waren aber noch immer hinter dem Rücken verbunden. Die Männer wälzten sich auf dem grauen Betongrund, und Rubens Waffe landete unmittelbar vor Dinos Füßen.

»Stopp!«

Dino hatte die Pistole blitzschnell aufgehoben und zielte jetzt auf die zwei Kämpfenden, die weiter am Boden miteinander rangen. Er schaffte es nicht, Ruben anzuvisieren, dafür bewegten sich beide Männer zu schnell, rollten immer wieder übereinander her. Und würde er überhaupt schießen können? Auf seinen eigenen Vater, den er zwar seit einer Ewigkeit nicht mehr gesehen hatte, und der erwiesenermaßen ein kaltblütiger Killer und durchgeknallter Psychopath war, aber trotz allem auch sein Vater.

»Stopp!«, brüllte Dino immer wieder. Inzwischen hatte Ruben die Oberhand gewonnen. Er würgte Ben, der auf dem Rücken lag und sich wegen der Kabelbinder, die seine Knöchel und Hände fesselten, nicht wehren konnte. Dino feuerte einen Warnschuss in die Luft ab. Putz löste sich von der Decke und rieselte herab. Der Schuss zeigte die gewünschte Wirkung. Ruben ließ von dem Polizisten ab. Ben hustete und drehte sich auf die Seite. Ruben stand auf, rieb sich die Schulter und sah irritiert zu Dino, der jetzt mit der Waffe unmittelbar auf ihn zielte.

»Schieß doch. Machst du eh nicht. Du warst schon immer ein Feigling. Weißt du noch, was wir früher immer gespielt haben? Wen lässt du fallen?«

Dino erinnerte sich. Mehr und mehr traten die Grausamkeiten, die sein Vater ihm und seiner Mutter angetan hatte, deutlich vor sein inneres Auge. Er hatte ihnen nie körperliche Gewalt angetan, aber er hatte ihren Geist gequält. Er hatte seine Mutter runtergemacht, ihr gesagt, sie sei nichts wert, nutzlos und dumm. Eine dumme Zigeunerin aus dem Zirkus, so hatte er sie immer genannt. Deshalb war sie mit ihm zu seinen Großeltern geflüchtet und hatte vor ihrem Tod darauf bestanden, dass sie ihn großzogen und nicht sein Vater. Sie hatte das Böse in ihm gesehen. Und das tat Dino jetzt auch. Ihm kamen die Jagdausflüge wieder in den Sinn, bei denen sein Vater die Tiere bloß verwundet hatte, um sie zu verfolgen und sich an ihren Qualen beim Sterben zu ergötzen. Er erinnerte sich auch wieder an das Spiel, das sein Vater erwähnte. *Wen lässt du fallen?*

»Es war ekelhaft«, sagte er zu seinem Vater.

Doch sein Vater grinste. Wie früher, wenn er ihm diese Fragen gestellt hatte. *Deine Mutter und dein Vater sitzen auf einem Ast, ganz oben im Baum. Beide fallen gleichzeitig runter. Wen fängst du auf? Deine beiden besten Freunde hängen an einer Klippe. Du kannst nur einen von ihnen hochziehen. Wen rettest du, wen lässt du in die Tiefe stürzen?*

Ruben lachte höhnisch. »Und schon da hattest du zu viel Angst, um dich zu entscheiden. Du wolltest nie jemanden fallen lassen. Einmal hast du gesagt, du würdest Mama auffangen und nicht mich. Und dann ganz schnell beigefügt, dass ich ja so stark wäre, dass ich den Sturz ganz bestimmt überlebe. Das hat mich wirklich zum Schmunzeln gebracht.«

Dino zielte auf Ruben und versuchte so zu wirken, als wäre er bereit, abzudrücken. Auch wenn er sich dessen nicht sicher war.

38. Kapitel: Emma

Emma wusste nicht, wie Ben es geschafft hatte, sich zu befreien. Aber irgendwie musste es ihm gelungen sein, die Kabelbinder von seinen Händen loszuschneiden. Hatte er die Zange benutzt? Mit freien Händen rappelte er sich auf und kroch unauffällig auf sie zu. Ruben war durch den mysteriösen Mann, der aus dem Schrank geklettert war, völlig abgelenkt. Ben zeigte ihr eine Schraube, die er in der Hand hielt, und schnitt ihr mit der scharfen Kante die Kabelbinder ab.

Emma stand auf und in diesem Moment traf sie Rubens Blick hart wie ein Geschoss. Am bestialischen Blitzen seiner Augen erkannte Emma, was er vorhatte. Er wollte es zu Ende bringen. Er wollte sie töten. Sie alle, und zwar sofort. Ruben hechtete zu der Tasche in der Ecke des Zimmers. Sie hörte Ben laut schreien: Vorsicht! Zu spät. In Rubens Hand blitzte eine Waffe auf.

Ab dann geschah alles nur noch aus Reflex. Sie schmiss sich gegen den Mann, der aus dem Schrank gekommen war, und packte gleichzeitig die Waffe, die er zittrig auf Ruben gerichtet hatte. Der Mann ging neben ihr zu Boden. Ruben feuerte sofort die Pistole in ihre Richtung ab. Emma schoss ebenfalls. Ein lauter Knall, gefolgt von vollkommener Stille, die erst wieder von Rubens schmerzverzerrtem Stöhnen unterbrochen wurde. Er lag am Boden. Sie hatte ihn am Bauch erwischt. Blut quoll hervor. Rubens Kugel musste sie selbst nur knapp verfehlt haben und es dauerte einige Sekunden, bis Emma registrierte, wo sie eingeschlagen war. Ben hatte sich vor sie geworfen, als Ruben geschossen hatte. Er hatte sie retten wollen. Er war bereit gewesen, sich für sie zu opfern. Jetzt lag er blutend am Boden, doch er war bei Bewusstsein.

»Verdammt! Wo hat es dich erwischt?«

»Brust«, keuchte Ben. Mehr konnte er nicht sagen. Er hatte zu große Schmerzen.

»Ben, du musst wach bleiben!«, brüllte sie ihn an und plötzlich prasselte alles auf sie ein. Ihre Tochter weinte laut, Nico schrie. »Papa! Papa! Nein!«

Ruben versuchte zu fliehen. Emmas Polizisten-Verstand wollte ihm nachjagen, aber ihr Herz hielt sie zurück. Ben durfte nicht sterben. Nicht jetzt, nicht hier, nicht so.

39. Kapitel: Dino

Alles war so schnell gegangen, dass Dino es jetzt erst verstand. Er lag immer noch am Boden und war schwer beeindruckt. Die Polizistin hatte ihn zur Seite gedrückt und sich gleichzeitig die Pistole geschnappt, um Ruben zu erschießen. Doch der kranke Killer hatte ebenfalls geschossen. Ben hatte sich vor Emma geworfen und die Kugel abgefangen, die sonst die Mutter seiner Kinder erwischt hätte. Er hatte ihr das Leben gerettet und seins dafür geopfert, ohne auch nur eine Sekunde zu zögern. So ein Vater wollte Dino auch werden.

Er sah, wie Emma ihre Hände fest auf die Brust des tapferen Mannes drückte. Er blutete stark.

Auch Ruben presste seine Hände fest gegen die Wunde an seinem Bauch und robbte zur Tür. Er hinterließ eine Schleifspur aus Blut. Wohin wollte er sich retten?

Das Bild, wie sein Vater blutend und verletzt aus dem Zimmer kroch, erinnerte Dino an das angeschossene Wild, das mit letzter Kraft versucht hatte, zu entkommen, obwohl es längst keine Chance mehr gab.

Er griff zu der Zange auf der Werkbank und befreite Lizzi, die sich sofort das Panzertape vom Mund riss und ihn anbrüllte. »Was machst du hier?«

Was sollte er darauf sagen? Er zuckte mit den Achseln. »Lange Geschichte.« Dann ging er zu den beiden Kindern und befreite auch sie von ihren Fesseln. Beide sprangen sofort auf und rannten zu ihren Eltern.

Lizzi zitterte. »Ich weiß nicht, ob ich mich freuen oder dir eine scheuern soll.« Stattdessen umarmte Lizzi ihn und fing an zu weinen.

»Der Typ ist wirklich dein Vater?«, fragte sie ungläubig.

»Ja.«

»Scheiße.« Lizzi guckte auf die Zange in Dinos Hand. »Kannst du mich jetzt hier wegbringen, bitte?«

»Ja, natürlich. Gib mir fünf Minuten.« Er sah sie flehend an und faltete die Hände wie zum Gebet.

»Wofür?«

»Ich muss mit ihm reden.«

Lizzi atmete tief durch. »Bist du verrückt?«

»Bitte. Ich muss einfach.«

»Okay. Fünf Minuten.«

Auf dem Weg nach draußen tauschte Dino sicherheitshalber die Zange gegen die Pistole, die neben Emma auf dem Boden lag. Er folgte der Blutspur. Die rote Linie zog sich durch den Flur, die Leiter hoch, quer durchs Wohnzimmer bis in die Küche. Dort saß sein Vater auf dem Boden, mit dem Rücken an den Unterschrank gelehnt. Er hielt mit der rechten Hand die Whiskeyflasche fest umklammert, aus der Dino einen kräftigen Schluck genommen hatte. Wie lange war das her? Es schien ihm eine halbe Ewigkeit. Rubens matter Blick ließ erahnen, dass er aufgegeben hatte. Mit der linken Hand presste er sich ein Handtuch auf den Bauch, das sich vom Blut schon komplett rot verfärbt hatte. Dino ließ sich neben ihn sinken.

»Ich werde also Opa«, sagte er unvermittelt. Was sollte Dino darauf antworten? *Das wirst du nicht mehr erleben,* dachte er, schwieg aber. Sein Vater drehte ihm langsam seinen Kopf zu. »Dass ich dich noch mal sehe, hätte ich nicht gedacht.« Rubens Stimme klang unendlich müde. Jedes Wort wirkte wie eine immense Anstrengung. Er nahm einen Schluck aus der Flasche. »Vor allem heute nicht. Junge, du hast echt ein richtig beschissenes Timing.«

»Du hast also allen erzählt, Mama und ich seien bei einem Autounfall gestorben?«

»Was hätte ich denn tun sollen? Hätte ich allen erzählen sollen, meine Frau ist krank geworden, hat sich unser Kind geschnappt und ist zurück zu ihren Zigeunereltern zum Zirkus? Ich hab euch ein paar Mal dort besucht, aber das hast du bestimmt schon alles vergessen.«

»Eher verdrängt. Weißt du, ich erinnere mich langsam wieder an die Zeiten, als ich ein Kind war. Du warst schon immer so. Oder? Du warst schon immer scharf darauf, Menschen zu unmöglichen Entscheidungen zu drängen und sie damit zu quälen. Du wolltest schon immer wissen, was dein Gegenüber in den schrecklichsten Situationen tun würde. Aber damals war es immer nur bloße Theorie. Wen würdest du fallen lassen, wen würdest du töten. Doch was du jetzt tust, das ist echt.«

»Irgendwann hat es nicht mehr gereicht, dass es nur in meinem Kopf war, verstehst du das? Ich wollte wissen, was Menschen tun, wenn sie vor der schlimmsten Entscheidung ihres Lebens stehen. Ich wollte sehen, wie sie sich entscheiden. Oder ob sie den gleichen Fehler machen wie ich damals.«

Dino verstand nicht, was Ruben meinte. »Welchen Fehler?«

»Weißt du eigentlich, dass deine Mutter nach dir noch einmal schwanger war?« Er hustete Blut, Dino wusste, dass es mit seinem Vater in diesen Minuten zu Ende ging. Alle Kraft, die ihm noch blieb, nutze er, um Dino seine Geschichte zu erzählen. »Wahrscheinlich kannst du dich nicht erinnern, du warst erst ein Jahr alt.

Es waren Zwillinge, ein Junge und ein Mädchen. Wir haben uns so gefreut. Aber dann ging alles schief, die Wehen setzten viel zu früh ein, deine Mutter bekam schlimme Blutungen. Die Ärzte im Krankenhaus mussten sie operieren. Es war mitten in der Nacht. Ich weiß noch genau, wie ich mit dir im Arm auf diesem kargen Krankenhausflur gesessen und gewartet habe. Dann kam eine Ärztin zu mir, mit einem mitleidigen Gesichtsausdruck, wie ich ihn noch nie zuvor gesehen hatte. Sie sagte, ich müsse mich entscheiden. Deine Mutter war unter Narkose und alles musste sehr schnell gehen. Die Ärztin hat mich vor die Wahl gestellt, weil sie nur ein Kind retten konnten. Sie hat mir die medizinischen Gründe erläutert, aber ich habe nicht mal die Hälfte von dem verstanden, was sie gesagt hat. Und ich konnte es einfach nicht. Ich konnte ihr nicht sagen, ob sie das Mädchen oder den Jungen retten sollte. Ich bat sie, beide Kinder zu retten. Die Ärztin hat noch versucht, auf mich einzureden, aber das schien mir die einzig faire Lösung zu sein. Irgendwie mussten es doch auch beide Babys schaffen. Du wirst dir denken können, wie es ausgegangen ist. Du hast nie einen Bruder oder eine Schwester gehabt. Ich hab nie verstanden, wie deine Mutter das alles verkraften konnte. Sie hat einfach weitergemacht. So als wäre nichts passiert. Sie hat mir nie einen Vorwurf gemacht, obwohl es meine Schuld war, dass nicht wenigstens eins der Babys überlebt hat. Meiner Unfähigkeit war es zu verdanken, dass am Ende beide sterben mussten.«

»Und darum sollen jetzt andere Leute auch so schwere Entscheidungen treffen?«, fragte Dino.

»Es war ja erst nur in meinem Kopf. Ich hab niemandem etwas getan, aber es musste raus. Ich konnte es einfach nicht mehr unterdrücken.«

»Bereust du, was du getan hast?« Dino bezweifelte, dass sein Vater in der Lage war, überhaupt irgendetwas zu empfinden.

Ruben nahm einen zittrigen Schluck aus der Flasche, wobei er das meiste über seiner Brust verschüttete. »Ach, was bringt schon Reue. Und ist es nicht besser, etwas zu bereuen, als es nie getan zu haben?«

Irgendwo tief in seinem Inneren teilte Dino diese Ansicht. »Ich muss etwas wissen.« Dino wunderte sich über seine eigene Abgeklärtheit. Neben ihm starb sein Vater. Aber angesichts dessen, was er getan hatte, rührte es Dino kaum. »Wo ist das Geld?«

Ruben musste lachen, was ihm höllische Schmerzen zu bereiten schien. Er nahm einen Schluck Whiskey und presste seine Hand fester auf die Wunde. Die komplette Farbe war aus seinem Gesicht gewichen. »Das Geld … Vier Millionen. Sozusagen dein Erbe.« Ruben driftete weg, schloss die Augen und sank zur Seite.

»Wo ist es?« Dino stieß ihn mit der Schulter an und sein Vater fiel kraftlos zur Seite.

»Es ist bei deiner Mutter«, murmelte er mit letzter Kraft und verlor endgültig das Bewusstsein.

40. Kapitel: Emma

Dank Nicos und Amelies Hilfe konnten sie Ben aus dem Keller nach oben bringen. Es war ein glatter Durchschuss, die Wunde blutete noch. Aber dass Ben immer noch bei Bewusstsein war, war ein gutes Zeichen. Wie es aussah, hatte die Kugel sein Herz nur knapp verfehlt. Amelie wählte sofort den Notruf.

Als Emma die Küche betrat, fand sie Ruben, von dem sie nicht sagen konnte, ob er tot oder lebendig war. Neben ihm hockte der Mann, der aus dem Schrank gekommen war und der, wie sie nun wusste, Lizzis Freund und Rubens Sohn war. Ruben hielt eine Whiskeyflasche in der Hand, die auf den Boden kullerte, als Emma den Raum betrat. Der Single Malt drehte sich und blieb so liegen, dass die Öffnung genau auf Ruben zeigte. Der Whiskey verteilte sich auf dem Boden, mischte sich mit Rubens Blut. Der junge Mann stand auf und ging wortlos an ihr vorbei. Sie würden Ruben sterben lassen. Wenn er nicht sowieso schon tot war. Wahrscheinlich konnte ihn jetzt auch kein Arzt mehr retten. Emma betrachtete den reglosen Körper des Mannes, der beinah ihr Leben und das ihrer Familie zerstört hätte. Er hatte Menschen getötet, die sie liebte, doch die wichtigsten Menschen in ihrem Leben hatten überlebt. Als Emma ins Wohnzimmer zurückkehrte, sah sie nur Nico und Amelie, die Ben stützten. Lizzi und ihr Freund waren verschwunden. Sie würde ihnen nicht nachjagen. Wer auch immer dieser junge Mann war. Er hatte sie aus dem schrecklichsten Moment ihres Lebens gerettet, und dafür würde sie ihm endlos dankbar sein. Sie hatte keine Wahl treffen müssen. Ihre Kinder waren beide am Leben und das war wichtiger als alles andere.

Emma sah aus dem Küchenfenster. Die Sonne ging gerade auf und draußen wurde es langsam hell. Ein neuer Tag brach an. Ein Tag, der ein neues Leben ankündigte. Eines, das anders sein würde als zuvor. Was in dieser Nacht geschehen war, konnte sie nicht vergessen. Es hatte aus jedem von ihnen einen anderen Menschen gemacht. So viele waren gestorben. Florian, Miriam, Carlos, die Hansen-Zwillinge – sie alle würden keine Gelegenheit mehr dazu haben, einen Sonnenaufgang zu bewundern. Und sie, die die Sonne wieder aufgehen sahen, mussten von nun an mit einem beschädigten Leben vorliebnehmen. Das war zwar besser als keines, doch Emma würde sich für den Rest ihrer Tage fragen, welche Entscheidung sie getroffen hätte, wäre Rubens Sohn nicht aus dem Schrank geklettert.

41. Kapitel: Ben

Der Sekundenzeiger einer tickenden Uhr. Ein Schuss. Blut. Er war gefesselt. Amelie – tot. Nico – tot. Emma – tot. Er blickte in den Lauf einer Waffe. Ein Knall. Schweißgebadet schreckte Ben aus einem Albtraum hoch. Die Nacht im Keller lag jetzt fast zwei Wochen zurück. Doch die unerträglichen Bilder überfielen ihn immer noch, sobald er einschlief. Angeblich verarbeite er so das Geschehene. Das behauptete zumindest sein Psychologe. Genau wie Emma und die Kinder war auch Ben in therapeutischer Behandlung. Aber er nahm seine Medikamente nicht. Er wollte seinem Körper nicht weißmachen, alles sei gut. Denn nichts war in Ordnung. Nico und Amelie waren völlig traumatisiert, seine Schwester war gestorben. Heute war Miris Beerdigung. Er hatte Emma und den Kindern gesagt, dass sie nicht kommen mussten. Er wollte nicht, dass sie den Schmerz noch mal durchlebten. Doch sie hatten alle drei darauf bestanden.

Bens Wunde verheilte gut, auch wenn die Narbe auf seiner Brust ihn für alle Zeiten an diese Nacht erinnern würde. Und daran, wen er verloren hatte.

Während der Trauerfeier konnte Ben seinen Eltern kaum in die Augen sehen. Dass seine Schwester heute begraben wurde, war seine Schuld. Nicht unbedingt, weil er sie bei dem Spiel ausgewählt hatte. Sein Vater und seine Mutter würden hoffentlich nie davon erfahren. Aber er hatte Miriam dort hineingezogen. Er hatte sie gebeten, auf die Kinder aufzupassen, während er und Emma auf der Suche nach einem Serienkiller waren.

Ben würde sich das nie verzeihen. Er vermisste seine Schwester, und er empfand Trost. Denn er wusste, dass Miriam ihm vergeben hatte, bevor Ruben ihr das Genick gebrochen hatte. Sie hatte ihm verziehen, dass seine Entscheidung für Emma und gegen sie ausgefallen war. Die unfassbare Größe und Stärke, die seine Schwester bewiesen hatte, hatten Ben die Augen geöffnet. Endlich erkannte er, was wirklich wichtig war. Er hatte sich verändert. Er hatte gelernt, die Vergangenheit ruhen zu lassen. Er hatte gelernt, dass ein Leben ohne Emma nicht lebenswert war.

42. Kapitel: Emma

Einen Monat nach dem Begräbnis seiner Schwester kam Ben zum Abendessen vorbei, und zum ersten Mal spürte Emma wieder eine Art von Normalität.

Während der Trauerfeier hatte Emma sich vorgenommen, stark zu sein und nicht zu weinen. Stark für Ben. Stark für ihre Kinder. Ben schien den gleichen Plan zu verfolgen. Er saß neben ihr, regungslos wie ein Stein, und starrte ins Leere. Amelie schluchzte still. Nico nahm seine Schwester in den Arm und vergrub sein Gesicht in ihren Haaren. An dem aufgeregten Zucken seiner Brust konnte Emma erkennen, dass er ebenfalls weinte. Und das war völlig okay. Nach allem, was sie durchgemacht hatten, hatte Emma bereits literweise Tränen vergossen. Meist hinter verschlossenen Badezimmertüren oder beim Psychiater. Sie nahm die Pillen nicht, die er ihr verordnet hatte. Sie wollte ihren Verstand nicht vernebeln. Emma wusste, dass es Zeit brauchte, das alles zu verarbeiten. Und die würde sie sich und ihnen allen geben.

Jetzt saß sie mit Ben, Nico und Amelie am Abendbrottisch und sie unterhielten sich. Aber nicht über die Nacht im Keller, wie sie es so viele Male getan hatten in letzter Zeit. Sie sprachen über Alltägliches, über Promis, Nachbarn, langweiliges Zeug. Sie sprachen eigentlich über nichts – und genau das fühlte sich gut an.

Als die Kinder im Bett waren, erzählte Ben, dass er mit dem Rechtsmediziner gesprochen hatte. Mühlfelder hatte Rubens Leichnam untersucht und in seinem Gehirn einen Tumor entdeckt. »Erinnerst du dich noch daran, dass er während der Nacht im Keller ständig Tabletten eingeschmissen hat?« Emma nickte, natürlich tat sie das. Die Bilder dieser Nacht hatte sie immer noch detailliert vor Augen. »Das waren vermutlich Schmerzmittel. Ruben Eckart hatte einen Gehirntumor im Frontallappen«, erklärte Ben. »Mühlfelder meint, es kann – muss aber nicht – sein, dass dieser Hirntumor sein Verhalten beeinflusst hat. Es ist möglich, dass seine Hemmschwelle dadurch rapide gesunken ist. Jedenfalls hatte Ruben laut Mühlfelder so oder so nicht mehr besonders lange zu leben.«

Ruben hatte also bereits mit seinem eigenen Leben abgeschlossen, dachte Emma. »Wusste er von dem Tumor?«

»Laut Krankenakte ja. Er hat sich aber nicht behandeln lassen. Und was glaubst du, wann er davon erfahren hat, dass er todkrank ist?«

Emma ahnte es. »Letztes Jahr? Kurz bevor er Laura Schneider in den Selbstmord getrieben hat?«

Ben nickte. »Exakt.«

»Das wird wohl kaum ein Zufall sein.« Ruben war klar, dass er sterben würde, ihm wurde alles egal. Dazu beeinflusste der Tumor möglicherweise sein Verhalten und er entwickelte sich zu einem eiskalten Mörder, der nichts zu verlieren hatte. Auch, wenn es für das, was er getan hatte, keine Rechtfertigung gab, war es zumindest eine Erklärung. Den Tod in greifbarer Nähe, eine herabgesetzte Hemmschwelle, eine kranke Psyche – und schon war der gestörte Spielfreund geboren. »Ich kann immer noch nicht fassen, dass es Ruben war, der uns die ganze Zeit hinters Licht geführt hat«, sagte Emma.

Ben sah ihr tief in die Augen. »Es ist vorbei.«

War es das? Die Nacht im Keller mochte überstanden sein, aber noch fühlte es sich nicht so an, als wäre es wirklich vorbei. Emma hatte sich immer noch nicht daran gewöhnt, dass Florian für immer aus ihrem Leben verschwunden war. Sie spürte immer noch die Angst, auch wenn Ruben tot war. Sie hatte noch einiges zu verarbeiten. Momentan konnte sie sich kaum vorstellen, dieses beklemmende Gefühl jemals wieder loszuwerden. Emma glaubte zwar, dass die Zeit nach und nach alle Wunden heilte, doch tiefe Narben würden für immer zurückbleiben. Zum Glück hatte sie ihre Familie. Sie würden sich zusammenreißen und kämpfen. Sie würden ihr Leben leben.

Als Ben ging, umarmten sie sich lange und Emma atmete seinen Duft tief ein. »Du wärst für mich gestorben«, flüsterte sie. »Das werde ich nie vergessen.«

»Und ich würde es immer wieder tun. Für dich sterbe ich alle Tode dieser Welt, wenn es sein muss.«

Und sie würde das Gleiche für ihn tun. Sie spürte, dass sie eines Tages wieder zusammenfinden würden. Sie sprach das Thema Zukunft nicht an, genauso wenig wie er. Den Termin beim Anwalt für die Scheidung hatten beide wortlos verstreichen lassen. Sie und Ben hatten etwas durchlebt, was sie einander wieder nähergebracht hatte. Das spürten sie beide. Noch war es zu früh, darüber zu sprechen. Aber sie kannten sich in und auswendig und ein Blick von Ben genügte, um Emma wusste, dass aus dieser Tragödie noch etwas Gutes erwachsen würde. *Ich werde auf dich warten, aber warte du auch auf mich,* sagten sie sich gegenseitig und das ganz ohne Worte. Und eines konnte Emma schon jetzt ganz deutlich spüren: Er hatte ihr verziehen.

43. Kapitel: Dino

Lizzis Haare wehten im Wind. Dino rubbelte den Sand von seinen nackten Füßen. Auf Kuba ließ es sich wirklich gut aushalten. Vor allem, wenn man Geld hatte. Inzwischen war Lizzis Schwangerschaftsbauch riesig und der Arzt hatte bestätigt, dass mit dem Baby alles in Ordnung war. Auch diese furchtbare Horrornacht im Keller, als Lizzi mit Chloroform betäubt worden war, hatte dem kleinen Dino nichts ausgemacht – sie wussten nun endlich, dass es ein Junge werden würde.

Dino war jetzt ein reicher Mann und würde es auch bleiben, wenn er sich schlau anstellte. Ob diese Nacht das wert gewesen war? Sicher nicht. Aber wäre er nicht dem Geld hinterhergejagt, wäre er nie in diesem Keller gelandet und alles wäre noch viel schlimmer ausgegangen.

Er hatte die Botschaft seines Vaters erst nicht verstanden. Was bedeutete es, dass das Geld bei seiner Mutter war? Doch plötzlich hatte es Klick gemacht. Er war zum Grab seiner Mutter gefahren, hatte gewühlt, gegraben, gebuddelt und schließlich die große, braune Sporttasche entdeckt, in der das ganze Geld lag, das ihn von jetzt auf gleich zum Millionär gemacht hatte.

Er hatte Lizzi so manches erklären und ihr die ganze Wahrheit über seine Vergangenheit erzählen müssen. Anfangs hatte die ganze Situation sie sehr verwirrt, aber sie liebte ihn und trug sein Kind unter ihrer Brust. Sie war mit ihm durchgebrannt. Sie saßen an einem wunderschönen Strand und würden sich auf dieser Insel ein neues Leben aufbauen. Vielleicht würde Dino sich sogar wieder so nennen, wie er wirklich hieß. Auch wenn der Name Erik überhaupt nicht zu ihm passte, wie Lizzi sagte. Das Einzige, was Dino Sorgen bereitete, waren seine andauernden Kopfschmerzen. Die machten ihn schier wahnsinnig. Ohne Schmerztabletten schaffte er es kaum, den Tag zu überstehen. Lizzi drängte ihn jetzt schon eine Weile, zum Arzt zu gehen. Sie zog ihn damit auf, dass er entweder einfach zu wenig Wasser trank oder vielleicht einen Hirntumor hatte. Was Dino absolut nicht lustig fand, denn schließlich würden sie bald eine kleine Familie sein. Und für die wollte Dino sorgen. Er würde alles für seinen Sohn tun. Und er würde ihn niemals fragen, ob er lieber seine Mama oder seinen Papa die Klippe runterstürzen lassen würde. Denn keiner sollte entscheiden, wer überleben durfte und wer nicht. Mit dem Tod spielte man nicht.

ENDE